拉斐尔前派诗歌的叙事变异艺术研究

朱立华 著

南开大学出版社

天 津

图书在版编目(CIP)数据

拉斐尔前派诗歌的叙事变异艺术研究 / 朱立华著
. —天津：南开大学出版社，2023.1
ISBN 978-7-310-06367-3

Ⅰ.①拉… Ⅱ.①朱… Ⅲ.①拉斐尔前派－诗歌研究
Ⅳ.①I561.072

中国版本图书馆 CIP 数据核字(2022)第 242031 号

拉斐尔前派诗歌的叙事变异艺术研究
LAFEIER QIANPAI SHIGE DE XUSHI BIANYI YISHU YANJIU

南开大学出版社出版发行
出版人：陈　敬
地址：天津市南开区卫津路 94 号　　邮政编码：300071
营销部电话：(022)23508339　营销部传真：(022)23508542
https://nkup.nankai.edu.cn

河北文曲印刷有限公司印刷　全国各地新华书店经销
2023 年 1 月第 1 版　　2023 年 1 月第 1 次印刷
230×155 毫米　16 开本　16.25 印张　2 插页　202 千字
定价：88.00 元

如遇图书印装质量问题,请与本社营销部联系调换,电话：(022)23508339

　　本书得到天津市哲学社会科学规划研究项目（批准号：TJWW20-004）和天津商业大学重点学科专著出版经费资助，特此感谢！

　　本书得到教育部人文社会科学研究一般项目"新时代背景下拉斐尔前派诗歌的叙事变异艺术研究"（批准号：21YJA752017）资助，特此感谢！

前　言

　　文明因交流而多彩，文明因互鉴而丰富。文明的交流离不开文化交流，文化交流离不开译介。在文化全球化研究成为显学的新时代背景下，遵循"立足本来，吸收外来，面向未来"的原则，系统研究拉斐尔前派诗歌的叙事艺术与叙事变异艺术，聚焦变异模式，探究变异动因，论证变异意义，探析拉斐尔前派诗歌在中国的译介、传播与影响，发掘文学影响与文化交流轨迹。研究旨在为国内学界拓展英语诗歌研究路径、丰富研究内容、深化研究主题，尝试为国内诗歌理论研究与创作实践提供可资借鉴的模式，为英语诗歌翻译理论与实践提供有益的启示，为文学研究的语言转向、回归艺术本体研究提供案例与启发。

　　拉斐尔前派孕育于 19 世纪中叶欧洲诸多文化思潮相互碰撞、相互消解的现代性生成语境之中，诞生于西方基督教"信仰危机"之际，是一些困惑的、迷惘的、沉思的、狂热的唯美主义追求者和理想主义者所发起的一场文学艺术运动，是一种文学艺术思潮。拉斐尔前派诗歌是英国维多利亚诗坛不可或缺的组成部分，蕴涵唯美主义、女性主义诗学特征，与感官主义、颓废主义存在关联。

　　拉斐尔前派诗歌的叙事变异艺术聚焦于"死亡叙事""宗教叙事""唯美叙事""诗画互文叙事"与"女性叙事"等文本叙述层的叙事变异。叙事变异的意义聚焦于叙事主题的升华、叙事意义的增值、叙事路径的拓展、叙事时空的失序与重构以及叙事策略的革新。叙事变异的动因聚焦于历史在场、宗教影响、伦理介入等现代性生成语境。拉斐尔前派诗歌叙事变异的核心内容聚焦于以下几个方面。

第一，拉斐尔前派诗歌的"死亡叙事"变异艺术研究，核心内容为"现世死亡"到"虚构死亡"的变异、"死亡恐惧意识"到"死亡不惧意识"的转化。首先，提出"死亡叙事变异"概念，开辟死亡学与叙事学交互研究的新路径；提出"虚构死亡叙事"概念，更新死亡叙事模式，拓宽诗歌透视视野；揭示"由死变活"的转向，延续生命的存在感，实现人类永生和不朽的美好愿望。其次，提出"虚构死亡不惧意识"，升华主题，重写死亡的崇高和死亡的超越，体现不惧死亡的"出世"境界。再次，提出"变异动因"概念，拓宽叙事空间，导入历史在场与宗教、伦理介入等元素，助推人类伦理困惑的消解。从次，透视战争、死亡与和平三者的交互关系，修正其诗歌死亡叙事忽略"和平"元素的偏向，凸显人类精神家园重建和人类现实生存状况改写的重要性。最后，论述叙事变异研究，对于诗歌研究从文学、诗学的研究高度上升到美学、哲学高度的重要意义。

第二，拉斐尔前派诗歌的"宗教叙事"变异艺术研究，主要体现在"灵肉合致"到"灵肉冲突"的变异、"灵肉一元论"到"灵肉二元论"的转化。宗教叙事变异的动因：其一，"神性"与"人性"的矛盾、爱情与死亡的冲突、灵魂之爱与肉欲之爱的分离；其二，"感官主义"和"肉欲主义"对基督教"禁欲主义"的冲击。首先，提出"宗教叙事变异"概念，建构宗教学与叙事学交叉研究模型，厘清灵肉之间的同构与交互关系。其次，提出"变异动因"概念，拓宽叙事空间，发掘基督教文化中的灵肉关系对拉斐尔前派诗歌中爱情观、死亡观的影响轨迹。再次，提出宗教叙事向文学叙事的"易帜"，将"灵肉合致"与"灵肉冲突"诗学观导入文学叙事研究。最后，透视"宗教""死亡"和"爱情"的交互关系，揭示宗教哲学观的发展演化引发神性与人性的分裂、病态美学、肉欲主义等人的问题或社会问题；科学评价"以丑为美"

的"丑学"美学观。

第三,拉斐尔前派诗歌的"唯美叙事"变异艺术研究,核心内容为"唯美意象"到"唯美偏至"的变异、"唯美主义"到"唯美-颓废主义"的转化。首先,构建叙事学与唯美主义的对话空间,厘清唯美主义、颓废主义、唯美-颓废主义的交叉互渗关系。其次,发掘唯美叙事的"变异动因":"美不涉道德"与道德缺失的影响、"感官主义"和"肉欲主义"对基督教"禁欲主义"的冲击,以及波德莱尔的"丑学"美学影响等。最后,通过透视"叙事意象唯美"与"叙事意象耽美",升华唯美叙事主题,拓宽唯美叙事路径,推动拉斐尔前派诗歌的唯美主义研究。

第四,拉斐尔前派诗歌的"诗画互文叙事"变异艺术研究,核心聚焦于"诗画一律"到"诗画偏离"的变异、"诗画互构"到"诗画互鉴"的转化。"题诗画""插图"与"题画诗"的互构、互补与互鉴关系为"诗画互文"变异艺术研究的切入点。首先,提出"诗画互文叙事变异"概念,开辟互文研究与叙事艺术研究互构的新路径;其次,在将诗歌和绘画作为"互文本"的基础上,进一步将"诗画"视为一个文本,将其现代性生成语境作为互文本,使诗歌的文本意义得以增值;再次,将"题画者"纳入文本意义的生产过程,拓展拉斐尔前派诗歌的作者、作品、读者与"题画者"的意义叠加的增值意义;最后,论证"诗画互文"的叙事变异引发的诗画关系的分歧与张力、诗画文本间的陌生化和异质感。

第五,拉斐尔前派诗歌的"女性叙事"变异艺术研究,聚焦于女性"他者身份"到"自我身份"的构建、女性"集体失语"到"叙事声音"的发出、突出"变异"后的女性身份的重构与女性话语权的争夺。首先,建构女性主义与叙事学交互研究模型,使平面的结构主义叙事学转化为立体的女性主义叙事学。其次,将诗歌的文学研究置于法国大革命与维多利亚文化语境下,导入历史在场与伦理介入等变异元素，升华叙事主题，拓宽叙事空间。最后，导入后现代、后殖民文学理论，如话语、身份、性自主权、第二性与他者等，研究拉斐尔前派诗歌的"女性问题"，重拾经典，立足当下，发掘英语诗歌研究的新文本叙述层，构建东西方女性叙事研究的对话空间。

　　拉斐尔前派诗歌译介到中国后，对中国文学产生了一定的影响。鲁迅和周作人兄弟二人、郭沫若、郁达夫、田汉等，在 20世纪 20 年代将拉斐尔前派诗歌译介到中国新文学之中。徐志摩最早翻译了但丁·罗塞蒂的诗《图下的老江》，刊载于 1926 年 1 月《现代评论（第一周年增刊）》。徐志摩同时翻译了克里斯蒂娜的诗歌《新婚与旧鬼》以及斯温伯恩的几首短诗；王家槐翻译了克里斯蒂娜的诗歌《当我死了》等；邵洵美、闻一多、素痴、飞白、屠岸以及王佐良、黄杲炘、朱立华、慈丽妍、陆风和殷杲①等也对拉斐尔前派诗歌进行了译介，这些译介成果对中国的新文化运动、新诗创作与当代拉斐尔前派诗歌的翻译与研究都产生了一定的影响，表征为中国新文学思想观念的革新、艺术与人生价值观之辩、"恶"与"丑"的艺术思想输入中国新文学等。同时，对中国诗歌理论与创作实践亦产生了一定影响，推动了中英诗歌对话空间的建构，促进了中西文化交流与文明互鉴。

---

① ［英］克里斯蒂娜·罗塞蒂，2015. 小妖精集市. 殷杲，译. 南京：江苏人民出版社.

目　录

第一章　绪论

　　拉斐尔前派文学本身就是一个值得专门研究的课题。

——[英]威廉·冈特

　　为宗教而宗教，为道德而道德，为艺术而艺术。

——[法]维克多·库森

　　在文化全球化研究成为显学的新时代背景下，在西方兴起"维多利亚文化热"的前景下，重拾经典作品，发掘现代意义，反思当下问题，也是当前文学研究的一种范式。采用整体勾勒与核心聚焦的方法，研究拉斐尔前派诗歌的叙事变异艺术，有助于考察中英鸦片战争期间"日不落帝国"臣民的"现代性焦虑"：人的生存困境与死亡悲剧意识、人性的堕落与自我救赎意识；有助于探析维多利亚时代的"女性问题"：道德标准的严苛与伦理秩序的重构、女性"集体失语"与女性话语权争夺、女性自我意识觉醒与女性"自我"身份建构；有助于探究其精神问题：灵魂的逝去与安置灵魂的人类精神家园的重建；也有助于分析其美学思想与审美意识：唯美与"唯美偏至"的矛盾书写、"灵肉合致"与"灵肉冲突"的性爱重写等问题。

　　通过梳理拉斐尔前派诗歌的研究历史，探究研究路径，论证研究重点，发掘其在中国的译介与影响，发现其研究呈多元化态势，研究视域涵盖叙事学、文艺美学、认知语言学乃至翻译文化美学等学科领域，兼顾社会批评、文学批评以及诗歌艺术本体批评；聚焦于拉斐尔前派诗歌的叙事变异艺术研究，可从学理上促进英国诗歌叙事艺术的发展，对于中国学者研究与翻译英语诗歌具有一定的借鉴意义与实用价值。

拉斐尔前派诗歌研究，对于中国读者全面、系统地了解拉斐尔前派诗歌的叙事艺术，在中国的研究、翻译以及对中国新诗的诗学主题（如引入"恶"与"丑"主题）、创作风格的影响具有一定的现实意义；对于探析维多利亚时代文化（如描写"腿"不雅，连"桌腿"也被包住）风貌，解读拉斐尔前派诗歌的叙事艺术、美学思想和诗学主题，分析拉斐尔前派的审美理想、情感、认识及其诗歌的语言、叙事和结构艺术，具有一定的理论意义；对于中国学者了解拉斐尔前派诗歌在中国的翻译、传播以及对中国文学的影响具有一定的现实意义；对于中国学者翻译与研究英语诗歌具有一定的借鉴意义；对于中国学者研究如何遵循"立足本来，吸收外来，面向未来"的文化兼收并蓄原则，进行中西文化的交流与借鉴，具有一定的实用价值。

拉斐尔前派诗歌研究，对于书写 19 世纪英国诗歌史，推动 20 世纪英国诗歌理论研究，具有一定的理论开拓意义。国外学者比较侧重文学批评，如美学思想与叙事艺术研究，而对于拉斐尔前派诗歌的艺术批评，如意象艺术批评研究则相对不足；国内学者比较侧重社会批评，如社会、政治和意识形态研究，而对其美学思想与叙事艺术研究相对不足；国内学者重个体研究，缺乏总体研究，研究侧重但丁·罗塞蒂（Dante Rossetti）和克里斯蒂娜·罗塞蒂（Christina Rossetti）兄妹、阿尔杰农·斯温伯恩（Algernon Swinburne）、威廉·莫里斯（William Morris）、乔治·梅瑞狄斯（George Meredith）五位诗人，而忽略了伊丽莎白·西黛尔（Elizabeth Siddal）、考文垂·巴特摩尔（Coventry Patmore）等其他成员。因此，通过回归艺术本体研究，将文本细读和宏观观照结合，兼顾文学理论与社会文化背景，对拉斐尔前派诗歌进行系统研究，对于弥补国内总体研究的不足，发掘拉斐尔前派诗歌对 20 世纪英国文学的影响、确立其在英国诗歌史上的应有地位，具有一定的价值。

　　拉斐尔前派诗歌的叙事学研究，目前国外仅能检索到彼得·哈（Peter Hüh）和詹斯·基弗（Jens Kiefer）2005 年针对 16—20 世纪抒情诗的研究成果，国内也只有谭君强和詹斯·基弗合作的一篇有关拉斐尔前派诗歌的叙事学研究论文《克里斯蒂娜·罗塞蒂:〈如馅饼皮般的承诺〉——抒情诗叙事学分析》[①]，再加笔者出版的一部专著。至于其诗歌的叙事变异艺术研究，目前尚未检索到相关文献。因此，本研究处于拉斐尔前派诗歌研究的前沿地位，具有一定的研究空间和学术价值。拉斐尔前派诗歌的叙事变异艺术研究，通过"现世死亡"到"虚构死亡"的"死亡叙事变异艺术"研究、"灵肉合致"到"灵肉冲突"的"宗教叙事变异艺术"研究、"唯美意象"到"唯美偏至"的"唯美叙事变异艺术"研究、"诗画一律"到"诗画偏离"的"诗画互文叙事变异艺术"研究，以及"他者身份"到"自我身份"的"女性叙事变异艺术"研究，拓展与更新了拉斐尔前派诗歌的研究范式与研究路径、拓宽了其透视视野与叙事空间、升华了叙事主题、促进了叙事人物的身份建构，对于推动英语诗歌的翻译与研究、构建中英诗歌的对话空间，具有一定的实用价值。

---

① 詹斯·基弗、谭君强，2018. 克里斯蒂娜·罗塞蒂:《如馅饼般的承诺》——抒情叙事学分析. 河南师范大学学报（哲学社会科学版），45（2）：134-137.

第一节　拉斐尔前派概述

拉斐尔前派（Pre-Raphaelites，又译为"前拉斐尔派""先拉斐尔派"或"前拉斐尔兄弟会"），是由一些困惑的理想主义者、一些迷惘的逃避现实者、一些沉思的忠实自然者、一些狂热的唯美追求者，始终寻觅着几乎说不清是什么的东西：或许是过去，或许是未来，或许既是过去又是未来，一些追求"为艺术而艺术"（"Art for Art's Sake"）的反对传统道德的知识"疯子"所发起的一场文学艺术运动，或者一种文艺思潮。①思想上，这些充满理想与困惑的诗人兼画家关注社会问题、主张社会改良，其诗歌追求"个人形式的绝对化"，具有"灵肉合致"等唯美主义诗学特征，兼具象征和神秘主义特征，与颓废和感官主义存在关联，体现出浓厚的宗教色彩。艺术上，他们认为拉斐尔时代以前古典的优美绘画成分已经被学院艺术派的教学方法所腐化，故而主张改变当时的艺术潮流，反对当时流行的学院式的形式主义艺术，反对那些在米开朗琪罗和拉斐尔的时代之后偏向了机械论的风格主义画家，崇尚1508年拉斐尔离开佛罗伦萨以前的作品所具有的真挚率直的画风（因此取名为拉斐尔前派），推崇文艺复兴早期及中世纪的文艺精神，因此，拉斐尔前派诗歌亦追求"艺术形式的绝对化"，具有"形式至上""诗画一律"等唯美主义艺术特征。此外，拉斐尔前派与女性主义、颓废主义和感官主义也存在显性或隐性的关联。

　　一些学者认为拉斐尔前派成员主要包括忧郁而伤感的但丁·罗塞蒂，宗教色彩浓郁的克里斯蒂娜·罗塞蒂、朴素而非技

---

① [英]威廉·冈特，2005. 拉斐尔前派的梦. 肖聿，译. 南京：江苏教育出版社.

巧写实的威廉·汉特（William Hunt），对爱情与人生诗歌般抒情
的约翰·米莱（John Millais，又译为"米莱斯"），以艺术美化生
活的威廉·莫里斯，在装饰性空间里配置美女的爱德华·琼斯
（Edward Jones），情感纤细、刻画细腻的阿瑟·休斯（Arthur
Hughes），以美为艺术的唯一境界的阿尔伯特·摩尔（Albert
Moore），音乐与色彩完美结合的詹姆斯·惠斯勒（James
Whistler），以及作为拉斐尔前派先行者的奥利弗·布朗（Oliver
Brown）。通过检索国内外相关资料发现，拉斐尔前派成员较多，
关系复杂，故有必要对其生发流变进行历时性厘清。

　　拉斐尔前派的创立，可追溯到 1848 年，最早成员包括约
翰·米莱、但丁·罗塞蒂和威廉·亨特三人。同年秋天，成员已
增至7人，新增成员包括威廉·罗塞蒂（William Rossetti，但丁·罗
塞蒂之弟）、詹姆斯·柯林森（James Collinson）、托马斯·伍尔
纳（Thomas Woolner）和弗雷德里克·史蒂芬（Frederic Stephens）。
之后，克里斯蒂娜·罗塞蒂、阿尔杰农·斯温伯恩、伊丽莎白·西
黛尔、伊芙琳·德·摩根（Evelyn De Morgan）、阿瑟·休斯、弗
雷德里克·桑迪斯（Frederick Sandys）、威廉·莫里斯、梅·莫里
斯（May Morris）、简·莫里斯（Jane Morris）等相继成为该派成
员。还有一些艺术家，虽然没有直接加入，但其艺术风格与拉斐
尔前派相似，学界一般把他们也归于拉斐尔前派，如福特·布朗
（Ford Brown）等。

　　拉斐尔前派成员大多是诗人兼画家，既作诗又绘画，故其作
品诗中有画，画中有诗，具有"诗画一律"（"诗画偏离"）的美学
观，此为其诗画互文叙事的核心内涵。学界一般认为，拉斐尔前
派诗人主要包括但丁·罗塞蒂、克里斯蒂娜·罗塞蒂、阿尔杰
农·斯温伯恩、威廉·莫里斯和乔治·梅瑞狄斯等。他们都创作
了数百首或千余首诗歌，对英国诗坛产生了一定影响。除了在英
国诗坛上有一定建树，莫里斯还倡导"生活艺术化的美学"，以工

艺美术设计而闻名;梅瑞狄斯的诗集《现代爱情》不失为一部佳作,但学界多认为其文学最高成就是小说《利己主义者》。①当然,威廉·司各特(William Scott)、约翰·罗斯金(John Ruskin)、威廉·阿林汉姆(William Allingham)和托马斯·伍尔纳等其他十几位拉斐尔前派诗人也分别创作了许多不朽诗作(例如,《拉斐尔前派:从罗塞蒂到罗斯金》一书就收录了 20 位拉斐尔前派成员的诗歌)。如果抛开绘画艺术,单就诗歌创作成就和诗歌艺术造诣而论,下面论及的诗人堪称拉斐尔前派中最杰出的代表人物,也是学界研究的主要对象。

第一,罗塞蒂兄妹。拉斐尔前派诗人中艺术造诣最高者,当属但丁·罗塞蒂及其妹妹克里斯蒂娜·罗塞蒂,弟弟威廉·罗塞蒂略逊一筹。就诗歌创作而言,很多学者认为克里斯蒂娜超越了她哥哥。克里斯蒂娜是拉斐尔前派的重要代表,也是英国最有天赋的女诗人之一,被称为"艺术修女"("Nun of Art"),一生创作诗歌近千首,代表诗作包括诗集《小妖集市及其他诗》和《王子的历程及其他诗》。她的诗题材多样,以丰满的背景描画、精致的细节描写以及强烈的视觉感受而著称,其诗歌主题包括宗教、爱情、死亡等,蕴涵着浓厚的神秘主义、象征主义、女性主义和宗教色彩,具有"灵肉合致"的诗学特征,在英国文学史上占有一席之地。但丁·罗塞蒂集诗人、画家于一身,一生创作诗歌数百首,其中带着神秘情调的爱情和哀悼。诗集《生命殿堂》收录了其诗歌 234 首,克莱夫·威尔默(Clive Wilmore)编著的《诗选》收录了其最著名的百余首诗,PoemHunter 网站诗歌库收录了其300 多首诗歌。其作品诗中有画,画中有诗,具有"诗画一律"特征。每一诗节宛如一幅绚丽多姿的画卷,他的绘画具有叙述的特征,而诗歌则具有画面的质感;他的诗动中有静,静中有动,

---

① 保罗·内格里(Paul Negri)等西方学者认为这五位诗人是拉斐尔前派诗人的代表,《拉斐尔前派诗歌选集》《拉斐尔前派诗选》等也都收录了其诗歌。

人物情景一动一静，充满了颇为感性的琐碎和可以触摸的无形，充满了盎然的诗情、朦胧的画意与浓浓的悲剧情绪，连叶芝和庞德都称他为一个孤独献身于艺术与美的典范。威廉·罗塞蒂既是英国艺术评论家、文学编辑，又是文学家。虽然他的诗歌造诣远不及其兄妹，但作为拉斐尔前派刊物《萌芽》的编辑，他把一些诗歌名作，包括其兄妹的诗作，推向英国读者的同时，本人也创作诗歌，《拉斐尔前派：从罗塞蒂到罗斯金》中收录了其《她的第一季》等5首诗歌。此外，但丁的妻子伊丽莎白·西黛尔也是一位拉斐尔前派诗人，创作了《真爱》等数十首诗歌。她同时还身兼画模，拉斐尔前派画家沃尔特·德弗雷尔（Walter Deverell）、威廉·汉特以及约翰·米莱的画作中，都曾出现过她的身影。

第二，阿尔杰农·斯温伯恩。作为维多利亚时代最后一位重要的诗人、剧作家和文学评论家，他崇尚希腊文化，接受了雨果、波德莱尔以及但丁·罗塞蒂等人的影响，追求"形象的鲜明华丽与大胆新奇，声调的和谐优美和婉转轻柔"。他一生创造颇丰，主要作品包括《诗与谣》、诗剧《卡里顿的阿塔兰忒》《黎明前的诗歌》《咏两个国家的诗歌》《查斯特拉德》《波士威尔》《玛丽·斯图亚特》《罗莎梦德》《女王的母后》等，还创造了回旋诗体。其诗歌的总体特征是唯美与颓废，经常宣扬悲观、颓废的情绪，表现出一种病态的或变态的人类情感，如同性恋、性变态和性虐狂，从死亡、恐怖、游魂等"唯美偏至"主题中去寻求创作灵感。仅就死亡主题为例，诗人创作了《婴儿之死》《死与生》与《生与死》等数十首死亡诗，主张在黑暗领域、在丑恶事物中去认识美的存在，"以丑为美"，把丑恶当作美好来欣赏与礼赞。

第三，威廉·莫里斯。"乌托邦式的社会主义者"莫里斯，是一位浪漫主义诗人、小说家、艺术家，主张日常生活的艺术化，呼吁将文学艺术创作中的唯美主义思想贯彻到日常生活之中，认为艺术品是人类在最精进、最富人性、最有思想的时候创造出来的美，强调艺术在改造生活中的意义和作用，他的生活美化思想和以改造社会为基础的艺术见解，对英国唯美主义运动产生过深远影响，因此被称为"审美的改革家"。PoemHunter 网站诗歌库共收录了其诗歌 102 首，包括爱情主题诗，如《爱的馈赠》等十多首；战争题材，如《保卫桂内维尔》等；还有死亡题材以及白昼黑夜、春夏秋冬和山水林木等，体现出叛逆或对现世的反叛思想以及"生活艺术化"的"唯美偏至"美学观。

第四，乔治·梅瑞狄斯。拉斐尔前派诗人，小说家，先后创作诸如《利己主义者》《莎格帕特剃须记》《比尤坎普的职业》和《十字路口的戴安娜》等 20 余部小说，同时还创作了诸如《诗集》《现代爱情》《尘世快乐的诗歌和韵律》《信仰的审判》和《悲惨生活的民谣与诗歌》等作品。他的作品与其生活经历息息相关，带有自传色彩，追求"灵肉合致"的唯美爱情，且题材多样，既有真爱的欢愉，也有丧妻的苦痛，既有田园生活的快乐，亦有政治讽刺的辛辣，获得了评论家和读者的一致欢迎。此外，做审稿人之时，他提出的审稿建议与作品评论，鼓舞和影响了很多年轻作家。

第五，威廉·司各特与威廉·阿林汉姆。威廉·司各特是爱尔兰著名诗人、艺术家、雕刻家和画家，是拉斐尔前派成员，受到了克里斯托佛·诺斯（Christopher North）、但丁·罗塞蒂和斯温伯恩的影响（斯温伯恩曾专门写了一首诗《致威廉·贝尔·司各特》来纪念他），而开始在苏格兰杂志上发表诗歌。《拉斐尔前派：从罗塞蒂到罗斯金》一书中收录了其《来自罗萨贝尔》等 6 首诗歌，PoemHunter 网站诗歌库共收录其诗歌百余首。他的诗歌秉承了"为艺术而艺术"的唯美主义艺术纲领，诗歌自然流畅，追求"曲径通幽"的艺术之美。此外，他还编著了一些诗集，收录了包括华兹华斯、柯勒律治以及拜伦、雪莱、济慈的名诗。威廉·阿林汉姆也是一位爱尔兰诗人，出版了多本诗集，其中《精灵》等 6 首名诗收录在《拉斐尔前派：从罗塞蒂到罗斯金》中；另一爱尔兰著名诗人约翰·休伊特（John Hewitt）编著的《威廉·阿林汉姆诗选》（*The Poems of William Allingham*）收集了其主要诗歌。此外，PoemHunter 网站诗歌库共收录了其诗歌 50 余首。其诗歌清新、优美，以抒情和描述见长，具有本土气息。就连另一爱尔兰著名诗人、诺贝尔文学奖获得者叶芝都受到了其影响。

此外，还有一些拉斐尔前派诗人及其诗歌也在英国文学史上占有一席之地，例如在《拉斐尔前派：从罗塞蒂到罗斯金》中还收录了罗斯金的《镜子》等 5 首，考文垂·巴特摩尔的《季节》等 5 首，福特·布朗的《题为最后的英格兰》等 3 首，托马斯·伍尔纳的《我的丽人》等 4 首，詹姆斯·柯林森的《园中祈祷》、约翰·塔珀（John Tupper）的《静谧的夜晚》等各 3 首，沃尔特·德弗雷尔（Walter Deverell）的《遁形》等 2 首，阿瑟·休斯的《致孩子》等 2 首，约翰·潘恩（John Payne）的《悲情夏日》等 7 首，阿瑟·渥桑纳斯（Arthur O'Shaughnessy）的《颂歌》等 9 首，菲利普·阿斯顿（Philip Aarston）的《爱的圣殿》等 6 首，奥利弗·布朗的《歌》等 2 首。当然，书中只收录了他们诗歌的一小部分，在 PoemHunter 网站英语诗歌库中收录更多。拉斐尔前派诗人的不懈努力，铸就了其诗歌的辉煌，确立了其在英国文学史上应有的地位。

第二节　拉斐尔前派诗歌研究概述

拉斐尔前派孕育于英国维多利亚时代，其诗歌是维多利亚诗歌不可或缺的重要元素。维多利亚时代诞生了一批杰出的诗人和不朽的诗作。仅就浪漫主义而言，既有先浪漫主义诗人杰出代表、独具颠覆精神的"疯子"、"英国艺术界最重要的诗人"、手工匠人威廉·布莱克和"深知大地脾气的农民"、浪漫主义的先驱罗伯特·彭斯，亦有诸如"湖畔派诗人"领袖、达到"前人未曾攀越过的诗歌高峰"的华兹华斯，超自然的神秘主义诗人、浪漫主义的代言人柯勒律治和"富有东方色彩和异国情调"的罗伯特·骚塞等第一代浪漫主义诗人，以及"浪漫主义运动的先驱"，象征着孤独、反抗和沉思的"拜伦式英雄"缔造者拜伦，"浪漫主义的主要代表"、对问题的人与问题的社会探索最深的激进派政治诗人雪莱，进入"最伟大的人的行列"、剥去了自我的平民诗人济慈等第二代浪漫主义诗人。此外"桂冠诗人"阿尔弗雷德·丁尼生、勃朗宁、阿诺德、哈代、勃朗宁夫人的诗歌也得到广泛的译介和解读，被译为多种语言，在许多国家传播。同时，具有唯美主义特质的拉斐尔前派诗人或"为艺术而艺术"的诗人、颓废诗人（the Decadents）以及幽默讽刺诗人，逐渐纳入学者的视野，在诸如诗学、美学、宗教学乃至建筑学视角下被广泛研究。

拉斐尔前派诗歌是英国晚期浪漫主义文学与批评实践的基础、英国唯美主义诗歌的发端，对后世的诗学理论，如形式主义、唯美主义、象征主义和自然主义诗学等具有开拓作用；对现代主义和后现代主义诗歌，如"具体诗""语言诗"等类型的拓展具有先验和实证作用；具有典型的唯美主义诗学特征，兼具女性主义、颓废主义、感官主义、象征主义乃至存在主义与形式主义的诗学特征。

近20年来西方社会出现了"维多利亚文化热"现象，作为维多利亚诗歌的重要组成部分，拉斐尔前派诗歌重新进入西方学者的研究视域。国外学者在现代文学理论的多维视角下，对拉斐尔前派诗歌进行了系统研究，呈现出范式批评研究和问题意识研究并重、理论研究与文本分析并重的趋势。既往研究主要聚焦于以下几个领域。

　　第一，唯美主义研究。英国著名艺术史论家威廉·冈特（William Gaunt）在其"英国维多利亚时代思想成就史的三部曲"（《拉斐尔前派的梦》《维多利亚时代的奥林匹斯山》与《美的历险》）中对拉斐尔前派与唯美主义进行系统研究。在《拉斐尔前派的梦》中，作者系统梳理了但丁·罗塞蒂、克里斯蒂娜、斯温伯恩、梅瑞狄斯和莫里斯等拉斐尔前派的理论缘起、生发流变、矛盾冲突、梦幻破灭和文学成就，为唯美主义研究提供了理论与实证基础。[①]在《美的历险》中，作者对19世纪30年代至20世纪第一次世界大战爆发前英法唯美主义的文艺理论、美术与文学领域的面貌做了深刻、独到的分析；以唯美主义的产生、发展、高涨、分化的全过程为主线，详尽地评价了这一时期的重要文艺理论家、作家、诗人以及重要作品和艺术流派。耶鲁大学教授提姆·巴林杰的《拉斐尔前派艺术》，综合研究了拉斐尔前派诗人的艺术背景、艺术特征、艺术成就及其唯美主义艺术风格，奠定了唯美主义研究的理论基础。[②]1977年，加拿大约克大学的拉瑟姆、美国德保罗大学的加里根创办了杂志《拉斐尔前派研究》，借助此研究平台，国外学者对拉斐尔前派诗歌进行了多维度、多视角研究。

　　第二，"男性化"与女性主义批评研究。美国布朗大学学者布里安娜·白克罗夫特（Brianna Bacroft）在《维多利亚诗歌中的女性声音》（2003）中，研究了克里斯蒂娜作品中女性叙事话语权受男性霸权话语的压抑与反抗，展现出"重新配置的男性诗学传统的新女性视图"；在《"保卫桂内维尔"的性别角色转换》和《性别和权力的救援和创世神话》（2004）中，分析了"在男性世界里，桂内维尔只有不断进行性别角色转换，才能保卫自己"，以及莫里斯创世神话艺术中性别和权力的关系。耶茨和特罗布里奇（Yeates & Trowbridge，2014）主编的论文集《拉斐尔前派男性化：男性

---

① William Gaunt, 1966. *The Pre-Raphaelite Dream*. New York: Schocken Books.

② Tim Barlinger, 1998. *Reading the Pre-Raphaelites*. Connecticut: Yale University Press.

化在艺术与文学的建构》，研究了拉斐尔前派"文化生产者"（cultural producers）所进行的性别建构、争议、改革和解构的过程，从多个视角解读拉斐尔前派话语中的"男性化"现象。女性主义批评研究则集中于克里斯蒂娜·罗塞蒂的诗歌，包括对其《小妖集市》中两姐妹进行的女性主义批评研究。

第三，文化生态学研究。艾玛·梅森（Emma Mason）在《克里斯蒂娜·罗塞蒂：诗歌、生态学、信仰》（2018）一书中，将克里斯蒂娜的诗歌置于她的生态思想（例如，克里斯蒂娜坚决反对活体解剖）和牛津运动的双重语境中，研究克里斯蒂娜的神学信仰和她的环保行动主义之间的深层联系；论述克里斯蒂娜的神学思想和诗歌创作体现出人与自然的和谐，因为人类需要"从自然界的错综复杂中寻找基督教的象征意义（或圣礼主义）"；解读克里斯蒂娜在神学驱动下对所有生物（甚至包括千足虫）福祉的关切，分析她的信仰导致了她反对动物活体解剖，提出她对非人类生物的关心贯穿了她的诗作[①]，理性地审视了她的神学思想与生态环境保护的交织与勾连。

第四，互文性研究。北卡罗来纳大学教授安东尼·哈里森（Anthony Harrison），以拉斐尔前派诗人克里斯蒂娜为主要研究对象，发表了 10 余篇论文，从"爱与背叛""爱与理想""语境互文性""历史互文性"等诸多方面对克里斯蒂娜及其诗歌进行系统研究。其《语境中的克里斯蒂娜》（1989），研究了"拉斐尔前派、罗斯金美学"和"唯美主义"的关联，以及"拉斐尔前派唯美主义、拉斐尔前派圣事主义"和"先拉斐尔主义"的相互影响，进而论证其诗歌的"语境互文性"和"历史互文性"，探究其显性或

---

① Emma Mason, 2018. *Christina Rossetti: Poetry, Ecology, Faith*. Oxford: Oxford University Press.

隐性的影响关系，其研究处于国际领先地位。[1]

第五，综合研究。剑桥大学的文学家、女诗人安吉拉·雷顿（Angela Leighton）著有《维多利亚时代的女性诗人：锥心之作》（1992）[2]，编著了《维多利亚时代的女性诗人：艾米莉·勃朗蒂、伊丽莎白·勃朗宁，克里斯蒂娜·罗塞蒂》（1995）和《维多利亚时代的女性诗人：批评读者》（1996），与玛格丽特·雷诺兹（Margaret Reynolds）合编了《维多利亚时代的女性诗人文集》（1992）；弗吉尼亚·布莱恩（Virginia Bryan）的《维多利亚女性诗人：注解文集》（2009）等，对克里斯蒂娜、伊丽莎白·西黛尔等拉斐尔前派女诗人，在女性主义、新历史主义、后殖民主义、消费主义和后现代主义视角下，采用文化批评、文学批评、艺术批评乃至社会政治和意识形态批评方法进行了多维视角研究。

国内拉斐尔前派诗歌研究持续了近一个世纪，呈现出理论研究与文本分析并重的趋势，体现了文学研究的文化转向；其研究以实证研究为主。中国知网中可检索到 10 余篇研究生学位论文，数十篇期刊论文，但未检索到对于其诗歌的叙事变异艺术研究，因此本书尝试在此领域进行研究。

国内拉斐尔前派诗歌研究始于 20 世纪 20 年代，早期代表人物徐志摩、闻一多、赵景深、查良铮（穆旦）、邵洵美和素痴、滕固等学者将拉斐尔前派诗歌译介到中国，引起了国内学界的关注。20 世纪 80 年代后，国内又涌现出飞白、屠岸、黄杲炘、卞之琳等一批学者，对其诗歌进行翻译和研究，对中国文学产生了一定影响。王佐良主编的《19 世纪英国文学史》一书，也对其诗歌进行了译介。笔者的《拉斐尔前派诗歌的唯美主义诗学特征研究》

---

[1] Anthony Harrison, 2000. *Christina Rossetti in Context.* Chapel Hill: University of North Carolina Press.

[2] Angela Leighton, 1992. *Victorian Women Poets: Writing against the Heart.* Charlottesville: University of Virginia Press.

一书，在唯美主义视角下，对拉斐尔前派诗歌的叙事主题与叙事艺术进行了较为系统的研究，收录了包括笔者翻译的诗歌近百首。译著包括陆风所译的《罗塞蒂诗选》和殷杲翻译的《小妖精集市》两部。博士学位论文主要包括慈丽妍的《互文视域下的拉斐尔前派诗歌研究》等，硕士学位论文和期刊论文可检索到300余篇。

综观国内外相关研究，论文呈现范式批评和问题意识研究并重、从理论研究转向理论研究与文本分析并重的趋势，且都注重主题、结构、形式等诗歌本体艺术研究。首先，国外学者侧重文学批评，如美学与叙事研究，体现出文学研究的语言转向。其次，国内学者侧重社会批评，如社会、政治和意识形态研究，体现了文学研究的文化转向。国内学者侧重个体研究，而总体研究相对不足，国外学者二者并重。最后，国内外学者都对其叙事艺术进行了初步研究，但对其叙事的转向与变异研究明显不足。仅检索到一篇国外有关16—20世纪的抒情诗的叙事学研究，国内也只有谭君强和国外学者合作的一篇有关拉斐尔前派诗人克里斯蒂娜诗歌的叙事学研究。至于其诗歌的叙事变异艺术研究，目前尚未检索到相关文献。

基于国内外研究现状，拉斐尔前派诗歌叙事变异艺术研究将以当代西方文学理论为横坐标，以拉斐尔前派诗歌为纵坐标，构建研究总体框架，立足诗歌本体、紧扣文学理论，文本细读和宏观观照结合，核心聚焦与整体勾勒并重，在"死亡叙事"变异、"宗教叙事"变异、"唯美叙事"变异、"诗画互文"叙事变异以及"女性叙事"变异视角下（其神话叙事、原型叙事和意象叙事中，尚未考察到显著的叙事变异特性），对拉斐尔前派诗歌的叙事变异艺术进行系统深入的研究，分析变异内容、表现、路径、动因与研究意义，论证其诗歌在英国诗歌史和文学史上的地位与影响，探究其诗歌的文学功能、文化功能和社会功能，论述其诗歌在中国的翻译及其对中国文学的影响，发掘其诗歌的中西文化交流轨迹。研究核心聚焦于以下几个方面。

第一，拉斐尔前派诗歌的"死亡叙事"变异："现世死亡"转向"虚构死亡"与复活。首先分析"现世死亡"书写（如但丁·罗塞蒂的《神女》中神女之死；克里斯蒂娜的《魂灵的恳求》中罗宾之死）以及拉斐尔前派诗歌的创作主题和死亡叙事的缘起，发现死亡书写是拉斐尔前派诗歌的主题之一，也是其主要叙事策略之一。而后解读"虚构死亡"与复活，拉斐尔前派的死亡书写以"亲历书写"（"遗书式"的"虚构死亡"书写，如克里斯蒂娜的《歌，我死之后》《死后》《魂归故里》）为主，几乎没有使用"直接书写"（"直播式"的再现死亡场景，叙述死亡感受），偶尔使用"间接书写"（死亡叙事中，可以感受由死亡、迷惘带来的一种有意逃避或躲闪的叙事态度，因为人不可能以内聚集的叙事模式讲述自己的死亡经历和死亡感受），以及"虚构复活"[如神女在天堂复活，凭栏（天与地之间的栏杆）眺望凡尘中的恋人，以及罗宾午夜复活，魂灵归家，恳求妻子不要伤悲，让他的魂魄得以安息]。现世中的死亡无法抗拒，经过叙事变异之后，生命凭借虚构情节得以复活，体现出现代性焦虑与生命的悲剧意识。最后发掘"现世死亡"转向"虚构死亡"变异的动因与路径，解读前派诗人对生存困境的思考，以及"死亡恐惧"到"不惧死亡"的死亡意识与生命悲剧意识。

第二，拉斐尔前派诗歌的"宗教叙事"变异："灵肉合致"转向"灵肉冲突"。首先，梳理"灵肉合致"的理论缘起、生发流变和主要思想，解读"灵肉合致"中的宗教元素：维多利亚时代英国进入"现代"的转折之际，宗教信仰受到科学的挑战，基督教体系濒临崩溃，年轻人出现信仰危机，对现世人生感到困惑（如斯温伯恩的诗歌中表现的病态或变态的人类情感：性变态、性虐狂，从死亡、恐怖、游魂中寻求叙事主题），激发了现世人生的救赎意识：精神的拯救或灵魂的救赎，在其诗歌中表现为"灵肉合致"的诗学观，即现世人生的苦痛通过梦幻、复活、升天的途径，达到天上之灵与地上之肉的完美结合，体现了个人精神绝对化的哲学思想。其次，分析"灵肉冲突"的宗教元素："神性"和"人性"构成一对矛盾对立统一体，神性对人性的禁锢与人的本能对情感的追求（如《少女之歌》中梅根、梅、玛格丽特与牧羊人、牧牛人、国王之间的情与爱，和维多利亚时代对女性的"囚禁的灵魂"之间的冲突）之间存在着难以调和的矛盾；具体表现：爱情与死亡冲突的矛盾叙事，爱情与宗教冲突的矛盾叙事。然后，论述叙事变异之后的"灵肉冲突"导致的病态美：死亡、弃世、救赎、幻灭等颓废主义思想和感官、性欲等感官主义思想（如斯温伯恩的《冥后的花园》中的病态美）。最后，论证"灵肉"关系变异的动因，厘清拉斐尔前派诗歌中精神与肉体在爱情与死亡主题中的关联，及其所体现的宗教思想；探究如何将精神分析批评导入拉斐尔前派诗歌的宗教叙事研究之中。

第三，拉斐尔前派诗歌的"唯美叙事"变异："唯美意象"转向"唯美偏至"。首先，论证拉斐尔前派与英国唯美主义的关联："共时性""同质性"与"同源性"。其次，阐释拉斐尔前派"为艺术而艺术"的唯美主义纲领及其"个人精神绝对化"与"艺术形式绝对化"的唯美主义思想。然后，分析拉斐尔前派的唯美偏至思想，即主张其诗歌的"纯粹美""形式美""依存美""审美不涉利害""审美不涉概念""审美只涉形式"以及"艺术不应具有任何说教的因素，而应追求单纯的美感"，并得出结论：其优点在于维护了艺术的纯洁性，不足点是将康德的"审美不涉利害"引申为"艺术不涉利害"的主张，走向了病态美的极端，导致唯美的偏至。最后，发掘其诗歌发生变异的个人因素、家庭影响和社会问题，并论述如何解决其诗歌专注于"唯美"，忽视了其社会与政治功能的问题；如何解决唯美主义的理论基础和国内文学及艺术批评，乃至意识形态存在冲突的问题，因为唯美主义是以唯心主义哲学和各种非理性主义科学为基础，将精神看作脱离客观物质世界的存在；主张艺术创作远离社会实践，否定艺术的社会功能，强调个人的主体地位与个人精神绝对化。

第四，拉斐尔前派诗歌的"诗画互文"叙事变异："诗画一律"转向"诗画偏离"。首先研究拉斐尔前派诗歌的题画诗（如"诗画一律"的典范：但丁·罗塞蒂的世界名画《白日梦》及其题诗《白日梦》）、插图书和诗意画三种形式，及其增补、改写和模仿等互文策略，以及诗歌语言和绘画形象之间呈现图解、改写、增补与模仿的互文性关系。然后论述拉斐尔前派诗歌的"诗画偏离"，即诗与画互为"互文本"而产生了"诗画偏离"：诗画作为互文本，通过对话、增补和模仿，实现诗画文本意义的延展、深化与更新，赋予文本新的生命。最后论述如何解决将增补、改写和模仿等互文策略，运用于实现题画诗、插图书和诗意画三种形式的互文关系的路径问题。

第五，拉斐尔前派诗歌的"女性叙事"变异："他者身份"转向"自我身份"。首先，研究女性主义叙事学的缘起与功能价值：作为结构主义经典叙事学和女性主义文学批评融合的交叉学科，打破了形式主义和反形式主义的长期对立，使女性主义批评的意识形态理论导入经典叙事学所缺乏的文化语境，为女性主义文学批评增加一个新的文本叙述层。其次，研究拉斐尔前派诗歌的"他者"的"性自主权""身体自主权"和"第二性"的话语权以及集体失语问题，分析拉斐尔前派诗歌所体现的权力关系中不平等的话语权力，以及女性的"身体"受到来自男性世界的暴虐，乃至女性的"同性恋"关系。然后研究女性的自我意识觉醒：女性"性自主权"意识与女性的话语权和"身体"意识（如"腿"是不雅的，所以"桌腿"也被包住，女性长裙要盖过脚面等）。最后，论述拉斐尔前派诗歌与双性同体、话语、性欲、空间等女性主义研究的契合问题。

第六，拉斐尔前派诗歌的译介与影响。首先论述拉斐尔前派诗歌的后现代文化重构，换言之，后现代学者对其诗歌的重写、摹写、重新阐释与重构。其次考察拉斐尔前派诗歌对中国新文学的影响：中国新文学思想观念的革新、"恶"与"丑"的艺术思想输入、中国新诗创作的多样化。然后综述拉斐尔前派诗歌在中国的译介与传播、对中国新文化运动的推动作用，及其在新时代背景下对中国文化传播与交流的借鉴作用。最后运用比较文学中影响研究，发掘拉斐尔前派诗人及其诗歌在中国的文化传播轨迹。

拉斐尔前派诗歌叙事变异艺术研究的创新点主要体现在五个方面：第一，运用新的研究背景与理论指导。首次将拉斐尔前派诗歌研究置于文化全球化与"维多利亚文化热"的新时代背景中。第二，开辟了新的研究路径。首次提出拉斐尔前派诗歌研究的新路径：叙事变异研究，处于国内拉斐尔前派诗歌研究的前沿。第三，运用新方法。首次运用影响研究法，发掘拉斐尔前派与中国文化的交流轨迹；运用文化阐释法发掘拉斐尔前派诗歌产生的文化语境所表现的现代性特征。第四，提出新观点。首次提出在东方文化语境中对拉斐尔前派诗人的文学身份建构的新观点。第五，构建新框架。以当代西方文学理论为横坐标，拉斐尔前派诗歌为纵坐标，构建新的研究理论框架，立足诗歌本体、紧扣文学理论，核心聚焦与整体勾勒并重，在多维视角下对拉斐尔前派诗歌进行叙事变异艺术研究。

综上，拉斐尔前派诗歌的叙事变异艺术，革新了叙事模式，升华了叙事主题，拓宽了叙事学研究路径。通过综合运用碎片化叙事、自我书写叙事等叙事策略，借助多个文本物化的事件与多种叠加的意象，在死亡、宗教、唯美、女性叙事和诗画互文叙事等叙事文本库内，进行拉斐尔前派诗歌的叙事变异艺术研究，为英语诗歌的叙事学研究提供了新的范式。研究表明，拉斐尔前派诗歌的叙事艺术与叙事变异艺术成就，足以确立其在英国诗歌史上的地位，对于书写 19 世纪英国诗歌史，推动 20 世纪英国诗歌叙事理论研究，具有一定的理论与实证意义，也可为中国诗歌的创作和叙事理论研究提供可以借鉴的模式。同时，在新时代背景下，对于构建中西文化对话空间、促进中西文化交流与文明互鉴具有一定的理论意义与现实意义。

第二章　拉斐尔前派诗歌的"死亡叙事"变异

——"现世死亡"转向"虚构死亡（复活）"

> 当我们存在时，死亡不存在，死亡存在时，我们已不存在了。
>
> ——[希]伊壁鸠鲁[①]

> 圣徒说："死亡不会使我们消亡，而是让我们长眠的地方充满荣光，耶稣让我们长在，而他却为我们而亡。"
>
> ——[英]克里斯蒂娜·罗塞蒂

哲学关注死亡，美学关注死亡，文化关注死亡，文学关注死亡，医学关注死亡。死亡，既是最确定的事情，又是最不确定的事情。我们最能确定的是人人皆死，而最不确定的是不知道死亡何时降临。[②]死亡是谁都无法逃避的人生归宿，因此国内外许多学者从多个视角对死亡进行研究，并形成了一门学科：死亡学（Thanatology）。西方学者早在古希腊罗马时代就开始了有关死亡的哲思。柏拉图、亚里士多德等把自己的哲学看成是"死亡的练习"，用自己的死来阐述死亡哲学；费尔巴哈和康德的唯物哲学观反驳宗教神学的灵魂不死观，肯定了人的价值，认为"只有人的

---

① 毕治国，1989. 死亡哲学. 哈尔滨：黑龙江人民出版社，第 49 页.
② 杨足仪、向鹭娟，2018. 死亡哲学. 北京：中国友谊出版公司.

坟墓才是神的发祥地";黑格尔从"理念"出发,运用三段论探析死亡;叔本华和尼采将死亡问题当作哲学的最首要问题;培根把死亡看成是人生价值问题;卢梭和狄德罗等将死亡恐惧说成是人性的情感;伽桑狄认为死亡是原子的回归;弗洛伊德把死作为人与生对立的两大本能之一;而伏尔泰等认为社会的、自由的人很少想到死。莱辛认为,死亡是对个体永生的形而上的需要,具有宗教的"彼岸性"的本质,死亡关怀显示着一种人生状态。[①]总之,死亡,作为现世肉体生命的终结和来世精神生命的重启,得到了中外学者的关注,他们在哲学、美学、诗学和文学(包括叙事学)等视角下对死亡学进行多维研究。

死亡叙事,即死亡学与叙事学的交叉研究,如同宗教叙事、唯美叙事、互文叙事以及女性叙事一样,也是拉斐尔前派诗歌的主要叙事策略之一。拉斐尔前派诗歌的死亡叙事经历了从"现世死亡"到"虚构死亡(复活)"的转向,产生了叙事变异。而这种叙事变异艺术的动因受历史在场、道德建构与宗教介入等现代性生成语境的影响。

拉斐尔前派诗歌的"死亡叙事"变异艺术研究,具有一定的理论意义和实用价值。首先,创新性提出"死亡叙事变异艺术"概念,开辟了死亡学研究与叙事艺术研究的新路径;提出"虚构死亡叙事"概念,更新了死亡叙事范式,拓宽了诗歌透视视域,"由死变活"的转向,延续了生命的存在感,实现了人类永生和不朽的美好愿望。其次,提出"虚构死亡不惧意识",升华了死亡主题,重写了死亡的崇高和超越,体现了不惧死亡的"出世"境界。再次,提出"变异动因"概念,拓宽了叙事空间,导入了历史在场与宗教、伦理介入等元素,助推了人类死亡伦理困惑的消解。最后,透视了战争、死亡与和平三者的交互关系,修正了其诗歌

---

① 毕治国, 1989. 死亡哲学. 哈尔滨:黑龙江人民出版社.

死亡叙事忽略"和平"元素的偏误，凸显了人类精神家园重建和人类现实生存状况改写的重要性。同时，叙事变异，使诗歌研究从文学、诗学的研究高度上升到美学、哲学的研究高度。

拉斐尔前派诗人斯温伯恩、罗塞蒂兄妹、巴特摩尔以及潘恩、阿林汉姆等都曾以书写死亡进行叙事。诗人在这些死亡叙事诗中，多采用"现世死亡"转向"虚构死亡（复活）"的叙事变异艺术，对死亡这一终极主题进行了虚构的"死亡亲历书写"。拉斐尔前派的死亡叙事以"亲历书写"为主，即"遗书式"的"虚构死亡"书写，如克里斯蒂娜的《歌，我死之后》《死后》《魂归故里》、威廉·司各特的《死亡之后》、斯温伯恩的《生死相依》和《死生相伴》等近百首死亡书写诗歌。其死亡书写中"间接书写"与"直接书写"交替使用。叙述者在死亡叙事中，外聚焦与内聚集的叙事视角交替使用，或以旁观者审视死亡，评述死亡的崇高与不朽；或以参与者"直播"死亡，讲述死亡的经历和感受。克里斯蒂娜·罗塞蒂的《王子的历程》中的公主之死，《神女》中的神女之死，斯温伯恩的《婴儿之死》中的婴儿之死等，通过神圣化或戏谑化的诗意书写，体现了其死亡叙事艺术与死亡叙事变异艺术魅力。

拉斐尔前派诗歌的"死亡叙事变异"艺术聚焦于两个核心：其一是从"现世死亡"到"虚构死亡"的转化；其二是从"死亡恐惧意识"到"死亡不惧意识"的转换。叙事变异之动因：其一是"虚构死亡（复活）"，对现世"不可抗"死亡的消解；其二是拉斐尔前派诗人的宗教信仰对维多利亚时代严苛的道德标准的反驳。例如，被贬称为"肉欲诗派"的但丁·罗塞蒂，由于自己的放荡不羁，导致妻子西黛尔抑郁而吸食过量的鸦片后香消玉殒，诗人悲痛内疚，愤而将自己的诗作当作亡妻的殉葬品葬入棺中。之后，为了纪念亡妻，他的创作由"现世死亡"转向了"虚构死亡"与复活。其诗集《生命殿堂》中收录的《从爱情到死亡》《爱情中的死亡》《爱之死》和《死亡歌者》等，皆采用隐喻式的"现世死亡"书写，而其名诗《神女》却由"现世死亡"转向了复活。现世的神女无力抗拒死亡，而诗人采用叙事变异艺术，转向"虚构死亡（复活）"来抗拒"现世死亡"，虚构了亡妻"正立在天庭的围墙之上"，"依栏探出身"，"从天堂依栏的地方/注视着脉搏般跳动的时光/穿越了整个世界。她深邃的目光/奋力穿越前方"，注视着凡尘中的情郎。神女经历了"生死轮回"后得以"飞天成仙"而复活。

　　克里斯蒂娜由于宗教信仰而两次失去爱情，因此她的叙事模式也逐渐转向了"虚构死亡"书写与复活，诠释了"变体复活"与"灵魂永恒"思想。克里斯蒂娜的"魂灵的恳求"与"神女"叙事主题相似，只是叙述者由"情郎"变成"爱妻"，叙事空间由"天上"变为"地下"。亡夫罗宾的魂灵午夜归家，"闪身飘入屋中央"，"浑身冰凉，像寒夜的露珠一样，面色苍白像羊圈里的迷途羔羊"，恳请爱妻不要"悲啼"，使他在地下"无牵无挂，可以安息"。事实上，死亡叙事与宗教叙事存在显性或隐性的关联，天上或地下与凡尘的对话，与宗教叙事中的"灵肉合致"存在互构关系。

　　拉斐尔前派诗歌的死亡叙事变异艺术，体现了死亡与灵魂永生、死亡与复活共存的传统精神文化，体现了人类最原始的质朴心理，体现了人们对死亡与生命的思想感情的认知，对于重建人类精神家园，反思现代人类的生命悲剧意识，具有一定的启迪意义。

　　基于以上分析，本章将以"现世死亡"到"虚构死亡"的转化为经、"死亡恐惧意识"到"死亡不惧意识"的转换为纬，以"叙事对象"与"叙事空间"为研究视角，对拉斐尔前派诗歌的"死亡叙事"变异艺术进行多维系统研究。

第一节　拉斐尔前派诗歌的"现世死亡"叙事

古希腊杰出的唯物主义和无神论者伊壁鸠鲁提出，"当我们存在时，死亡不存在，死亡存在时，我们已不存在了"。生命的存在就是对死亡的否定，死亡似乎离海德格尔所谓的"此在"的人们很遥远，但我们每个人心里很清楚（尽管忌讳），长生不老的灵丹妙药并不存在，死亡才是我们无法绕开的人生终点。国内外学者开始通过宏观观照与微观透视，进行死亡书写，探索人的生命价值，思考人的生存问题，反观死亡意识与生命悲剧意识。"死亡恐惧意识"与"死亡不惧意识"构建了死亡意识研究的二元性：一是物质世界的普适性，二是精神世界的独特性。因此，本节将采用"现世死亡"叙事策略，研究拉斐尔前派诗歌中死亡的物质世界的普适性，诸如现世的自然死亡、意外死亡、自杀死亡、预定死亡（死刑）；再如生物死亡，即尸体；心理死亡，即"疯子"；精神死亡，即犯了死罪的灵魂的死亡；[①]表达对爱情之死与死于爱情的观照，对保家卫国的勇士的礼赞，对平民死亡的关切，对人类最普遍、最原始的死亡认知和体验的哲思，从死亡的可憎性与恐惧性，反观生命的价值，发掘"现世死亡"叙事艺术的研究价值。基于此，本节将依据死亡叙事对象作为划分标准，从以下四个方面进行研究。

一、"向爱而死"的"爱侣死亡叙事"

文学评论家提出，中国戏剧始终贯穿两出戏：奸臣害忠良，相公爱姑娘。可见，爱情，和生命、死亡一样，是文学作品永恒

---

① [法]路易·托马，2001. 死亡. 潘惠芳，译. 北京：商务印书馆.

的叙事主题。拉斐尔前派诗歌中，死亡叙事与爱情叙事交织在一起，构成了交叉互渗关系。复杂的意象体系与死亡审美的交汇构建了一种高度个人化的爱情编码方式，生成了一个延异、多义、爱与死交错杂糅的"诡爱空间"。①在这种死亡与爱情的矛盾叙事中，恋爱中的一方，尤其是女性一方，因未能获取美好纯真的爱情郁郁而终。这种"向爱而死"的死亡叙事策略，经常用于拉斐尔前派诗人罗塞蒂兄妹、梅瑞狄斯、斯温伯恩以及西黛尔和司哥特等的诗歌创作实践之中。当然这种死亡叙事策略在文学实践中俯拾皆是，如中国文学中梁山伯与祝英台"向爱而死"的死亡叙事（当然"化茧成蝶"则属死亡叙事变异中的"复活"），西方文学中罗密欧与朱丽叶、安娜·卡列尼娜、茶花女的死亡与爱情叙事，以及梅瑞狄斯的《三个女孩》，克里斯蒂娜的《梦境》《终于安息》《勿忘我》（"Remember"，又译《记得》），西黛尔的《尘缘终了》《早逝》等，都采用了爱情与死亡叙事策略，得到了学界的关注。例如，梅瑞狄斯在《三个女孩》中，采用意象主义的手法，选取了具有神秘色彩与宗教色彩的象征意象"夜莺"进行死亡叙事，书写爱侣的死亡、失去爱侣的哀伤和对纯真爱情的渴望。

> 三个女孩相遇在路上；
> 日已落，夜已深：
> 两个女孩和五月的鸟儿一起欢唱，
> 哦，夜莺正和它的伴侣缠绵，意切情真。
> 她们问最小的女孩，为啥你去那儿如此平静？
> 天已黑，夜已深：
> 哦，我的心突然发病，
> 夜莺为它的爱侣黯然伤神。

---

① 却俊、彭予，2018."向死而爱"：普拉斯爱情诗的解构主义特征与死亡意识. 南京邮电大学学报（社会科学版），20（4）：88-94.

她们告诉最小的女孩，有很多相亲相爱的人；

月已升，夜已深：

哦，我再也不会顾盼尘世间的人。

没有爱侣的夜莺变得寂然无声。

她们叫最小的女孩张开双臂一展歌喉；

月高升，夜深沉：

哦，我的爱人听不清，

夜莺歌唱只给它的爱侣听。

她们杀了他来复仇，而诱饵却是他的意中人：

月黯淡，夜深沉：

荒野里立着他浅浅的坟；

哦，夜莺对爱侣充满渴望。

他胸前沾满血渍，头上沾满苔藓；

月凄冷，夜深沉：

而我定要躺在他身旁，

哦，夜莺对爱侣充满渴望。①

　　拉斐尔前派诗人梅瑞狄斯的"爱侣死亡叙事"，受到其所处的现代性生成语境的影响。五岁丧母，婚姻失败，妻子玛丽·艾伦与艺术家亨利·沃利斯私奔，妻子病亡，使他对于爱情与死亡产生了更深的感悟，为其创作积累了丰富的素材，再加一生不辍耕耘，最终为自己在英国文学和世界文学史上赢得了一席之地。梅瑞狄斯一生出版了《诗集》《现代爱情》《尘世快乐的诗歌和韵律》以及《悲惨生活的民谣与诗歌》等四部诗集，其中《诗集》收录的《山谷中的爱情》得到了桂冠诗人丁尼生的好评。《现代爱情》堪称"描绘破碎婚姻和情人间对立情绪"的经典之作，"以其坦诚

---

① 朱立华译自 https://www.poemhunter.com/poem/the-three-maidens/

地描绘不和谐婚姻的态度感动了评论界",得到了斯温伯恩和罗伯特·勃朗宁的好评。梅瑞狄斯的爱情诗歌主要收录在《现代爱情》中,多取材于现实和个人经历。在短诗《三个女孩》中,诗人选取了西方文化语境中典型的宗教意象"夜莺",描述了"爱侣"间的情真意切与缠绵悱恻,"夜莺正和它的伴侣缠绵,意切情真","夜莺歌唱只给它的爱侣听",描述了爱侣死亡后的哀伤,而且"要躺在他身旁",生死相依,不离不弃,构成了爱情与死亡的互渗关系,诠释了"向爱而死"的死亡叙事的现实意义,对于当下语境中的婚姻观、价值观具有一定的启迪意义。象征意象"夜莺"极具浓厚的宗教色彩,夜幕下凄婉的歌声,增加了死亡的神秘和恐怖,反衬了爱侣死亡的哀伤与凄凉。

拉斐尔前派诗人克里斯蒂娜在《梦境》中,同样采用死亡叙事策略,以来自远方的"她"为叙事对象,进行死亡叙事。

> 阴暗的河流在这里哭泣,
> 河流深处泛起层层涟漪,
> 她睡得如此甜美,
> 不要将她唤起。
> 她来自远方,
> 一颗孤星为她指引方向。
> 来到荫凉的地方,
> 找寻梦幻的天堂。
> 她抛下了黎明的希望,
> 她离开了谷田,
> 寻找黄昏的孤寂凄凉,
> 和跳跃的清泉。
> 梦境里,就像透过面纱一样,
> 她看到天空如此苍凉,

听到了夜莺

凄婉的吟唱。

安息，安息，彻底安息，

眉毛和酥胸已被遮挡，

她面朝西方

那神圣的地方。

看不到成熟的谷粒

长在山坡和平原上。

感觉不到雨水

打湿了她的手臂。

安息，安息，永远安息，

在布满青苔的岸边。

安息，在内心深处安息，

直到时间永远停息。

再不会有痛苦让美梦受惊，

再不会有黎明将黑夜唤醒，

直到她愉悦的心情

压倒她完美的安宁。①

　　生命的意识和本能注定了死亡与情爱的缠绕纠结。爱情与死亡的矛盾书写是克里斯蒂娜爱情诗歌的核心聚焦。在其百余首爱情诗歌之中，成功的爱情诗意书写案例极少。在其爱情叙事之中，或爱侣死亡，或爱情死亡，真爱难觅，真爱易逝，只能寄希望于爱侣复活。这是因为她受到了当时社会语境的影响。精神和肉体的双重折磨是她抑郁人生的主要原因：首先，维多利亚时代对女性严格的清教徒式的道德规范，造成她人性与自由的严重压抑。

---

① 朱立华译自 *Pre-Raphaelite Poetry.* New York: DOVER PUBLICATIONS, INC., 2003: 63.

其次，克里斯蒂娜生于西方基督教道德体系濒临崩溃之际，受到达尔文进化论和孔德实证主义的影响，皈依了英国国教，并因为宗教信仰的分歧，先与心爱的詹姆斯·柯林森解除婚约，后与深爱的查尔斯·凯利解除婚约，两度失去爱情使她对爱情产生迷惘、困惑和矛盾心理。女诗人采用内聚集的叙事模式，陈设阴暗凄凉的叙事空间：阴暗哭泣的河流、孤寂凄凉的黄昏、苍凉悲壮的天空，五谷不升的山坡和平原、布满青苔的岸边、腥血凝集的冰冷门槛，以及虚无缥缈的梦幻天堂。在这种阴暗的背景下，叙事者以"我"的视角，讲述自己的梦境：我深爱着的恋人，一颗孤星为她指引方向，去找寻梦幻的天堂，最终抛却尘世间的一切烦恼和希望，听着夜莺的凄婉吟唱而走向死亡，在内心深处彻底安息。这也是诗人的内心独白，宁愿待在梦中不愿醒来，至少能在长夜漫漫的梦中见到自己的挚爱。克里斯蒂娜的死亡叙事中，虽然死亡伴着哀怨忧伤，但也是身心的安息，灵魂的安置，体现出其乐观的不惧死亡意识。她的短诗《终于安息》同样诠释了死亡是肉体与心灵得以安息的不惧死亡意识。

> **终于安息**，不再挣扎、不再烦恼，
> **终于安息**，不复恐惧、不复喧闹，
> 寒冷苍白，不见朋友、不见恋人，
> **终于安息**。
> 疲惫之心不再沮丧、不复懊恼，
> 不再有绞痛或无尽的恐惧萦绕，
> **终于安息**，不再有噩梦的困扰。
> **终于安息**。林梢间鸟儿的鸣叫
> 或阵阵疾风也唤她不醒。
> 顶着紫色的百里香与三叶草，

终于安息。①

事实上，爱侣的"现世死亡"叙事，是很多拉斐尔前派诗歌所采用的叙事模式。但丁·罗塞蒂《神女》中的神女之死，克里斯蒂娜《新娘歌》中的新娘之死，《妻子告别丈夫》中的爱妻之死等，也都采用爱侣的死亡叙事模式。在《新娘歌》中，克里斯蒂娜利用碎片式的书写，戏谑化的语言，讲述了新娘，也是公主，苦苦等待新郎，也是某国的王子，来迎娶自己。然而王子迎亲的历程中，受到诸多诱惑而耽误了时辰。新娘迟迟等不到王子，郁郁而终，通过"向爱而死"、为爱殉情的爱情死亡意识和生命悲剧意识，重建死亡意识的美学伦理，重构"灵肉冲突"的诗学表征。

> 太晚，爱情已逝；太晚，欢愉难留，
> 太晚，太晚！
> 你在路上耽延太久，
> 你还在门口逗留。
> 受蛊的鸽子立于枝头，
> 孤独死去，没有配偶。
> 受蛊的公主在她的塔楼，
> 沉睡，安息于格栅窗后，
> 她内心充满渴求，
> 你害她苦等没盼头。
>
> 若是十年前，五年，
> 哪怕是一年前，
> 甚至是你能按时赶到，

---

① 朱立华译自 *Pre-Raphaelite Poetry*. New York: DOVER PUBLICATIONS, INC., 2003: 104.

而不耽延，
你就能看到她的音容笑貌，
可惜你再也无法看到。
冰冻的泉水本可喷发，
花蕾本会生花发芽，
温暖的南风苏醒后将把
冰雪融化。

她倒下还那么妩媚？
曾经的她多么美丽，
金粉点缀金发，即使做女皇，
她配得上任何高贵的国王。
而现在卷发上罂粟花飘洒，
她一定佩戴了白色罂粟花。
轻纱遮覆面庞，
脸上镌刻渴望，
抑或最终所愿得偿
而擦除了哀伤？
……
昨日，她床上奄奄一息，
你就该为她哀伤悲泣。
今日，她已升天，
你为何徒然泣涕涟涟？
不，我们爱她就不该恸表哀婉，
该为她高贵的头顶戴上花冠。
……①

_____

① 朱立华译自 https://www.poemhunter.com/poem/bride-song/

二、"家国情殇"的战争死亡叙事

中国文学崇尚"杀身成仁，舍生取义"的生死观，歌颂"武死战，文死谏"的道德观，与此相似，英美文学中也有很多以战争死亡为叙事对象进行叙事的文学作品。研究案例或是某一作品，如海明威的战争题材小说，《三国演义》《水浒传》和《西游记》等经典作品，或是某一时期的作品，诸如中国当代文学（如"长津湖战役"）、西方后现代文学等。但是以战争死亡为叙事对象的研究明显不足，中国知网上只检索到《司马迁在战争视野中的死亡叙事》和《战争、政治与生命意识：哈罗德·品特诗歌中的死亡书写》两篇论文。战争死亡叙事通常包括两种模式：第一，叙事空间为宏大的历史背景与惨烈的战争场景，叙事情节大多是对骑士、武士等英雄人物英勇战斗、以身殉国的英雄事迹，进行战争死亡的多维立体书写。诗人经常借助宏大叙事、英雄传奇美学和崇高审美，塑造英雄形象，弘扬英雄主义、英雄崇拜和信仰、理想、奉献等社会价值观。第二，战争的微观冷峻书写。通过对传统英雄观念的式微，革新战争观念与文化心理，注重战争带来的肉体苦痛、心灵创伤与主体性分裂，表达对战争心理创伤的同情，体现重建人类精神家园的哲思和人类生存困境的观照。通过对拉斐尔前派诗歌的文本细读和相关研究文献的梳理发现，拉斐尔前派诗歌兼具两种模式，但更加关注战争造成的死亡与战争对内心的创伤，而不太注重英雄主义、爱国主义和民族大义。

拉斐尔前派发轫于维多利亚时代，在相对和平稳定的社会语境中，战争死亡叙事诗歌题材较少，因此他们多选取古希腊罗马神话故事、《圣经》故事或儿童寓言故事为语料进行创作。拉斐尔前派诗人但丁·罗塞蒂、莫里斯、斯温伯恩和梅瑞狄斯等，都创作了一些战争死亡叙事诗歌，主要包括但丁·罗塞蒂的《死亡歌者》、莫里斯的《战火中的阿伽门农》、斯温伯恩的长诗《革命前夜》以及梅瑞狄斯的短诗《战争威胁论》("On the Danger of War")
等，都采用了战争死亡叙事策略，进行经典重写。例如但丁·罗
塞蒂的《死亡歌者》：

> 首先是那匹木马，它的腹内挤满人，
> **出生即为死亡**，死亡的阴影笼罩着特洛伊城，
> 城中长者怀疑它是希腊人的运兵车，
> 便把海伦带到城头去唱希腊人的故乡之歌，
> 她低语："朋友们，就我一人，来吧，来吧！"
> 尤利西斯蜷缩在腹内非常害怕，
> 把他的手堵在同伴们发抖的嘴上，
> 紧捂着，直到他们一声不响。
> 同样尤利西斯摇动自己的桅杆，
> 那儿浪花朵朵掩蔽了死一般的洞穴，
> 驶过小妖欢唱的岛屿，
> 直到甜美的乐曲湮没在永不停息的浪花里，
> 哦，灵魂，难道死亡之歌不是来自天堂吗？
> 难道胜利的面颊不会让她的红唇蒙羞吗？①

这首短诗以持续十年的特洛伊战争作为宏大的叙事背景，进行战
争死亡叙事。叙事文本取材于古希腊罗马神话故事，重写拉斐尔
前派诗人尚古倾向和中世纪情结，因为他们经常从《圣经》故事
和古希腊罗马神话传说中汲取创作素材。特洛伊战争发生在迈锡
尼文明时期，宙斯与勒达之女海伦，美貌冠绝希腊，求婚者接踵
而来以致内讧争斗，最后来求婚的爱琴海首领通过掷戒指的方式
选出墨涅拉奥斯，娶了海伦。特洛伊王子帕里斯受到阿芙罗狄忒

---

① 朱立华译自 http://www.poemhunter.com/poem/sonnet-lxxxvii-death-s-songsters/

的唆使，乘船到斯巴达找海岸时，作为客人探访斯巴达国王墨涅拉奥斯，宴上海伦被迷惑。过了几天，在帕里斯的唆使下，海伦离开丈夫，跟他回到了特洛伊。墨涅拉奥斯发现妻子被拐骗后，发动了持续十年的特洛伊战争。希腊人围攻特洛伊城，最后通过奥德修斯想出的木马计，才赢得了战争。希腊联军的战舰假装撤离，只留下一匹巨大的木马被拉进了特洛伊城。到了晚上，藏在木马中的全副武装的希腊战士蜂拥而出后，悄悄地摸向城门，杀死了睡梦中的守军，迅速打开了城门，并在城里到处点火。隐蔽在附近的大批希腊军队如潮水般涌入特洛伊城。十年的战争终于结束了。希腊人把特洛伊城掠夺一空，烧成一片灰烬。男人大多被杀死了，妇女和儿童大多被卖为奴隶，特洛伊的财宝都装进了希腊人的战舰。海伦也被墨涅依斯带回了希腊。特洛伊战争就此结束。但丁·罗塞蒂的《死亡歌者》借助改写希腊神话，以特洛伊战争为叙事背景，提出"出生即为死亡"的论断。木马肚子里面的武士带给特洛伊人的是死亡，"死亡的阴影笼罩着特洛伊城"。海伦与尤利西斯两个叙事对象的历史在场，更增加了诗歌的复古性和历史厚重感。诗歌主题"死亡歌者"即为妖怪，只有灵魂才知道他们的死亡歌声是否来自天堂，但至少人们知道虽然希腊人最后获胜，但海伦的红唇仍然让这些胜利者蒙羞。诗人"自知非尤利西斯，无法抗拒代表死亡的情歌，反而自怜像那痴情的林安达，宁为情困，甘心接受死亡的摆布"[1]，再次论及灵魂、死亡、天堂，强调自己"出生即为死亡"的观点，此观点类似于但丁·罗塞蒂在《新生的死亡》中提出的"死亡是婴儿""生命是母亲"的死亡哲学观。

拉斐尔前派诗人乔治·梅瑞狄斯创作的《战火中的阿伽门农》中的原型阿伽门农，同样源自希腊神话，为特洛伊战争中希腊联

---

① [英]但丁·罗塞蒂，2009. 生命殿堂：罗塞蒂的十四行诗集. 庄坤良，译. 台北：书林出版有限公司，第12页.

合远征军的统帅。如前所述，墨涅拉奥斯发现妻子海伦被拐后，
怒火万丈，找他的哥哥阿伽门农帮忙。阿伽门农建议召集当年起
誓的英雄一起进攻特洛伊，并率领联军攻克特洛伊城，取得胜利。
在这首短诗中，梅瑞狄斯正是以特洛伊战争为宏大的叙事背景，
进行阿伽门农与特洛伊人之间的战争书写：

> 他冲出去了，从激战正酣的战火中，
> 和盔甲耀眼的亚细亚人并肩往前冲，
> 本能驱使着杀气腾腾的步兵疾步飞奔，
> 战马连同马背上的敌兵（脚下扬起浓云飞尘，
> 平原上雷动的马蹄腾起尘雾滚滚），
> 被锋利的兵刃砍倒，此刻主将阿伽门农
> 一路追杀，指挥着他的部众。
>
> 现在，贪婪的烈焰吞噬着未开垦的森林，
> 一阵狂风来临，
> 狂怒的大火借着风威撕裂了胶树枝杈，
> 亚崔迪人阿伽门农脚下，
> 特洛伊人四散倒下，脖子直挺的战马，
> 拉着空车在战场间的道路上吱吱嘎嘎，
> 无辜的车夫被抛下，仰面八叉倒在地上，
> 秃鹫见到这些美味比自己的同伴更眼亮。[①]

这首短诗同样是一首战争死亡叙事诗歌。人性的贪婪与残酷是诱
发战争的根源，而战争最残酷的表现就是敌对双方相互间的肉体
毁灭。战争就是死亡。因此，在拉斐尔前派诗歌中，战争死亡叙

---

① 朱立华译自 https://www.poemhunter.com/poem/agamemnon-in-the-fight/

事也是一种常见的叙事策略。《战火中的阿伽门农》中，阿伽门农率领着杀气腾腾的步兵，冲向激战正酣的战火之中，一路追杀，将敌人的骑兵纷纷砍落马下。狂风帮烈焰加剧了死亡的恐怖，被杀的特洛伊人变成了秃鹫的美味。凶猛的秃鹫反衬了特洛伊人的悲剧命运，映射出战争死亡叙事中的死亡意识与生命悲剧意识。通过阅读生命悲剧意识，可以反观诗人悲剧精神，透视战争悲剧根源，叙述战争悲剧苦痛。通过死亡映照生命的深邃内涵和存在意义，探索人类文明的救赎之路。

拉斐尔前派诗人以古希腊罗马神话或《圣经》故事为创作语料，源于其"尚古思想"与中世纪情结。例如但丁·罗塞蒂的另一首战争死亡叙事诗《滚开！撒旦》就是《圣经》故事的重写。

> 给我滚到一边去，撒旦。满头卷发的
> 战车手，弯着腰，逆着风，
> 仍被疾风吹落到战车下，
> 时间亦如此；正如这辆空车
> 被脱缰的战马拖离车道，这世界亦如此；
> 是的，尽管战车在空中扬起的灰尘
> 遍地寻找却无迹可寻。
> 给我滚到一边去，撒旦。你经常张开着
> 可怕的双翼，易如折枝般地
> 击碎强大的人类，赢得一身赞颂。
> 独留我软弱的双足行走在生命的狭路。
> 而你依旧在宽广的林荫道上
> 等待愤怒天神的最后审判，
> 日日、月月、年年。[①]

---

① [英]但丁·罗塞蒂，2009. 生命殿堂：罗塞蒂的十四行诗集. 庄坤良，译. 台北：书林出版有限公司，第 213 页.

《圣经》故事，一如古希腊罗马神话故事、亚瑟王传奇故事，是英美文化语境的三源泉之一。《滚开！撒旦》中，但丁·罗塞蒂以《圣经》中魔鬼意象撒旦作为叙事对象进行死亡叙事，重写魔鬼与人类的决战，怒斥撒旦滚开，因为撒旦"经常张开着／可怕的双翼，易如折枝般地／击碎强大的人类"，"独留我（人类）软弱的双足行走在生命的狭路"。而他的恶行，不管多少年，多少月，多少天，终会"等待愤怒天神的最后审判"，而悲情的人类终会得到救赎。有人赞颂撒旦，是因为他们认为，撒旦是一个如弥尔顿在《失乐园》中所描述的敢于反叛上帝的英雄。此外，这几首诗歌也揭示了拉斐尔前派诗歌中死亡意识与宗教、神话传说的内在关联，诠释了拉斐尔前派诗歌的文化多样性，以及诗人对战争、死亡与生命不朽的哲思。同时，研究也表明，拉斐尔前派诗歌的死亡叙事也存在不足：忽略了和平因素。拉斐尔前派诗人关注的焦点多集中于战争带来的死亡，注重战争带来的肉体苦痛、心灵创伤与主体性分裂，以及重建人类精神家园的哲思和人类生存困境的观照，但是由于拉斐尔前派诗人的个人视野、所处历史的局限性，忽略了战争、死亡与和平三者的交互关系中和平的重要因素，死亡叙事中忽略了和平对于人类现实生存状况改写的重要性。

三、"人生无常"的其他死亡叙事

以上主要对拉斐尔前派诗歌死亡叙事变异艺术中"现世死亡""死亡恐惧意识"两个焦点进行研究，研究的难点还是死亡叙事变异的动因。在"现世死亡"的视角下，分析了其诗歌的"爱侣死亡叙事"和"战争死亡叙事"。此外，拉斐尔前派诗歌"现世死亡"叙事中还涉及耶稣之死、平民之死、婴儿之死，乃至"草木之死"等其他死亡叙事对象，篇幅所限，只作简单分析。以克里斯蒂娜诗歌为例，《甜蜜的死亡》即为花草死亡叙事：

最甜蜜的花儿已死亡。
确已死亡，我天天奔教堂
去祈祷和颂扬，
穿过郁郁葱葱的墓地，
看见阵雨中坟头的花儿从嫩叶中脱落，
我暗自思量：
凋落之前
花儿怎样向空中吐馨香。

最鲜嫩的花儿已凋亡。
凋落后它们又把沃土来滋养，
那正是不久前它们出生的地方；
生亦甜美，死更风光，
似乎生死未曾发生在这个世界上：
所有的花色复归绿色；
色彩不再艳丽、芳香不复飞扬，
唯有小草，生命价值更加久长。

青春和美貌俱已死亡。
确已死亡，哦，上帝，万能之神：
圣徒和天使，快乐的伴侣，
比美貌和青春更值得赞赏；
而你，上帝，我们心安神逸地依仗，
远比这一切更值得赞赏。
为什么我们面对丰厚的收获而退让？
为什么我们宁愿零星拾穗而满怀忧伤？①

① 朱立华译自 https://www.poemhunter.com/poem/sweet-death-5/

在《甜蜜的死亡》中，克里斯蒂娜以"花"这一美学意象，进行死亡书写，表达自己的生死观：生亦甜美，死更风光，认为最鲜嫩的花儿虽然已经凋亡，但它凋落后又去滋养生我养我的沃土，似乎生死未曾发生在这个世界上，生命价值更加久长。这是克里斯蒂娜眼中乐观的、明艳的"死亡"，是"不惧死亡"、超然"出世"境界的写照。

再如，克里斯蒂娜在《挽歌》中对平民"你"的死亡进行叙事，感叹生死的无常。

> 为何你在冬雪飘落时出生，
> 你该在杜鹃鸣啭时，
> 在葡萄翠绿成串时，
> 至少在飞燕群聚时降生，
> 因为夏日接近尾声，
> 它们即将远行。
> 为何你在小羊啃草时辞世，
> 你该在苹果落地时，
> 在蝗虫飞来滋事时，
> 在麦田只剩下麦茬时离世，
> 风儿在叹息，
> 因为最美好的事物已消逝。①

但丁·罗塞蒂的《新生的死亡（2）》、克里斯蒂娜的《没有婴儿的婴儿摇篮》等都进行了婴儿死亡叙事。在《没有婴儿的婴儿摇篮》中，克里斯蒂娜将摇篮、坟墓、天堂和尸体四个意象并置，强烈冲击读者视觉，但也留给读者希望，即婴儿在天堂复活：

---

① 朱立华译自 https://www.poemhunter.com/poem/a-dirge-3/

　　　　没有婴儿的婴儿摇篮，
　　　　秋叶凋零的婴儿坟墓；
　　　　甜美灵魂聚在天堂的家，
　　　　等在这里的尸体。①

　　再如，在《传播知识的基督之爱》中，克里斯蒂娜持有乐观的、不惧死亡的超然态度，以内聚集为叙事视角，以耶稣为叙事对象，进行死亡叙事。

　　　　我日日夜夜忍受着你，心烦意乱，
　　　　多少次心痛，多少滴眼泪；
　　　　我忍受着你的严酷、冷漠、怠慢，
　　　　不管是三年，还是三十年。
　　　　有谁敢做，我敢为你做的事情？
　　　　我把天赐的福在心底深埋，
　　　　我不惜我的肉体，不惜我的灵，
　　　　把我的爱给你换取你的爱。

　　　　为了你我在日晒中干渴，
　　　　为了你我在夜霜中颤抖，
　　　　你在我口中比蜜更甜，
　　　　为什么你还要退缩溜走？
　　　　我把你扛在我肩上，心甘情愿，
　　　　不法之人在我肩上绑上十字架，
　　　　他们或高声尖叫，
　　　　或摇晃脑袋，满脸讥笑。

---

① 朱立华译自 http://www.poemhunter.com/poem/a-baby-s-cradle-with-no-baby-in-it-2/

你用钉子钉在我手上，

你的名字文刺在我的双眼间作为额饰，

我是圣者，承担所有的羞耻与罪责，

我是上帝、牧师、祭司。

一个蟊贼在我左右两边光顾后，

我一人在痛苦中干渴了六个小时，

终于死亡，我的心脏被击碎，

裂缝中有你的藏身之处。

我被钉在十字架上，这安乐窝非常珍贵，

在这儿我可以舒展筋骨，安然入睡。

于是我赢得了一个王国，分享王冠吧，

获得了好收成，来收割吧！[①]

四、"现世死亡"叙事的"死亡恐惧意识"

在拉斐尔前派诗歌的"现世死亡"叙事中，"死亡恐惧意识"没有"死亡不惧意识"那么明显。但丁·罗塞蒂和莫里斯的诗歌表现出较为明显的死亡恐惧意识，而克里斯蒂娜和斯温伯恩的诗歌更多表现出"死亡不惧意识"。

拉斐尔前派诗歌的死亡意识贯穿于其特定民族的神话、原始禁忌及宗教起源中，折射出维多利亚时代的文化特质和心理定式。当然，无论在创世神话、人类起源神话，还是在自然神话、文化神话中，死亡意识清晰可辨，折射着各民族集体的精神认知，承载着各种与自然环境、文化生态系统相应的记忆和情感。[②]拉斐尔前派诗歌的死亡意识不仅包括了对死亡的困惑、焦虑、恐惧、崇敬、冥想以及神秘化理解，还有拉斐尔前派诗人对人生的终极

---

① 朱立华译自 https://www.poemhunter.com/poem/christian-and-jew/

② 张苇杭，等，2011. 中国神话、希腊神话中的死亡母题研究. 宁夏社会科学，167（4）：147-152.

意义的探寻、对死亡的形而上的超越和对生命价值的审美意义上的升华。

拉斐尔前派诗歌死亡叙事的叙事变异艺术具有两个核心聚焦：其一是从"现世死亡"到"虚构死亡"的转化；其二是从"死亡恐惧意识"到"死亡不惧意识"的转换。本节将在"现世死亡"研究基础上，从死亡恐惧心理与死亡恐惧成因两个方面，论述"死亡恐惧意识"（"死亡不惧意识"后面论述）。

第一，死亡恐惧心理表现。拉斐尔前派诗歌的死亡意识与生命悲剧意识，是其死亡叙事研究的核心内容之一，属于心理学研究范畴，是指叙事者、叙事人物（对象）作为生命主体对死亡客体的认知和体验，这是每一个生命个体都存在的普遍意识。事实上，死亡意识具有个性表征，换言之，没有两个人的死亡意识完全相同，因为其具有高度的主体性，而不同个体基于自己的主体情况产生的死亡意识并不相同。文化转型和跨学科研究的趋势打通了学科界限，死亡意识也从心理学研究移植到文学研究。因此，死亡意识便成了拉斐尔前派诗歌叙事研究的一个关键词，这也是拉斐尔前派诗歌死亡叙事变异艺术研究的一个理论依据和研究视角。

拉斐尔前派诗歌死亡恐惧心理是死亡意识的重要表现形式。无论是间接面对死亡，还是直接面对死亡，人类对死亡的恐惧心理是普遍存在的，因为"上帝创造了人同时也创造了恐惧"。[①]在大部分时间里，人类处于间接面对死亡阶段和最后的直接面对死亡阶段。其恐惧心理经历由抽象到具体、由分散到凝聚、由思想到灵魂的发展轨迹，这也是每个人必然经历的心路历程。死亡恐惧心理大致可分为三个类别：其一，等待的恐惧。人自出生伊始即面临等待死亡，等待死亡的恐惧伴随着整个人生。当然，通常

---

① 杨平，1994. 死亡. 沈阳：辽宁民族出版社，第77页。

情况下，对生的关注多于死，死的状态是朦胧的、抽象的、潜在的。如果不是见到车祸、病人等死亡的现象，人们常常遗忘了它，恐惧被压在了心底，或转移为其他某种形式，但是绝不能说它不存在。在有限的等待情况下，如患不治之症的病人或判死刑的犯人，等待恐惧是残忍的苦痛（正如克里斯蒂娜诗歌所表现出的那种苦痛），精神的折磨比肉体更甚，可使人精神扭曲，狂人画家梵高即为一例。其二，体验的恐惧。主要表现为看到天灾人祸所造成的他人死亡而引起的死亡体验所引发的恐惧心理，这是因为由他人联想到自己的体验行为可以使概念成为形象，使遥远而陌生的东西成为身边可感的物象，从而引发人心里的最深层的情感。通过对身边所熟悉的他人的死亡的体验，可以使自己意识到生命的短暂而宝贵，从而摆脱所处尘世的各种欲望的诱惑和困扰，是大多数人体验死亡恐惧的普遍心理反应。其三，面临死亡的恐惧。主要指人在直接面临死亡的时刻往往伴随着巨大的恐惧，这种恐惧本身常常置人于死地。因此，人们面对死亡时是出于恐惧而恐惧，如果明白了这种精神力量或心理作用，死亡及其恐惧就不会再折磨他们疲惫的身心，在那最后安详的时刻，从容而平和地告别一路风尘的人世。而所有这些，在拉斐尔前派诗歌之中都有所体现。

第二，死亡恐惧心理成因。拉斐尔前派诗歌的死亡恐惧的生发、流变受到死亡的不可逆性、不确定性与不可经验性的影响。

国外学者，如印度当代哲学家乔德哈里等，认为死亡恐惧产生受死亡的不可逆性影响，主要体现在三个方面：其一，死亡是不可逆的，人死之后万事皆空，在世时孜孜以求的享受、荣誉、名位、财富，等等，一切将化为乌有。其二，逝者将被周围的人忘却，因此失去我们的骨肉和亲朋挚友。其三，死亡是一种痛苦的经验，一个垂死的人通常要经历巨大的痛苦。

中国学者，如曾思艺等，认为死亡恐惧心理产生受死亡不确定性与"不可经验性"的影响，具体体现：一是由于不知道自己能活到何时而产生的恐惧，即对未知的恐惧，活着的人不知自己何时去死，死后将有怎样的境遇，确实令人恐惧；二是由于对死的极度孤独而产生的恐惧，死是一件无法与人分享的事，每个人只能孤独地死，想到完全与人隔绝的死令人恐惧；三是由于死的"不可经验性"而产生的恐惧，活着时候无法知道死亡，死后无法复活去体验死亡，死亡显得十分神秘，令人恐惧。[①]这些死亡恐惧意识特性在拉斐尔前派诗歌中都可找到文本支撑，同时与其所处的现代性生成语境也存在关联。

第二节　拉斐尔前派诗歌的"虚构死亡"叙事

　　拉斐尔前派诗歌的死亡叙事变异艺术主要体现在"现世死亡"到"虚构死亡（复活）"的转换，"死亡恐惧意识"到"死亡不惧意识"的转化。死亡叙事变异的动因受到历史在场、道德建构与宗教介入等现代性生成语境的影响，具体表现为"虚构死亡（复活）"对现世"不可抗"死亡的消解、拉斐尔前派诗人的宗教信仰对维多利亚时代严苛的道德标准的反驳等方面。在"现世死亡"叙事研究的基础上，本节将在"叙事空间"视角下，解读拉斐尔前派诗歌的"虚构死亡"叙事，分析拉斐尔前派诗歌中精神世界的独特性，如来世复活与生死轮回的哲学观，死亡的崇高、超然、礼赞和不朽思想，以及不惧死亡意识等；分析诗人狂放达观、超然物外的"出世"境界；分析诗人在精神层面对死亡的独特认知和死亡意识的审美意义。
　　中西文化中都存在死亡复活的叙事主题。中国文化面对死

---

① 曾思艺，2012. 丘特切夫诗歌研究. 北京：人民出版社.

亡，思考生命的永恒，追求长生不死、肉体成仙、生死轮回和涅
槃等"生命永恒"的美学思想。西方文化认为死亡与灵魂永生，
死亡与复活交互，否定死亡、超越死亡而获得新生成为一种价值
趋向；也存在"生死轮回""变体复活""灵魂永恒""飞天成仙"
等美学思想。依据神话原型批评理论，在人类的早期阶段，死亡
问题总是同原始宗教、神话紧密地联系在一起。在原始思维中，
原始人通常凭借古老的"灵魂"和"万物有灵"的观念，以宗教、
神话的形式拒斥死亡。原始死亡观的基本的表征就是对死亡顽强
的反抗和坚定的否定。卡西尔认为，整个神话就是对死亡现象的
坚定而顽强的否定。原始宗教神话关心的，与其说是死亡，毋宁
说是不死，神话就是关于不死的信仰，直接否定了死亡这个事实，
不失为对死亡复活的理性思考。[①]

　　叙事空间理论的生发、流变、表征及其文学审美功能，越来
越受到学界的关注。约瑟夫·弗兰克（Joseph Frank）提出的叙事
空间理论，是在物理学、数学、哲学、历史地理学、后现代地理
学和文化批判理论杂说中，以康德的想象空间说为契机将"空间"
与文学融通。叙事空间是故事发生的物理空间，是叙事载体自身
所具有的空间，广义上指叙事对象的活动场所或者存在空间。也
有学者认为叙事空间是虚构空间、想象空间，由作家、读者共同
参与建构。约瑟夫·凯斯特纳（Joseph Kestner）提出三种空间：
图像空间、雕塑空间和建筑空间；加布里埃尔·佐伦（Gabriel
Zoran）提出三种纵向空间：地志空间、时空体空间和文本空间，
三种横向空间：总体空间、空间复合体和空间单位。鲁思·罗侬
（Ruth Ronen）认为空间是人物存在和故事发生的实际环境或潜在
的环境。国内学者，如方英，认为"文学叙事中的空间是一个不
同于现实世界的想象的、艺术化的空间，以文字为媒介，由作者、

---

① 毕治国，1989. 死亡哲学. 哈尔滨：黑龙江人民出版社.

读者和文本共同建构。作为一个想象的、艺术化的空间，叙事空间绝不等同于现实空间，这种不同不仅在于其虚构性，更在于其特殊的媒介决定了这是一个断裂的、模糊的、不直观、不透明、不连续、非匀质的空间"。①

事实上，空间理论是由传统"时间"叙事，扩展到"空间"叙事的一种"空间转向"（当然，为了某种文学目的，作者也会采用"时空失序"叙事策略），是一门开放性学科，其本体认知和学科界定不断发展和演变，尚无全覆盖的确切的定义，是"不言自明又模糊不清"的一门学科。但至少存在一些共识：第一，空间摆脱了物质容器的狭隘概念束缚，不再是传统意义的"自然空间"或"物理空间"等有形的现实空间，不再是狭隘的故事内人物角色移动与生活的环境，而是被赋予了深刻的社会文化意义和人文内涵。第二，叙事空间的社会性表明，空间是直接与人的存在密切相关的世界，空间以生存场所出现，是人本质力量的对外显现，空间体现人对事物的认知，影响人的行为准则，表征权力关系和情感文化价值。第三，叙事空间分类多元化，如故事空间和话语空间；文本空间、创作空间、接受空间；地志空间、社会空间、文本空间；地理空间、社会空间、心理空间、审美空间；作家的创作空间、作品的艺术空间、读者的接受空间；故事空间、形式空间、心理空间、存在空间、物理空间、虚幻空间等。分类标准不同，侧重点不同，内涵意义存在交叠与重合。第四，叙事空间的功能。叙事空间在作品故事层中的功能体现在形成人物性格、促使人物行动、解释人物命运，是人物的生存处境与社会身份的表征；叙事空间在作品话语层中的功能体现在叙事空间作为能指因素时，在与其他叙事要素的互动中能够产生能动的叙事功能。总之，叙事空间理论拓展了叙事研究、文学创作与文学审美路径。

---

① 方英，2013. 理解空间：文学空间叙事研究的前提. 湘潭大学学报（哲学社会科学版），37（2）：104.

叙事空间理论在拉斐尔前派诗歌中的运用，在哲学、美学、诗学和文学等传统研究层，增加了一个新的文本叙事层；天堂与天国、冥府与地狱、墓地、家园等叙事空间的人为建构，实现了空间与诗意文学接轨，赋予了天堂、冥府等虚构空间更多的人文内涵，升华了死亡主题；叙事空间进行作家的创作空间、作品的艺术空间、读者的接受空间分类（"接受美学"的观点），使文本内部的横向语境和文本内外的纵向语境之间产生对话和交流，在作者、作品的原有意义上增加了读者的审美意义，拓展了死亡的内涵意义，体现了叙事空间理论的价值与作用。

一、"虚构死亡"叙事空间：天堂与天国

拉斐尔前派诗歌的虚构死亡叙事变异的表现就是采用"遗书式"的"虚构死亡"模式进行死亡叙事。依据伊壁鸠鲁的观点，"当我们存在时，死亡不存在，死亡存在时，我们已不存在了"，死亡和存在是排他式补充分布，永远没有共现关系。换言之，人一旦死亡，就不存在了，一个人不可能以内聚焦的叙事模式，讲述自己的死亡经历和死亡感受，所以其对于自身的死亡书写只能是"遗书式"的"虚构死亡"叙事。倘若有一种模式："存在—死亡—再存在"，那么这个"再存在"的生命就能够"亲历书写"自己的死亡体验和死亡经历，甚至还可以描述别人妆扮自己尸体的场景（如克里斯蒂娜在短诗《死后》中描述别人是如何妆扮自己尸体的）。现代科学早已证明，"再存在"是荒诞的悖论式的"存在"，是不存在的。通俗讲，"再存在"，也就是"复活"，不可能存在于现实中，只能存在于虚构的神话传说、民间故事和科幻小说之中，这也是虚构叙事产生的理据，是一种死亡复活与神话故事相伴相生的文化现象。基于此，本节将以"虚构死亡"叙事空间为分类标准，尝试对拉斐尔前派诗歌的"虚构死亡"叙事进行研究。

通过对拉斐尔前派诗歌的文本细读发现，其虚构死亡诗歌多取材于《圣经》故事，以天堂与天国、冥府与地狱、墓地、家园或其他场所作为叙事空间，进行虚构死亡叙事。其中，以天堂与天国为"虚构死亡（复活）"叙事空间的诗歌，主要包括但丁·罗塞蒂的《神女》、斯温伯恩的《冥后的花园》、克里斯蒂娜的《天堂回响》。

但丁·罗塞蒂在《神女》中，虚构了一个恋人死亡后升天进入天堂复活的"故事"。在《神女》的第一部分：

> 天堂的金栏杆黄澄澄，
> 神女依栏探出身。
> 幽幽的双眸
> 比平静的潭水更深。
> 三朵百合手中捧，
> 七颗星星发间缝。
>
> 她的长袍从扣到边没有带子扎，
> 也没有装饰的花，
> 唯有玛利亚赐予的白玫瑰头上戴，
> 为了做礼拜。
> 飘飘金发身后披，
> 恰如熟玉米。
> 他几乎没有一天，
> 成为上帝唱诗班的一员。
> 惊奇
> 尚未从那平静的脸上消退，
> 虽然，她离开他们，
> 屈指数来已十年。

（一个人，十年弹指一挥间。

……而现在，就在此间，

她肯定探身俯视着我——她的秀发

拂扫着我整个的脸……

万物皆空，只剩秋日的落叶。

又一个年头匆匆逝去。）

她正立在

天庭的围墙之上。

那是上帝跨越无比的深邃

建立的天与地的分界。

高高地，她从那儿俯视，

几乎看不到太阳。

那是立于天宇，

跨越天地洪流的天桥。

天桥下，交替着白昼与夜晚，

光明与黑暗作为交替的边缘。

天地间的空旷，低垂到地球像

焦躁的小矮人一样旋转的地方。

诗人以天堂作为叙事空间，讲述了一个升天少女倚栏俯视凡间情郎的故事。这个肉感而又神圣的可爱少女幻象，是根据诗人画笔下的贝亚特丽采的形象塑造的。这是一个不断萦绕在他脑海中的绘画创意人物。他在灵与肉方面都将女人理想化，与她们保持距离，将她们作为渴望和崇拜的对象。哈里·布拉迈尔斯认为："《神女》是文学中的中世纪精神的一幅富丽堂皇的织锦画。在这幅画中，超脱人间的秋水伊人'从天堂的金栅（笔者译为金栏杆）'

里探出身来，希望望见留在尘世的郎君。如果说她手里的三朵百合花和她头发里的七颗星带有理想化的但丁式象征主义表征，那么其他形象的感官性却把我们带回到现实世界的色彩和温暖中。"①

　　《神女》是但丁·罗塞蒂"虚构死亡（复活）"叙事的代表作，是为纪念亡妻西黛尔而创作。诗人虚构的叙事情节为一位手捧百合、头戴玫瑰、发缀星星、金发飘飘、长袍飘逸地升入天堂的少女尘缘未了，依着天堂的金栏杆，深邃的目光穿越了天地之界，久久凝望长空，想象着凡尘的情郎来相会；叙事空间主要是天堂，包括天堂的金栏杆、天庭围墙、天宇、天桥及圣母玛利亚居住的小树林等；诗人采用内聚焦叙事视角，运用通感、隐喻、象征等叙事语言，色彩、声音等感官意象繁复鲜明，心理描写细致入微，虽阴阳两隔，但鲜见凄婉、哀怨或伤悲，而多见炙热的情感与爱情的渴望。诗的开篇，叙事对象升天的神女，依着栏杆，幽幽明眸俯视凡尘，渴盼情郎现身："天堂的金栏杆黄澄澄，神女依栏探出身。幽幽的双眸比平静的潭水更深……她肯定探身俯视着我"。接着诗人极尽想象之能，构想出非常宏大的空间，地球都成了小矮人："她正立在天庭的围墙之上。那是上帝跨越无比的深邃建立的天与地的分界……那是立于天宇，跨越天地洪流的天桥……天地间的空旷，低垂到地球像焦躁的小矮人一样旋转的地方。"诗人通过虚构死亡复活叙事模式，让肉体已死的少女，在天国得以复活。天国神女对人间情人的恋情，把人性和感觉的自然色彩与神性和幻觉的神秘色彩融为一体，完美体现天地之爱的融合。在《神女》的第二部分：

---

　　① ［英］安德鲁·桑德斯，2000. 牛津简明英国文学史. 谷启楠，等译. 北京：人民文学出版社，第 632 页.

她周围，情侣
在永恒爱情的喝彩中相遇，
不停地呢喃彼此
永存于心底的名字。
他们的灵魂升天
宛若焊铁的烈焰闪过她身边。

她依旧躬身屈体，
环形的美体充满魅力。
她的酥胸一定温暖了她斜依的金栏杆，
百合花偎着她的弯弯臂膀，
仿佛进入梦乡。
她从天堂依栏的地方
注视着脉搏般跳动的时光
穿越了整个世界。她深邃的目光
奋力穿越前方。
她说的话就像
群星在它们的星座里欢唱。

去了，太阳，弯弯的月亮
像一片小小的羽毛
从深邃的天空飘然落下。此刻她
正对着晴朗的天空说话。
她的声音犹如点点繁星
齐声吟唱的天籁之音。

（啊，难道她那小鸟般甜美的声音，
直到现在还努力

不让别人倾听？那些钟声
在正午的空中回荡，
难道她的脚步沿着楼梯的回响
竟来不到我的身旁？）①

但丁·罗塞蒂在《神女》的第二部分，仍以天堂为叙事空间，对神女灵魂升天进行死亡复活与爱情书写。情侣的呢喃反衬了她的孤单：她柔美的身姿斜倚着用胸脯温暖了的金栏杆，深邃的目光凝望苍穹。面对长空，她热情而大胆的爱情宣言湮没了渺小的太阳、月亮。生命与爱情都可在天堂复活，体现了"死亡不惧意识"和生命永恒思想。

《神女》的第三部分（后两部分译文将在第三章"灵肉合致"处引用），转为外聚焦叙事视角，用独白的叙事语言，进行爱情书写。诗人虚构了神女天堂再会情郎、倾诉衷肠的美好爱情愿望："我俩将立于神殿旁"，"我俩将躺在那茂密的神奇树荫里"，聆听上帝教诲。天上的灵与地上的肉、凡尘的肉体与天国的灵魂完美统一，精神之爱与肉体之爱和谐一致，体现出但丁·罗塞蒂的"灵肉一元"的哲学观（第三章详述）。

第四部分转回原叙事视角，虚构了神女在天堂的美好生活。神女和情郎找到玛利亚居住的小树林里，发现她们"正在把金色的丝线，织成白得耀眼的精美布匹，为那些刚出生就已殒殁的生命制作分娩时的睡袍"。神女祈求圣母和耶稣的神灵护佑，脸上洋溢着幸福。

拉斐尔前派诗歌中《圣经》故事居多，希腊神话较少。天堂这一文化意象是常见的叙事空间，是复活的最理想宫殿。但丁·罗塞蒂铺设的叙事空间——天堂，作为故事内人物角色移动与生活

---

① 朱立华译自 *Pre-Raphaelite Poetry*. New York: DOVER PUBLICATIONS, INC., 2003: 1.

的环境，对于叙事对象、情节和主题等具有重要作用。为了便于分析，我们依照三分法，将叙事空间大致分为物理空间、心理空间和社会空间。首先，作为物理空间，天堂是叙事对象神女、玛利亚、侍女等的活动空间，是她们的行为或故事情节的物理发展场所或存在空间，是她们存在和故事发生的实际环境或潜在的环境，也是一种叙事结构。其次，作为心理空间，天堂的空间和其诗意的文学性接轨，变成一种抽象的精神空间，是作者与读者的心理空间的投射。天堂不仅是空间，更是赋予了文化意义、文化价值的"空间"。天堂是死后要去的地方，也就是"彼岸"，那里没有生命的无常，没有生离死别的痛苦，没有疾病，没有眼泪，是神与灵快乐生活的地方。因此，死亡并不恐惧，而只是身体与灵魂的分离，是身体朽坏、灵魂得到自由，是脱离身体的枷锁、离开尘世、回归天上永恒的故乡，这种理论对人类的人生观、世界观产生巨大影响。例如，在《神女》中，神女只是肉身的现世之死，摆脱了疾病，灵魂却升了天，在天堂快乐生活，在天堂俯视凡尘，向情郎倾诉衷肠。天堂不只是活动的空间，而是"乐园"。天堂作为社会空间，是作家对人物的社会背景和社会关系的描写呈现，被人为建构，赋予了权力、阶级等社会意义。天堂不是谁都能进，有人只能进地狱，天堂具有权力空间的表征。神女升天之前肯定是善良的，美丽的"好姑娘"，且诗人可能也想表达"愿天堂没有病痛"，类似于新闻"愿天堂没有后妈"（继女被后妈虐死的新闻）。总之，无论在现实世界还是艺术活动中，空间对人的存在和生活都是至关重要的。叙事空间——天堂，是形成人物性格、促使人物行动、解释人物命运的现实基础和根据，它的设置给情节的发生发展提供合理性、必然性或意义阐释，推动了故事情节发展，升华了死亡与爱情主题。天堂经过人为建构，拓展了自身的文化内涵意义。

再如，《基督、圣徒和圣灵的对话》，虚构了天堂空间，通过基督、圣徒和圣灵在天堂的对话，对死亡复活进行诗意书写：

> 病态的欲望使我面色苍白，
> 因为我的心已经离开，
> 离开了这个世界的微弱火光，
> **这个世界正渐渐地走向衰亡。**
> 在梦中我的心已穿越
> 这个恼人的病痛世界，
> 来到阳光倾泻的地方，
> 在永恒的山上。
> 圣徒说："那里的天使让我们得到
> 慰藉、圣洁与荣耀。
> 我们安息在耶稣那里，
> 没有白昼也没有黑夜。"
>
> 我的圣灵说："我一直在寻找
> 一个家但未能得到，
> 我花了钱但什么也没能买到，
> 什么也没能得到，枉自辛劳。
> 努力提升和增加，我的骄傲，
> 然而事实上却大大减少。
> 我的爱寻找爱，瞧！
> 然而未能成功找到。"
> "新来的圣灵催我们奋进，"圣徒说，
> "而不是憔悴，不是退缩。
> 我们爱耶稣，
> 他也真的爱我们。"

我无法超越其上,

又不能在下面待,

我无法得到真爱,

也无法逃避死亡。

希望和欢乐不再,

虚名却在嘲弄我。

我最爱的人已死,

但我不能随他们去死。

圣徒说:"死亡不会让我们消亡,

而是让我们长眠的地方充满荣光,

耶稣让我们长在,

而他曾为我们而死。"

哦,我的圣灵拍打着翅膀

飞向

永恒的地方。

在天堂,

她萎靡不振,几乎昏厥倒地,

这对我还有什么意义?

圣徒说:"来看看!"

耶稣说:"来看看!"

圣徒说:"在上帝和羔羊面前,

主快乐我们欢喜。"

耶稣说:"来尝尝我们的甜点,

和我永远在一起。"①

---

① 朱立华译自 https://www.poemhunter.com/poem/conference-between-christ-the-saints
-and-the-soul/

这首诗的叙事对象为《圣经》故事人物基督、圣徒和圣灵；叙事情节：在这个逐渐走向衰亡的病痛世界里，"心"已死亡，然而，肉体虽死，灵魂复活，精神不灭，在梦幻中穿越到阳光倾泻的地方，在永恒的圣山上。而到了圣山之后，人们就能得到慰藉、圣洁与荣耀。借圣徒之口，表达诗人自己在现实世界的无奈，灵魂既"无法超越其上，又不能在下面待"，无处安息，没有归宿。"我无法得到真爱，也无法逃避死亡"是诗人自己的真实写照，信仰使其失去真爱，病痛使其无法逃避死亡。希望和欢乐在哪里？在天堂，在那里灵魂得以安息，心灵才有归宿，因为那里耶稣和"我"同在。"死亡不会让我们消亡，而是让我们长眠的地方充满荣光"表达了拉斐尔前派的"死亡不惧意识"：不惧死亡，灵魂复活，随耶稣去到更加美好的天堂。

再如，《无名的莫娜》第十一首，也是克里斯蒂娜以天堂作为虚构死亡叙事空间的爱情组诗，叙述者以内聚集为叙事视角，虚构了"生离死别而重逢无望，人世间无望，又不见天堂"的死亡而灵魂又找不到天堂的故事，但爱情会"穿过死亡的门廊"而复活，爱的力量也会感动上帝，灵魂终究会升入天堂。

> 来世很多人会提起你，
> "他爱她"，而他们会怎么议论我？
> 我爱你只是游戏而已，
> 就像慵懒的女人追求时尚。
> 让他们叨叨，他们哪知我们的爱，
> 我们别离的难言惆怅，
> 生离死别而重逢无望，
> 人世间无望，又不见**天堂**。
> 我向你袒露我的心我的爱，
> 我的爱不会让你徒劳等待，

爱，穿过死亡的门廊，
离你而去，但会重来，
我要你在上帝前讲明白，
是一生，不是一刻，我对你的爱。

　　拉斐尔前派诗歌中，以天堂作为虚构死亡叙事空间的诗歌占比虽不是很大，但它是对拉斐尔前派诗歌的叙事学研究的尝试与开拓。叙事空间理论的导入，在传统作者、作品与读者的研究范式中，增加了空间的概念，特别是心理和社会空间理论的导入，使原有意义获得了"增值"意义，体现了其对于诗歌研究的实用价值。以天堂空间为例，无论内涵意义、联想意义或情感意义，都表达出快乐的、人类最终归宿的"乐园"。例如克里斯蒂娜的诗歌《天堂映像》，以"金色翅膀，银色翅膀"的"鸟仙"为叙事对象，以天堂为叙事空间，叙事情节为一群鸟仙"唱着歌飞到身旁，用自己的腔调在欢唱"，"在我的头顶盘旋嬉戏，飞上了高空遥不可及"，这群鸟儿"盘旋着火焰般的翅膀，发出带有节奏的声响，它们银色翅膀闪动着，它们金色翅膀环绕着，风掠过它们金银翅膀，它们在天堂高歌引吭"，在叙述者眼前"高飞，高飞，顷刻间，攀上了那高高的蓝天，生活在那天堂的鸟仙，不愿将巢筑在凡尘间"。这群快乐的鸟仙，"休憩时开始吟唱，讴歌它们的荣耀光芒，也将它们的爱情颂扬，此刻它们纵情地欢唱"。叙事主题即天堂是"上帝安居的乐园"，是人类灵魂归宿的美好地方。

金色翅膀，银色翅膀，
闪耀着火焰般的光芒，
只见一群鸟儿在飞翔，
而鸟儿的名字却不详。
它们唱着歌飞到身旁，

用自己的腔调在欢唱。

一只接一只叽叽喳喳，
一只接一只相互应答，
它们用自己听懂的话，
一只接一只相互应答，
在我的头顶盘旋嬉戏，
飞上了高空遥不可及。

盘旋着火焰般的翅膀，
发出带有节奏的声响，
它们银色翅膀闪动着，
它们金色翅膀环绕着，
风掠过它们金银翅膀，
它们在天堂高歌引吭。

倏忽间，就在我眼前，
它们疾飞如火石电闪，
高飞，高飞，顷刻间，
攀上了那高高的蓝天，
生活在那**天堂**的鸟仙，
不愿将巢筑在凡尘间。

那里没有升天的月亮，
没有奔向西方的太阳，
它们休憩时开始吟唱，
讴歌它们的荣耀光芒，
也将它们的爱情颂扬，

此刻它们纵情地欢唱。

那里看不到一座花园，
曾被凡人践踏和糟践，
也不见花开茂盛的树，
从俗世的泥土中长出，
因为它们栖息的花园，
可是上帝安居的乐园。①

二、"虚构死亡"叙事空间：冥府与地狱

中西文化死亡复活中有一个共同现象：神在天上，鬼在地下。中国文化有阎罗殿、冥府、阎王、牛头马面、黑白无常；西方文化有地狱、冥府、冥王哈迪斯、冥后和各式鬼怪。这些文化意象都与死亡相关，是常见的死亡叙事空间或叙事对象。和天堂一样，冥府也是虚构的死亡叙事空间。作者很清楚所谓的天堂或地狱根本不存在，但他们还是通过虚构死亡意象，表达美好愿望，探究超越死亡本身的死亡意识和生命价值。事实上，死亡意义的深度思考和生命价值的终极追问，是人类发展史上永恒的精神传统。从久远的混沌时代至现代文明时代，人类一直孜孜以求地探索生命的起源与死亡的奥秘。然而文明进步和科技发展的局限性导致了很多死亡之谜难以找到答案，现世人生难以拯救，只能借助神灵拯救人生。于是人类先祖将目光投向神秘的宗教和美丽的神话传说，用"虚构"方式寄寓永生，抵抗死亡，最终孕育、催生了宗教寓言与神话故事，如图腾文化、天体神，与人同形同性之神等。宗教与神话是远古时代先祖对世界的认识和想象，蕴涵着对诸神的精神幻想，体现了远古时代人类所特有的万物有灵、天人

---

① 朱立华译自 https://www.poemhunter.com/poem/paradise-in-a-symbol/

相通、人神一体（人神未分）的原始思考，表现为混沌、界墙、神谱、神示、死亡之箭（时间），以及创世史诗、英雄史诗等形式，[①]认为死亡是生命形式的转换或转世，"死亡就像睡熟一样"并不让人恐惧，因此，死亡叙事在宗教、神话中，大都蕴涵着对死亡的赞美意蕴和对死亡的崇拜，提升了死亡的美学价值。拉斐尔前派诗人克里斯蒂娜、斯温伯恩等都曾以冥府为叙事空间，进行虚构死亡叙事。例如，斯温伯恩的《冥后的花园》的第一部分：

> 这里，整个世界一片寂静，
> 这里，所有烦恼像大海的骚动，
> 风平浪止后，
> 消失在梦幻般的梦幻中。
> 我望着如茵的绿野
> 盼着播种收成的人，
> 盼着收获的日子来临，
> 那真是溪流交错的睡乡。
> 我讨厌眼泪，讨厌欢笑，
> 还有那流泪与欢笑的人，
> 我不管那些播种收成的人
> 以后会发生什么事情：
> 我厌烦那消逝的时日，
> 那蓓蕾初绽的无果花儿，
> 还有那欲望、梦想和权力，
> 我什么都不管，只管睡觉。
>
> 这里生与死相依相傍，

---

① 胡吉省，2007. 死亡意识与神话. 北京：中国社会科学出版社.

在耳目所不及的远方，

没有巨浪狂风肆虐，

唯有破船幽灵驶行。

他们随波逐浪，

不知漂向何方，然而此处

什么风儿也不吹，

什么东西也不长。

没有荒野和矮林，

没有石楠花与葡萄藤，

唯有不开花的罂粟，

冥后的绿葡萄，

还有一簇簇灰暗的灯芯草，

那儿的叶子没有羞红的花，

冥后把这些碾压

为死人酿出了葡萄酒。

诗人构建的叙事空间——冥府，是个没有感情思想，没有任何力量，可以说是没有生命的存在体。那是个"整个世界一片寂静""什么风儿也不吹，什么东西也不长"的空间，一切都"消失在梦幻般的梦幻中"，没有播种，没有收获，没有眼泪，没有欢笑，因为叙事者"我"讨厌俗世里的"欲望、梦想和权力"，"什么都不管，只管睡觉"。这里没有"美"，只有"丑"与"恶"；只有"破船幽灵""不开花的罂粟，冥后的绿葡萄"和冥后"为死人酿出了葡萄酒"。因此，冥府叙事空间所孕育的"故事"主题只能是死亡、虚无、失望、破灭，是"丑"与"恶"美学思想的表征。

在《冥后的花园》的第二部分中：

脸色苍白，不知是谁，有多少，
在没有果实的谷田里，
他们整夜弓着腰
一觉睡到天大亮。
就像一个晚到的幽灵，
天堂地狱找不到伴侣，
趁云消雾散之际，
从黑暗中走向明天。

纵然他七倍的强壮，
他的生命总伴着**死亡**，
不能在**天堂**醒来带着翅膀，
不能在**地狱**哭泣带着痛殇。
纵然他美如玫瑰，
他的美也会黯淡而枯萎。
纵然爱已休憩，
终究难以安息。
脸色苍白，她站在门窗外头，
头戴树叶编织的王冠，
她用冰冷的不死之手，
收集一切将死的东西。
时时处处，她倦怠的嘴唇
比害怕问候她的爱情，
比和她厮混的男人，
更加甘醇。

她等候着每个赶赴黄泉的人，
每个来到阳世的人，

她忘了大地母亲，
水果与谷物的生命。
春天，种子和燕子，
飞起追在她后面。
夏日的歌声如此空洞，
花儿也受到嘲弄。

那儿的爱早已凋亡，
残爱鼓着倦怠的翅膀，
死去的岁月聚在一旁，
伴着所有的灾殃。
往日遗弃的梦已然破碎，
飞雪吹落了蓓蕾，
阴风扫落了枯叶，
撕毁了缕缕残红的春光。

第二部分具有明显的颓废主义表征，也是斯温伯恩诗歌和歌剧的诗学特征。这里生活的"鬼们"犹如幽灵，"天堂地狱找不到伴侣"，"生命总伴着死亡"，"收集一切将死的东西"，"等候着每个赶赴黄泉的人"。这里安全凋亡，只留死去的岁月和灾殃。诗人以冥府的"魑魅魍魉"为叙事对象，虚构了戏谑化的荒诞"故事"与"情节"。

在《冥后的花园》的最后部分：

我们不一定悲戚，
但我们一定不会欣喜，
今天，到了明天就会死去。
时间不因人类的诱惑而堕落。
爱情将变得衰弱和腻烦，

悔恨得长吁短叹，
泪水从易忘的双眸溢流
哭爱情难以天长地久。

由于过分贪生，
由于放纵的希望与恐惧，
我们只能以简短的感谢
报答任何的天帝。
因为没有不朽的生命，
也没有复活的死人，
甚至最缓慢的小溪，
也会安然蜿蜒入海里。

于是星与日长睡不醒，
没有光线变幻，
没有水声潺潺，
没有声音，没有光线，
没有冬的枯叶，没有春的嫩叶，
没有白昼，没有白昼的一切，
唯有长眠
在永久的暗夜。[①]

最后部分同样讲述了冥府的死寂。《冥后的花园》作为斯温伯恩的一首名诗，通过叙事视角在叙事人物"我""冥后"和"我们"之间切换，将宗教意象、神话和历史意象群、有形意象群和无形意象群等多种意象组合，形成意象系统。诗人利用自己丰富的想象

[①] 朱立华译自 *The Pre-Raphaelites: From Rossetti to Ruskin*, London: Penguin Books Ltd, 2010: 267.

力，构建出一个死人活动的场所，一个死气沉沉、阴森恐怖、毫无生机的虚构死亡叙事空间——"冥后花园"。冥府在希腊神话中，是人死后，灵魂就会脱离肉体而飘去的地方。虽然冥府里的灵魂和主人生前看起来一模一样，但灵魂是没有思想、没有欲望、没有记忆的非实体。[①]诗人通过虚构死亡叙事空间，体现出反讽、荒诞和戏谑化表征，也体现出颓废主义对后现代主义思潮的影响。这种"丑学"或"以恶为美"的美学思想也存在积极元素，如积德行善，恶有恶报，或"死后油锅炸""下十八层地狱"等警示作用。

叙事空间冥府，是一种死亡文化意象，常出现在宗教寓言和神话故事之中，体现本民族文化特质，因此死亡意识、灵魂复活与宗教神话相生相伴。囿于对死亡的科学认知，先祖们通过虚构的神话故事，以复活来抗拒死亡，形成死亡复活的文化现象。死亡意识贯穿于特定民族的神话、原始禁忌及宗教起源中，折射出该民族的文化特质和心理定势。无论在创世神话、人类起源神话，还是在自然神话、文化神话中，死亡意识清晰可辨，折射着各民族集体的精神认知，承载着各种与自然环境、文化生态系统相应的记忆和情感。[②]如前面分析的克里斯蒂娜的《魂灵的恳求》，就是将已故丈夫罗宾作为叙事对象，虚构了罗宾魂灵"来自地下"，午夜返家的故事，叙事空间变成了"地下"。而她的另一首《红尘》，则是以"地狱"为叙事空间。

> 白天她向我求爱，温柔而美丽，
> 但夜晚的月光将她彻底改变：
> 像可怕的麻风使她可憎而污秽，

---

① 李倩，2015. 古希腊文化中冥府形象的社会功能. 重庆文理学院学报（社会科学版），34（1）：78-80.

② 张苇杭，等，2011. 中国神话、希腊神话中的死亡母题研究. 宁夏社会科学，167（4）：147-152.

像阴险的毒蛇在她发丝中迂回。

白天她向我求爱，

伴着硕果累累，芳香的花朵绽放在户外。

但每到夜晚，她犹如怪兽对我狞笑，

一只不懂爱情和祈祷的怪兽。

白天她经得住谎言的考验，

晚上她对真理充满了恐惧，

尽管长着强劲的角与锋利的爪。

她是真正的朋友？我值得将灵魂

出卖给她，再搭上生命和青春，

直到我脚已开裂，手已触到地狱之门？①

三、"虚构死亡"叙事空间：墓地、家园与其他

西方死亡叙事主题主要包括死亡与惩罚、死亡与宿命、死亡与抗争、死亡与荣耀、死亡与爱情的勾连，体现出生活的本真快乐和生命的价值。墓地或墓园、魂归的"故里"或家园、闺房，同样具有死亡的文化内涵意义。在拉斐尔前派诗歌中，诗人同样以"墓地、家园"或其他地点为叙事空间，进行虚构死亡叙事。墓地、家园等作为心理空间和社会空间的时候，就参与了"事件"的构建和意义的生成，显示出其背后的审美价值和文化内涵。

第一，死亡叙事空间：墓地（坟墓、坟头）。拉斐尔前派诗人当中，克里斯蒂娜由于受到了自身疾病和宗教信仰以及基督教天堂论和基督教死亡美学观的影响，最擅长以死亡作为叙事主题，进行"死亡亲历书写"。例如她的诗歌《歌（我死之后）》：

---

① 朱立华译自 *GOBLIN MARKET AND OTHER POEMS*. New York: DOVER PUBLICATIONS, INC., 1994: 45.

我死之后，亲爱的，
不要为我唱挽歌；
在我头边，
不要种玫瑰，不要松柏翠，
唯求**坟头**草萋萋，
沐雨浴露滴。
你愿记得就记得，
你愿忘记就忘记。
我再不会看到阴翳，
我再不会感到雨滴，
我再不会听到夜莺
低吟浅唱如诉如泣。
仿佛在薄暮中做梦
暮气霭霭不落不起，
也许我将长相忆，
也许我将永忘记。①

在这首短诗中，克里斯蒂娜以墓地的坟头为叙事空间，采用了"遗书式"的"虚构死亡"书写进行死亡复活叙事。女诗人向"亲爱的"交代后事：不要为我唱挽歌；不要在我头边种玫瑰，不要松柏青翠，只希望自己的坟头青草萋萋，沐浴雨露。不在乎自己是否被记得或遗忘，体现出诗人的"出世"境界与"死亡不惧意识"。其短诗《没有婴儿的婴儿摇篮》《我可否忘记？》等，也是以坟墓、坟墓与天堂的组合为叙事空间。下附诗歌《我可否忘记？》。

---

① 朱立华译自 *GOBLIN MARKET AND OTHER POEMS*. New York: DOVER PUBLI-CATIONS, INC., 1994: 33.

我可否忘记？我什么也没有允诺，

在**坟墓**的另一边，你必须等着瞧，

耐心而勇敢。

（噢，我的灵魂，你和他，他和我在守望。）

我可否忘记？我什么也没有允诺，

在寂静的**天堂**里，朋友，随我来看，

虔诚而精明。

（噢，我的灵魂，快带路，他和我去散步。）[①]

第二，死亡叙事空间：家园（故里、闺房）。拉斐尔前派诗歌包括近百首以家园（故里、闺房）为虚构叙事空间，以"魂归故里""午夜返家""闺房妆尸"等为叙事情节，进行虚构死亡复活叙事。主要包括克里斯蒂娜的《魂归故里》《逗留》《死后》，斯温伯恩的《婴儿的死亡》等。例如，在《魂归故里》中：

我死之后，我的灵魂要返回

那个**房屋**，我总在里面逗留。

经过门口，我看见我的朋友

在橙绿色的树枝下举办宴会。

他们推杯换盏，觥筹交错，

他们吮吸着桃李果汁，

他们浅笑低唱，欢闹嬉戏，

彼此充满了浓情蜜意。

我听着他们真挚地交谈：

一人说："明天我们将

穿越那片乏味的沙滩，

---

① 朱立华译自 https://www.poemhunter.com/poem/shall-i-forget/

环绕绵延不绝的海岸。
一人说:"潮汐到来前
我们将到达高处的小屋。"
一人说:"明天就像今天,
但更甜蜜。"
"明天",他们喊着,满怀希望
把愉快的旅途细细酌量。
"明天",喊声彼伏此起,
然而昨天却没人提及。
在这美好的中午他们的生命充满活力,
而我,只有我,已经死去。
他们喊着:"明天和今天",
而我却成为昨天。
我难过得颤抖,
但没有将满身寒气从桌布吹过。
被遗忘的我瑟瑟发抖,
留,我心已碎;去,我心不忍!
穿过曾经多么熟悉的小屋
我和爱情,飘然逝去,
恰似过路客人的记忆,
短暂停留后一切化作虚无。①

　　诗人发掘叙事空间家园的文化内涵意义,寻求安置灵魂的精
神家园。叙述者以内聚焦叙事视角,透视一个没有归宿的飘荡游
魂。叙事情节:"我"死之后,"我"的灵魂要返回那个"我"总在
里面逗留的房屋,经过门口时,看见昔日的朋友,推杯换盏,觥筹

---

① 朱立华译自 *Selected Poems of Christina Rossetti*. London: Wordsworth Editions Ltd., 1994: 55.

交错，浅笑低唱，欢闹嬉戏，畅想未来。而自己飘然逝去，凡胎肉身逝去之后，化作一缕魂魄，灵魂回归故里，但只能在家门外徘徊，瑟瑟发抖。灵魂无法得到安置的凄婉哀怨之情跃然纸上，尤其是那一句"留，我心已碎；去，我心不忍！"，感人至深，催人泪下。

找寻安置灵魂的家园，探究生命的价值，依然是一个文学研究课题。克里斯蒂娜的《逗留》也是有关灵魂为爱所困，四处游荡，找寻安置家园的故事：她"饥渴的灵魂将远方的人儿伫望"，仿佛她的灵魂"初次嗅到的气息来自天堂"，自己的"灵魂倍感舒畅"。女诗人将死亡、复活、灵魂、永生等文化意象并置，进行虚构死亡与复活叙事。

> 他们用鲜花和花瓣熏香了我的卧房，
> 熏香了我安息的睡床；
> 但我的灵魂，为爱所困，四处游荡。
> 我听不到房檐下鸟儿的呢喃，
> 也不闻麦捆间刈割者的笑谈：
> 只有我的灵魂整天在守望，
> 我饥渴的灵魂将远方的人儿伫望：
> 我想，也许他还爱我、惦我，为我忧伤。
> 终于楼梯上传来了脚步声响，
> 过去那熟悉的手又搭在锁上：
> 仿佛我灵魂初次嗅到的气息来自天堂；
> 仿佛缓慢的时间初次闪耀金光；
> 缓慢的时间首次变得金黄；
> 我感到我的发丝罩上荣光，
> 我的灵魂倍感舒畅。①

---

① 朱立华译自 *Selected Poems of Christina Rossetti*. London: Wordsworth Editions Ltd., 1994: 12.

　　第三，死亡叙事空间：其他空间。拉斐尔前派诗人还构建了其他叙事空间，进行死亡叙事。书写死亡意识下的死亡困惑、焦虑、超然、崇敬、冥想，重写人生的终极意义的探寻，实现死亡形而上的超越和对生命价值审美意义的升华。在《妻子告别丈夫》中，克里斯蒂娜用"遗书式"的"虚构死亡"叙事模式，讲述妻子向丈夫告别的故事，再现"死亡不惧意识"，反复强调"我必须去死"。

> 原谅我的错，
> 只因多年前的爱：
> 别了吧。
> 我必须漂洋过海，
> 我必须埋入雪中，
> **我必须去死。**
>
> 你可以沐浴阳光，
> 美酒美食可以品尝：
> 别了吧。
> 我必须妆扮好自己离去，
> 尽管没有充分准备，
> **我必须去死。**
>
> 在空旷的大海上远航，
> 僵卧冰冷的床上：
> 别了吧。
> 你抓着我手，泪水长流，
> 但我必须走，
> **我必须去死。**

> 给这个朋友一个吻，
> 给那个朋友一句话，
> 别了吧。
> 你必须给一缕青丝，
> 你必须善良仁慈，
> **我必须去死。**
>
> 不给你留一句话、
> 一缕青丝一个吻，
> 别了吧。
> 我俩必须别离，
> 死亡如此真切，
> **我必须去死。**①

　　此外，但丁·罗塞蒂的《新生的死亡（2）》也通过死亡叙事，诠释生命与死亡的真谛，表现了面对死亡的超然与豁达，决心"把所有死亡的念头抛向风中"。

> 啊！生命！你是喜悦之女，
> 当年轻的心快速激烈地跳动时，
> 与我同游，走过梦寐人生，
> 直到所有的美景佳地都变了样，
> 唯树林和波浪听到我们拥吻的声音，
> 且让我们把所有死亡的念头抛向风中——
> 啊！生命！是否我从你那儿
> 得不到微笑欢迎，得不到婴孩，除了这死亡？

---

① 朱立华译自 https://www.poemhunter.com/poem/wife-to-husband/

你瞧！爱情曾是我们的小孩；歌曲，它的秀发
飞扬如火，绽放如花冠；
艺术，它的双眸是上帝创造的美好世界；
在大自然的书本中，这三者呼吸互融
如交颈的手臂，如同我们所常见一般；
这些消失后，你能再给我一个新生的死亡吗？①

　　再如克里斯蒂娜的《生死之间》，也是采用其他叙事空间进行死亡复活叙事，感叹生死无常，体现人类对死亡的原始质朴心理。当然，否定死亡、超越死亡、获得新生已然成为一种价值趋向。死亡不再狰狞恐怖，而是一种毁灭的美的诗意，一种宁静的死的美感，是现世人生苦痛的解脱，是又一个美好生命的开始。

生不甜美。有天它终将甜美
我们双眼一闭，死去之后：
不再感到野花怒放，禽鸟飞掠
伴着飞来飞去的蝴蝶，
不再感到野草在我们头足上方漫长，
不再听到云雀在高空欢快地高翔，
不再叹息飞逝的春夏时光，
不再留意渐渐成熟的麦子，
不再知晓谁坐着我们坐惯了的位子。
生不美好。有天它终将美好
死去，又复活之后；
沉睡在生死之间：不再感到
树林里飘落的枯叶，

---

① [英]但丁·罗塞蒂，2009. 生命殿堂：罗塞蒂的十四行诗集. 庄坤良，译. 台北：书林出版有限公司，第233页.

不再听到浪花的拍岸；

不再留意浓荫遮蔽的豆田，

不再看到一排排金黄的谷物，

唯见枯死的残茬将平原裹覆：

沉睡了，远离了险恶，远离了痛苦。①

四、"虚构死亡"叙事的"死亡不惧意识"

如前所述，死亡的"恐惧"和死亡的"不惧"心理决定了死亡意识研究的二元性：一是物质世界的普适性，二是精神世界的独特性。前者是人类对于死亡最普遍的、最原始的认知和体验，认为死亡是可憎的、令人恐惧的，表现为"死亡恐惧"，强调死亡意识的现实意义；后者更多体现出作家在精神层面对死亡的独特认知，认为死亡是美好的、自由的、崇高的，表现为"死亡不惧"，注重死亡意识的审美意义。

拉斐尔前派诗歌的死亡叙事变异艺术聚焦于两个核心：其一是从"现世死亡"到"虚构死亡"的转化；其二是从"死亡恐惧意识"到"死亡不惧意识"的转换。因此，本节将在"死亡恐惧意识"的研究基础上，重点分析拉斐尔前派诗歌"死亡不惧意识"的"出世"境界。

第一，死亡主题与"死亡不惧意识"。死亡主题在文学、哲学和宗教学领域都具有重要地位，许多学者对死亡进行了哲学和宗教学的思考。叔本华认为："死亡是给予哲学灵感的守护神和它的美神，苏格拉底之所以说哲学的定义是'死亡的准备'，即是为此。诚然，如果没有死亡的问题，恐怕哲学也就不成其为哲学了。"②罗素提出："死亡的恐惧是宗教的基础"，强调死亡意识在

---

① 朱立华译自 *Pre-Raphaelite Poetry*. New York: DOVER PUBLICATIONS, INC., 2003: 99.

② [德]亚瑟·叔本华，1986. 爱与生的苦恼. 陈晓南，译. 北京：中国和平出版社，第149页.

宗教领域的体现。^①路易·托马（Louis Thomas）认为："无论它（死亡）是否被拟人化了（伟大的此神），还是被用阴性名词（死亡）或是阳性名词（去世、逝世）来表达，死亡都是一种真实、具体、不同形式的数据资料，它流行在众多的领域里。"苏格拉底提出"哲学是死亡的实习"的名言，雅思贝尔斯提出了"从事哲学即是学习死亡"的论断，今道友信认为："对于人类来说，没有像死那样使人思考虚无的场所了。对自我来说，死是虚无最强烈的形象。正如虚无曾经使柏拉图和德谟克利特所惊惧的那样，死在他们那里，不，自古以来，就是一般哲学最正统的课题。思索存在的人，而且思索人的人，不能不思索死。"^②

"死亡不惧意识"主要是指死亡是肉体的终结，更是灵魂的复活，无须恐惧。不惧死亡心理是死亡意识的特殊表现，具有独特性，认为死亡是新生命的起始，是心灵苦痛的终结，是"生死轮回""死亡与复活"等宗教思想影响的体现。现世的肉体死亡反照来世的精神复活，世俗的死亡反衬灵魂的不灭，更能体现出死亡崇拜意识，更具有研究意义。

第二，拉斐尔前派虚构死亡叙事诗歌中"死亡不惧意识"的表现。拉斐尔前派诗歌中虚构死亡叙事中的"死亡不惧意识"，与其所处的现代性生成语境密切相关。拉斐尔前派诗人的"尚古"与中世纪情结，导致其诗歌很多都是对古希腊罗马神话故事和《圣经》故事的重写。他们认为，死亡只是肉体的消亡，而灵魂不灭。生命换作另一种形式出现，所以死亡并不可惧，反而是肉体苦痛的解除，诗歌中表现出的就是"死亡不惧意识"。考察拉斐尔前派的死亡叙事诗歌发现，其诗歌中体现出明显的"死亡不惧意识"。例如，克里斯蒂娜的死亡叙事诗歌，没有绝望的情绪，没有描写扭曲的身体、痛苦的挣扎，也没有表达死亡的可憎、死亡的痛苦、

① 孙利天，2001. 死亡意识. 吉林：吉林教育出版社，第 113 页.
② [法]路易·托马，2001. 死亡. 潘惠芳，译. 北京：商务印书馆，第 3 页.

死亡的可惧，反而礼赞死亡。例如，在《甜蜜的死亡》中，她以美学意象"花"为切入点进行死亡书写。她眼中乐观的、明艳的"死亡"，是"不惧死亡"的、超然"出世"境界的写照。在《莎孚》这首诗中，女诗人认为死亡远胜于不停地哀悼与叹息，死亡可以摆脱沉重的躯体，忘却所有苦痛和忧伤，体现出作者不惧死亡的超然境界。克里斯蒂娜对死亡感悟深刻，敢于直面死亡甚至超越死亡，她的基调阴郁凄婉，却也清新自然，她所体现出的死亡意识具有独特性：死亡是新生命的起始，现世的肉体死亡反照来世的精神复活，世俗的死亡反衬灵魂的不灭。总之，拉斐尔前派诗歌虚构死亡叙事中的"死亡不惧意识"，既是主题的升华，也是死亡崇高与死亡"出世"境界的重写，为拉斐尔前派诗歌死亡叙事研究开拓了一个新的路径。

小结

本章选取了"死亡"作为切入点，对拉斐尔前派诗歌的"死亡叙事"变异艺术进行研究，以"现世死亡"和"虚构死亡"两个变量的转化为明线，以"死亡恐惧意识"和"死亡不惧意识"的转换为暗线，以"叙事对象"和"叙事空间"为视角，细化了死亡叙事的课题，解决了相关重点和难点问题。死亡叙事变异的意义在于拓宽了叙事视角，实现了"由死向生"、生命永恒的美好愿望；升华了叙事主题，使诗歌研究从文学、诗学的研究高度上升到美学、哲学的研究高度。

本章的研究重点：第一，拉斐尔前派诗歌的叙事人物透视，包括爱侣死亡、战争死亡和其他人物之死。第二，拉斐尔前派诗歌的叙事空间及其文化蕴含意义解析，包括天堂（天国、乐园）、冥府（地狱、地下）、墓地（墓园、坟头）、家园（故里、闺房）

等叙事空间。叙事空间理论的导入，拓宽了研究路径，升华了主题，也是本研究的一个创新点。第三，死亡书写的系统分类，包括"亲历书写"（"遗书式"的"虚构死亡"书写）、"直接书写"（"直播式"的再现死亡场景，叙述死亡感受）和"间接书写"（死亡叙事中，可以感受由死亡迷惘带来的一种有意逃避或躲闪的叙事态度，因为人不可能以内聚焦的叙事模式讲述自己的死亡经历和死亡感受）等。第四，"死亡恐惧意识"与"死亡不惧意识"的哲学、美学、诗学和文学解析。同时解决了研究的难点：解决了"现世死亡"转向"虚构死亡"变异的动因与路径问题，拓宽了拉斐尔前派诗歌死亡叙事的路径——叙事对象与叙事空间；解读了"死亡恐惧意识"到"死亡不惧意识"转化的深层文化元素，深度思考死亡复活与伦理困境、灵魂安置和生态环境等问题。当然，"死亡叙事"变异艺术研究本身是个较大的课题，希冀将来进一步研究时，可发掘出更加科学的视角，不断完善拉斐尔前派诗歌的"死亡叙事"变异艺术研究。

第三章　拉斐尔前派诗歌的"宗教叙事"变异

——"灵肉合致"转向"灵肉冲突"

肉身之爱，有时而尽，唯独精神之爱，方能长存。

——[英]但丁·罗塞蒂

人是由灵魂和肉体构成的一个完整的存在。

——[意]托马斯·阿奎那

宗教是社会现象，也是复杂的社会意识、社会问题和社会实体，包括宗教主体、宗教意识、宗教制度、宗教礼仪和宗教活动等元素。宗教的产生既有认识论的根源，也有心理根源和社会根源；宗教的发展包括自发宗教和人为宗教；宗教的社会特征包括群众性和阶级性、民族性和国际性、复杂性和长期性；宗教的社会功能包括认识功能、控制功能、调适功能和凝聚功能。[①]

宗教又是一种文化现象，一种历史现象。宗教是人的一种意识以及由这种意识支配的行为体系，这些人或者组织成为一个共同体（如教会），或者是分散的、半组织状态的。在人类历史的大部分时间里，并没有宗教这种现象。人类的历史至少已经有上百万年，而宗教的历史最多只有数万年。宗教既不是自古就有的，也不是永恒存在的，它不可能始终陪伴人类。当支配人的异己的

---

① 吕鸿儒, 1989. 宗教的奥秘. 郑州：河南人民出版社.

自然力量和社会力量不复存在，当人不再受自然力量和社会力量压迫时，宗教就会逐渐地消亡。

宗教通常分为自发宗教和人为宗教两大类。前者在全世界数量众多，人为宗教大概也有几十种，如基督教（包括罗马天主教、东正教和新教三大派别）[①]、佛教、道教、伊斯兰教、神道教、印度教等，纷繁复杂。正如麦克斯·缪勒所言："只了解一种宗教的人，什么宗教也不了解。"拉斐尔前派诗歌的叙事人物、叙事对象、叙事空间等与基督教（沿用中国人的习惯用法，基督新教更为确切）密切相关，因此我们重点关注基督教中"灵肉合致"（"灵肉合一"）、"灵肉冲突"（"灵肉分离"）等美学观。

基督教教义的生发、流变，受到了埃及、叙利亚及小亚细亚等地的宗教思想和信仰的影响，并吸收了犹太教思想，也受到古希腊罗马哲学家提倡的禁欲、宿命等观点的影响，形成了"死亡复活""灵魂升天""原罪"等核心观点。学界认为，基督教的教义主要出现在"一本经"《圣经》之中，表现在以下几个方面：其一，天堂地狱说。基督教认为信教者肉身死后，灵魂升入天堂，生命永恒。其二，原罪说。基督教教义认为，人类的始祖亚当和夏娃，吃了"智慧之果"，产生情欲和羞耻感，被逐出伊甸园，产生了原罪，要赎罪，就需禁欲。其三，救赎说。基督教认为，人与生俱来的"原罪"，只有耶稣才能救赎。耶稣被钉死在十字架后升天复活，拯救信教者。其四，创世说。《旧约·创世记》记述，神用五天创造了世界万物，第六天造人，第七天休息。事实上，基督教这些教义或思想经常作为创作素材，被用于文学作品之中

---

① 新教（Protestantism），亦称基督新教，与天主教、东正教并称为基督教三大流派。包括16世纪欧洲宗教改革运动中脱离罗马普世大公教会（大公的基督教）而产生的新宗派：路德宗、加尔文宗、安立甘宗，以及随后又从这些宗派中不断分化出来的更多宗派。因对罗马公教（即天主教）抱抗议态度，不承认罗马主教的教皇地位，故西方一般称基督新教为"抗罗宗"或"抗议宗"。中国人习惯沿用"基督教"一词，专指新教（本书也沿用这种用法），民间常称其为耶稣教。

进行改写或重写。拉斐尔前派诗歌之中，诗人经常将基督教教义或《圣经》故事，偶尔也有古希腊罗马神话故事，作为创作素材，进行改写或重写，这也是本章宗教叙事的核心聚焦。

宗教经过不断发展，已经成为一门独立学科：宗教学。宗教学这一术语最早见于麦克斯·缪勒 1873 年发表的《宗教学导论》，目前已成为一门以宗教和宗教发展史为研究对象的独立学科，旨在通过对宗教现象、宗教起源、演化、性质、规律、作用的客观研究，揭示人类社会文化发展规律。宗教学，狭义上讲，是指对宗教发展进行系统研究的宗教史学、对各种不同宗教进行比较研究的比较宗教学、对宗教史实加以现象描述和抽象归类的宗教现象学、探究人类精神心理对宗教的体悟以及信仰者的各种宗教体验的宗教心理学以及宗教社会学、宗教人类学、宗教地理学、宗教生态学等描述性学科；广义的宗教学则增加了从哲学、世界观的角度对宗教本质、宗教意义、宗教概念进行研究和界说的宗教哲学，概述人类从哲学、心理学、社会学等角度对宗教的鉴别与批评的宗教批评学和对各种宗教信仰观念和神学理论进行比较研究的宗教神学等规范性学科。

"宗教叙事"是宗教学与叙事学交叉互渗而形成的一种新的叙事模式，旨在叙述宗教"事件"，讲述宗教"故事"。"当新兴的后经典或后现代叙事学把眼光投向了更广阔的与叙事相关的领域时，叙事学就不再是偏重语言学的形式主义和结构主义的专利了"，而是"展现它扩展后有容纳范围和它变得更具内涵后的继续有效性"，"更具跨学科的特点，较难分类和寻找"。①因此，叙事学可以融合其他学科，形成新的叙事模式进行叙事。"宗教叙事"，简言之就是讲述文学作品，如拉斐尔前派诗歌的灵肉、死亡、爱情等宗教相关的"故事"。宗教叙事和文学叙事的藩篱被打通（宗

① 张介明，2005. 唯美叙事. 上海：上海社会科学院出版社，第 1 页.

教的世俗化趋势，导致"宗教叙事向文学叙事的易帜趋势"），^①使
宗教学的灵肉关系，成为叙事学的研究视角，开始得到了学界的
关注。中国学者对其进行了多维度研究，包括国别文学研究或少
数民族文学研究，文学的总体研究或作家、作品的个体研究等。
检索中国知网显示，篇名包含"宗教叙事"的论文近 30 篇，其中
外国文学作家、作品的宗教叙事研究只有管玲玲的《契诃夫的宗
教叙事与俄国宗教现代化转型》、董振业等的《对灵性自由的"寻
求"——评〈在荒野里看见耶稣〉：美国黑奴宗教叙事研究》、阳
根华等的《霍桑小说中的宗教叙事伦理》、杨芳的《艺术空间与宗
教创世——以〈嘉莉妹妹〉为例看德莱塞长篇小说的宗教叙事》、
张梅的《艾特玛托夫〈断头台〉的宗教叙事与俄东正教文化》、徐
嘉的《当代日本动漫作品中的宗教叙事》，以及李怡的《〈好人难
寻〉和奥康纳的宗教叙事风格》等近 10 篇论文。中国文学的宗教
叙事论文 20 余篇，包括《西游记》《水浒传》《儒林外史》等经典
作品的宗教叙事研究，也有民族文学的宗教叙事研究，如张悦等
的《瑶族游梅山书的宗教叙事与族群记忆》等 3 篇，另外还包括
一些综合研究。总体上讲，宗教叙事研究在研究数量和质量方面
都存在不足，尚属新的研究领域，具有一定的研究空间和研究
价值。

　　拉斐尔前派诗歌的"宗教叙事"变异艺术研究，具有一定的
理论意义和实用价值。首先，创新性提出"宗教叙事变异艺术"
概念，建构了宗教学与叙事学交叉研究模型，厘清了灵肉"一元
论""二元论"之间的同构与交互关系。其次，提出"变异动因"
概念，拓宽了叙事空间，导入了历史在场与宗教、伦理介入等元
素，发掘了基督教文化中的灵肉关系对拉斐尔前派诗歌中爱情观、
死亡观的影响轨迹。再次，提出宗教叙事向文学叙事的"易帜"，

---

① 王一方，2019. 灵性认知：宗教叙事向文学叙事的易帜——由魔幻现实主义文学开
启灵性空间. 医学与哲学，40（19）：1-4.

将"灵肉合致"与"灵肉冲突"美学观导入文学叙事研究。最后，透视了"宗教""死亡"和"爱情"的交互关系，探究灵肉冲突导致的精神分裂痛苦与疗伤方法、科学评价"灵肉一（二）元论"的哲学思想。当然，最重要的是构建了西方宗教文化和中国本土文化的对话空间。

拉斐尔前派的生发与流变，受到"西方基督教文化体系濒临崩溃"的维多利亚文化的影响。这个时代主张禁欲、标榜道德，是对 18 世纪后期奢靡、放纵社会风气的一种反驳。清教主义的核心价值观——道德和禁欲对人类精神和社会生活产生深刻影响，引发民众对"性的焦虑情绪"。在此语境之下，拉斐尔前派诗人，尤其是克里斯蒂娜、西黛尔等女性诗人对性的描写比较敏感和矜持，但丁·罗塞蒂、斯温伯恩等男性诗人早期对性爱的描写也较为克制。他们创作了数百首纯粹的唯美爱情诗歌，诸如罗塞蒂兄妹的《神女》《爱之颂》《爱之生》《爱的证言》《情人眼里》《吻》和《情书》等百余首爱情书写诗歌；莫里斯的《爱在小屋荡漾》《只要有爱》等；西黛尔的《真爱》《爱已逝去》和《爱恨交织》等；梅瑞狄斯的诗集《现代爱情》收录的部分爱情诗歌等。这些早期诗歌追求灵魂与肉体的完美结合、天堂的精神之爱与世俗的肉体之爱的完美统一，是肉的灵化、灵的肉化，是完美极致的"灵肉合致"。然而，由于"神性"和"人性"的矛盾、爱情与死亡的冲突、灵魂之爱与肉欲之爱的分离的影响，再加"感官主义""唯美-颓废主义"和"肉欲主义"的冲击，作为"性的焦虑情绪"的心理补偿，作为维多利亚"假正经"式的道德双标的反驳，他们的叙事艺术产生了"灵肉合致"到"灵肉冲突"的转化，开始描述灵肉冲突下的两性关系，热情而大胆地描摹女性身体，对悲剧式的爱情书写也不再扭捏。他们创作了近百首悲剧式的爱情诗歌，如梅瑞狄斯的《爱情的坟墓》，但丁·罗塞蒂的《爱之死》，克里斯蒂娜的长诗《王子的历程》《修道院的门槛》《爱已死亡》《无名的莫娜》，西黛尔的《逝去的爱》和约翰·潘恩的《死去的爱》等，这些后期的诗歌揭示了灵肉冲突下，灵肉之爱分离的痛苦，神性与人性的冲突，以及消解灵肉冲突途径的探寻。

拉斐尔前派诗歌的"宗教叙事"变异受到了当时社会、文化和宗教中现代性生成语境的影响，其诗歌的宗教叙事模式发生了从"灵肉合致"转向"灵肉冲突"的叙事变异。拉斐尔前派诗歌的"宗教叙事"变异艺术聚焦于两个核心：其一是"灵肉合致"到"灵肉冲突"的转化；其二是"灵肉一元论"到"灵肉二元论"的转换。宗教叙事变异的动因，其一是"神性"和"人性"的矛盾、爱情与死亡的冲突、灵魂之爱与肉欲之爱的分离，其二是"感官主义""唯美-颓废主义"和"肉欲主义"对基督教"禁欲主义"的冲击。"宗教叙事"变异的主要意义在于拓宽了叙事路径、增加了叙事视角；揭示了宗教哲学观的发展演化引发神性与人性的分裂、病态美学的产生、肉欲主义的出现等人的问题或社会问题；升华了叙事主题，使诗歌研究从文学、诗学的研究高度上升到美学、哲学的研究高度。

拉斐尔前派诞生于"禁欲时代"，中后期受到反基督教"禁欲主义"的冲击，接受了"感官主义"和"肉欲主义"的影响，其诗歌逐渐转向灵与肉的冲突与分裂，体现出感官愉悦、肉体享乐的道德缺失，以及人性自我反省与自我救赎意识的缺失。在拉斐尔前派诗歌中，"灵肉冲突"（灵肉分裂、灵肉分离）主要表现为"神性"和"人性"的矛盾、爱情与死亡的冲突、灵魂之爱与肉欲之爱的分离。拉斐尔前派诗人，如克里斯蒂娜，信奉基督教，坚守宗教信仰，遵循传统道德，展现"神性"的一面，渴求灵魂挣脱肉体的桎梏而获得心灵的自由。而事实上，当时严苛的道德标准和宗教信仰，使宗教禁锢下的"人性"发生扭曲。"神性"和"人性"构成的矛盾，导致了女性缺乏婚姻与性自主权，导致了爱情的死亡和灵魂之爱与肉欲之爱的冲突。例如，克里斯蒂娜诗歌的宗教叙事中，或爱情已死亡，或自己已死亡，她的诗"描写的几乎全是爱之失落和挫折，极罕涉及有情人终成眷属的至乐至福"[①]。神性对人性的禁锢与人的本能对情感的追求，如《少女之歌》中梅根、梅、玛格丽特与牧羊人、牧牛人、国王之间的情与爱和维多利亚时代对女性"囚禁的灵魂"之间，存在着难以调和的矛盾。司各特的《爱情与死亡》《魂灵》《致亡灵》等，但丁·罗塞蒂的《从爱情到死亡》《爱情中的死亡》和《爱之死》等，克里斯蒂娜的《勿忘我》《爱已死亡》和《修道院的门槛》等，西黛尔的《英年早逝》等，都以"灵肉冲突"为叙事主题（例如，爱情与死亡冲突的矛盾叙事、爱情与宗教冲突的矛盾叙事），赞颂灵魂之爱的圣洁，诠释肉身之爱的易逝、精神之爱的永恒。诚然，有些前派诗人也曾尝试消解"灵肉冲突"，但未能找到"良药"或理想途径。倘若消解叙事意象的灵魂，其肉体则失去了道德，迷失于肉欲与感官享乐，如但丁·罗塞蒂描写性爱的诗歌被称为"肉欲派诗"；倘若消解叙事意象的肉体（"死亡叙事"之焦点），灵魂则无处安身，变得虚无缥缈，如斯温伯恩在《冥后的花园》中描述的"一个晚到的幽灵，天堂地狱找不到伴侣，趁云消雾散之际，从黑暗中走向明天"。当然，考察拉斐尔前派诗歌，并未发现其类似于中国小说《灵与肉》一类的叙事主题，即通过肉压制灵的叙事模式，进行扭曲人性的自我审视。

　　基于以上分析，本章将以"灵肉合致"到"灵肉冲突"的转化为经、"灵肉一元论"与"灵肉二元论"的交互为纬，以"爱情、死亡与宗教之间互构交渗的对话空间"为研究切入点，对拉斐尔前派诗歌的"宗教叙事变异艺术"进行多维系统研究。

---

① 钱青，主编，1996. 十九世纪英国文学史. 北京：外语教学与研究出版社，第 200 页.

第一节　拉斐尔前派诗歌的"灵肉合致"叙事

"灵肉合致"是拉斐尔前派诗歌宗教叙事的核心聚焦之一，也是拉斐尔前派诗歌的唯美主义诗学特征之一。[①]前派诗人斯温伯恩、梅瑞狄斯、但丁·罗塞蒂、克里斯蒂娜、西黛尔等在其诗歌的宗教叙事中注重灵与肉的完美结合，追求"灵肉合致"的终极爱情，追求精神的结合和肉体的结合达到完美的极致，是精神和肉体的和谐一致，是两情相悦的完美结合，而非只得到"身"（肉体）而得不到"心"（精神）。考察拉斐尔前派诗歌的灵肉关系发现，其诗歌的灵肉关系多体现在其爱情书写中，虚构的天地间的精神之爱，与现世的世俗之爱共存，既有凡尘间的真挚爱情，又有天地间的凄美爱情：一方（如《神女》中的神女、《魂灵的恳求》中的罗宾）或"升天成仙"或"入地变鬼"；另一方与其灵魂进行天地间会话，天上的灵与地上的肉达到完美"合致"，书写了天上、人间、地下的虚幻的爱情故事。宗教叙事中的灵魂复活，与"死亡叙事"中的"来世复活"（生死轮回），都回到了基督教灵肉一元论的原点，形成互文性和同构性。爱情、死亡与宗教间的互构交渗关系，提供了三者的对话空间。基于此，本节将以宗教、爱情（死亡在"灵肉冲突"一节）为切入点，分析拉斐尔前派诗歌宗教叙事的"灵肉合致"美学观。

一、灵肉一元论下的"灵肉合致"美学观

灵肉一元论是基督教哲学家的核心关注，而"灵肉合致"又是灵肉一元论的核心聚焦。"灵肉合致"源自西方神学哲学和基督

---

① 薛家宝，1999. 唯美主义研究. 天津：天津社会科学院出版社.

教哲学，是相对于西方文化的"二元"而存在。"灵"指"灵魂"，也指"心灵"，"灵肉合致"是指精神的灵魂与世俗的肉体完美统一的境界。古罗马思想家德尔图良最早从灵肉一元论美学观视角系统阐释了灵肉问题，把灵魂定义为"一种有形体的存在"。中世纪哲学家阿萨纳格拉斯认为人有肉体和灵魂两个方面，灵魂和肉体是二元存在，是内在和外在、主导和从属之间的相互依赖关系，灵魂不是与身体无关的纯理性。① 奥古斯丁提出人是灵魂和身体的结合的"双重人格论"，诠释灵魂和肉体对于人性的双重作用，认为灵魂和肉体的关系犹如主仆关系，灵魂作为内在的实体和本质，不能离开外在的身体成为本质，突出灵魂的决定性作用。由此他认为，人的"原罪"并不是肉体欲望带来的，而是源于灵魂的背叛行为，人的自然本性是善的，人类的祖先犯下"原罪"才导致人类生来就有罪，"现实生活中的利己主义和享乐主义就是由原罪所造成的人性的堕落"，强调了灵魂对肉体的主导地位，即灵魂对肉体的统辖，表现为自由意志，突出了灵魂的决定性作用。中世纪晚期，托马斯·阿奎那代表的经院哲学重新阐释灵肉关系，提出"人是由灵魂和肉体构成的一个完整的存在"的灵肉结合观，承认灵魂和肉体的统一性，认为人是由灵魂和肉体构成的一个完整的存在，灵魂和肉体是主从关系的两个实体；认为神学和人学如同神性和人性一样可以完全结合，即"实质性的结合"，"人就是由灵魂和肉体共同组成的一个实体，这个实体不单是灵魂，也不单是肉体，人所表现出的是一个具有理性的完满实体。只有灵魂和肉体结合在一起共同运动，才能显示出人之为人的本性和能力。由此可见，行动是灵魂和肉体共有的活动，感觉和感性是灵魂和肉体的同步功能，它们同时发生，而并非相互区别地存在"。② 厨川白村将人类社会的两性关系概括为"肉欲时代""禁欲主义"

---

① 李剑，2008. 西方哲学的人文传统. 合肥：合肥工业大学出版社.
② 李剑，2008. 西方哲学的人文传统. 合肥：合肥工业大学出版社，第107页.

和"灵肉一致"三个阶段，提出肉体欲望作为人类的本能属性一直存在着，随着文明的不断进步，精神生活逐渐加入两性关系中，成为其不可或缺的一部分，将"肉"看作是原始欲望产生的土壤，通常指向作为生物的人的身体器官，"灵"定义为人类的精神世界和道德情感。随着现代哲学和科学在认识人类自身奥秘的过程中取得的一系列重大进展，灵肉一元论在当代基督教哲学中得到复兴和发展，呈现"现代化"和"人学化"的转向。[①]历时性考察发现，周作人最早将"灵肉合致"译介到中国，后来他还研究了惠特曼和布莱克诗歌中的"灵肉合致"的美学观。[②]通过这些哲学家、思想家有关灵魂与肉体关系的论证不难发现，灵魂和肉体是不可分割的统一体，缺一不可，只有灵肉和谐一致才能构成一个具有理性的完满实体，才能达到一个完美的理想境界——"灵肉合致"，这也是"灵肉合致"美学观的内核。"灵肉合致"美学观是基于宗教的世俗化趋势导致"宗教叙事向文学叙事的易帜趋势"，将"灵肉合致"置于文学作品中进行分析，聚焦于其在文学作品（拉斐尔前派诗歌）之中的文学与诗学特征。

二、现世的"灵肉合致"：凡尘间的世俗之爱

拉斐尔前派所体现出的"灵肉合致"美学观，在新时代背景下，也符合主流道德观与价值观，是主流社会所认可和接受的美学观，具有正能量，尽管在维多利亚时代，它是对"二元论"正统宗教观和道德观的消解和颠覆。拉斐尔前派诗歌的"灵肉合致"文化观对后世的爱情价值观也产生了较大影响，人们开始意识到爱情自由与婚姻自由，开始追求心灵和肉体（性）和谐一致、肉体与精神完美统一的美好爱情。"灵肉合致"美学观表现在拉斐尔

---

① 徐弢、李瑛, 2021. 灵肉一元论在当代基督教哲学的新发展. 宗教门, 21（1）: 180-196.

② 孙丽, 2013. 周作人"灵肉一致"思想与英国诗人布莱克之间的关联. 楚雄师范学院学报, 21（10）: 61-67.

前派的很多诗歌中，如斯温伯恩的爱情名诗《配偶》《海上爱情》；
莫里斯的《爱情二重唱》《只要有爱》和《爱在小屋荡漾》；西黛
尔的《真爱》《爱已逝去》和《爱恨交织》；克里斯蒂娜的《诗歌》
等 7 部诗集中，大多涉及美好的爱情书写，如《爱情花环》《少女
之歌》《梦中情人》《莫德·克莱尔》《摘苹果》《我有一个小丈夫》
和《梦幻交响曲》，以及但丁·罗塞蒂的诗集《生命殿堂》，其前
半部分收集的诸如《情人眼里》《爱之颂》《顿悟》《爱之生》《爱
的证言》《吻》《洞房花烛夜》《情书》《心之天堂》《灵魂之光》《天
生丽质》等百余首爱情叙事诗。例如，斯温伯恩的《配偶》，就是
一首脍炙人口的爱情叙事诗。

> 倘若爱情是那红红的玫瑰，
> 难道我不就是那绿叶相配？
> 无论是阴郁还是欢快天气，
> 我们的生命将生长在一起，
> 在鲜花盛开的原野或围地，
> 在绿色的草原伴随着伤悲。
> 倘若爱情是那红红的玫瑰，
> 难道我不就是那绿叶相配？
>
> 倘若我是那歌词甜甜，
> 爱情就像那曲调绵绵，
> 两样的嗓音同样欢喜，
> 我们的嘴唇贴在一起，
> 我们的亲吻如此欢娱，
> 似鸟儿沐着午间细雨。
> 倘若我是那歌词甜甜，
> 爱情就像那曲调绵绵。

倘若你是生命，我的情人，
而我却是死神，你的情人，
阳光雨雪让我们共同承担，
直到激情三月将天气催暖，
伴着水仙吐香，八哥鸣啭，
还有丰收的气息空中弥散。
倘若你是生命，我的情人，
而我却是死神，你的情人。

倘若你是那忧伤的奴隶，
那我就是那快乐的仆役，
我们生生世世快乐嬉戏，
伴着钟情爱意无情叛逆，
伴随着朝朝暮暮的泪水，
伴随着少男少女的笑语。
倘若你是那忧伤的奴隶，
那我就是那快乐的仆役。

倘若你是四月的贵妇，
我就是那五月的贵族，
我们把树叶轻轻抛洒，
我们用鲜花拼接成画，
直到白天阴暗似夜晚，
直到夜晚晴朗似白天。
倘若你是四月的贵妇，
我就是那五月的贵族。

倘若你是欢娱的女皇，

我就是那苦痛的国王，

我们一道把爱情抓捕，

将它飞翔的翎羽拔除，

教它的双脚遵循法度，

给它的嘴巴套上辔头。

倘若你是欢娱的女皇，

我就是那苦痛的国王。①

斯温伯恩在爱情叙事诗《配偶》中，采用内聚集叙事视角，利用排比、隐喻、反讽、悖论等叙事语言，将多种意象并置，对"你"和"我"水乳交融、灵肉合致的唯美爱情进行了叙事。短诗中意象鲜明华丽、大胆新奇，声调和谐优美、宛转轻柔，回旋诗体别具一格，显示出诗人独特的艺术风格和很高的艺术造诣。诗人受波德莱尔"恶""丑"的美学思想影响，他的诗歌既有热情似火的爱情赞歌，也有颇具争议的性爱描写，"腐尸"赞美等唯美偏至的印迹（"唯美叙事"中详述）。

《配偶》是一首诗人独创的回旋体诗歌，六节短诗中每一节的最后两行是开头两行的重复，第一节重复了"倘若爱情是那红红的玫瑰，难道我不就是那绿叶相配"，第二节重复了"倘若我是那歌词甜甜，爱情就像那曲调绵绵"，后四节也都以"倘若……，我就是……"开篇和收尾，采用重复和排比叙述语言，只有六节的短诗里十二次使用了该句型，这种小回旋诗体句型工整，节奏明快，给读者强烈的视觉冲击。排比句的使用有时起到振聋发聩、摄人心魄的作用，具有强烈的震撼力量，使爱情抽象变具象，爱情的风姿、爱情的温度，可以观瞻、可以触摸，是灵与肉完美结

---

① 朱立华译自 *Selected Poems of Christina Rossetti*. London: Wordsworth Editions Ltd., 1994: 258.

合的真爱。[当然，由于两种语言的差异、译者的主体（间）性和文学翻译的（再）创造性等因素，英语原诗的韵律、节奏、结构等唯美形式，在目标语汉语中无法完美重构，原诗"诗乐合一"的美感无法再现给目标受众。]斯温伯恩的《海上的爱情》也是一首灵肉完美合致的宗教叙事诗，是叙事者"缱绻""缠绵"的爱情书写，也是回旋体诗歌，反复强调"我"和"爱妻""缱绻在爱情的陆上"，"缠绵在爱情的手上"，驾驶爱情之船，驶向上帝才知道的仙境流连忘返，不愿"上岸"。诗人浓烈、直白的爱情书写，是对维多利亚时代矜持和虚伪道德的修正。"爱情之船"上"水手是爱神"，"桅杆如白鸽的长喙"，甲板由"黄金锻造"，"升天圣女的金发作帆缆"，"补给是正义的爱神利箭"。船的意象，带给爱情神圣的荣光，体现出神秘的宗教色彩，表征了"灵肉合致"的唯美爱情。

我们今天缱绻在爱情的陆上，
我们将驶向何方？
爱妻，咱们是逗留还是启航？
是扬帆还是划桨？
多歧路，习习春风微微荡漾，
五月，唯有五月才有此春光。

我们今天缠绵在爱情的手上，
我们将驶向何方？
陆上微风的气息，
将忧愁亲吻得要断气，
那是何等的令人惊喜。
将一株玫瑰压在舱底，
我们航海的路在哪里，

答案去问爱情和上帝。

我们今天正在爱情的手中缠绵，
我们的水手是爱神，羽翼丰满，
我们的桅杆如白鸽的长喙一般，
我们用黄金锻造出我们的甲板，
我们将升天圣女的金发作帆缆，
我们的补给是正义的爱神利箭，
我们的补给形形色色种类纷繁。

我们今天缱绻在爱情的陆上，
爱妻，我们在哪儿送你上岸？
是那陌生人留有足迹的地方，
还是那环绕房屋四周的田园？
是那火焰般的花怒放的地方，
还是那洁白雪花绽放的地方？
还是那阵阵浪花飞溅的地方？

我们今天缠绵在爱情的手上，
她说送我到爱意盈盈的地方，
只有一只利箭和白鸽的地方，
只有一颗心和一只手的地方。
爱妻，像这样的海滩，
没有哪个少男愿驾船，
没有哪个少女愿上岸。①

---

① 朱立华译自 https://www.poemhunter.com/poem/love-at-sea/

但丁·罗塞蒂对于灵肉关系的书写也体现在"灵肉合致"的唯美爱情故事中。在《青春的唱和》《爱情的甜蜜》《爱的情人》《爱的一天》《爱的证言》等爱情诗歌中，他书写了灵魂与肉体完美结合的唯美爱情，表达自己"灵肉合致"的美学思想。例如，他的《青春的唱和》。

> "我爱你，亲爱的，你可知
> 我爱你有多深?""我爱你更深，
> 我知道。""亲爱的，你不知
> 你是多么美丽。""如果我的美丽足以赢得
> 你的爱，那正是我的爱所关心的。"
> "亲爱的，我的爱每时每刻都在增长。"
> "我的也一样，爱情许多时日前已美满!"
> 一双爱侣如此交谈，直到亲吻替代了呢喃。
>
> 哦，他们如此快乐的话语，
> 成为青春永恒的誓言，
> 时时刻刻，他们远离了人群，
> 工作，竞争及名利等所有生命的期许，
> 爱情吸纳了叹息和静默，
> 通过两颗心灵融合成一首狂热的恋歌。①

但丁·罗塞蒂的《青春的唱和》是一首"通过两颗心灵融合成一首狂热的恋歌"的短诗，体现了"灵肉合致"的美学观：通过两颗心的融合，合奏一曲狂热的恋歌。短诗对于爱情的表白，在维多利亚时代，确实大胆、直白且浓烈，是维多利亚时代矜持

---

① 朱立华译自 https://www.poemhunter.com/poem/sonnet-xiii-youth-s-antiphony/

的性爱描写的反驳，书写了"我"与心爱之人心灵相通的情感和灵肉合致的爱情故事。

但丁·罗塞蒂的"灵肉合致"美学观，体现在其诗歌的爱情书写之中，得到了文本支撑。他的诗句："我的灵魂独钟情于你一人的灵魂而已"（《情人眼里》），"当我俩的生命之气会合时，启动生命的热情，直到激情耗尽，火中之火，神中之欲"（《吻》），"我的情人只爱真心的爱；因此，吾爱，真心的爱引领你到/他那花木扶疏的美妙圣地"《爱的情人》，"他的灵魂搜寻我的灵魂，在灵犀相通的刹那妙手拈来，写下他最可爱的情义"（《情书》），"他们远离了人群，工作，竞争及名利等所有生命的期许，爱情吸纳了叹息和静默，通过两颗心灵融合成一首狂热的恋歌"（《青春的唱和》）等，都是他与恋人心灵相通的唯美爱情的证言。诗人对性爱的描述相当直率，例如在《良宵》中，他的描述大胆、直率："他们的长吻终于停止了"，在"双方激烈的脉动"后，"他们的身体分了开来"，"然而他们的红唇依然炽热，依然媚诱着对方"，描写虽然过于直白或露骨（译文引自台湾译者庄坤良①），但它确实是一首灵魂与肉体完美结合的爱情赞歌，应肯定其美学价值。但丁·罗塞蒂对于女性的大胆描述颇为香艳，如《爱情的甜蜜》，对女性的身体，包括发、脸、头、手、唇、面颊、脖颈、眼睑等，描写得细致入微，栩栩如生。

> 她蓬松的秀发飘落一片甜甜的朦胧
> 遮了你的脸；她可爱的纤手搂着你的头
> 像优雅的花环丝丝入扣；
> 她怯怯地微笑；她的眼神勾起
> 甜甜的爱意；她浅浅的叹息长留于记忆；

---

① [英]但丁·罗塞蒂. 生命殿堂：罗塞蒂的十四行诗集. 庄坤良，译. 台北：书林出版有限公司，第43页.

她的香唇采集了你甜蜜的吻，那些
留在她面颊、脖颈和眼睑上的吻，而后
回到她能代表所有这些吻的香唇。

有什么事情比这些更加甜美呢？
如果缺少了亲吻，所有这些将不再甜美：
充满自信的心儿仍然炽热：迅疾伸展
又轻柔收起的心灵翅膀，
在那云锁雾罩的旅行中它可曾感知到
利爪下那羽毛相同的伴侣的气息？①

《爱情的甜蜜》第一节是一个漂亮女孩的唯美书写，展现给读者的是她的秀发、纤手，她的眼神、微笑，她的香唇和吻。"她蓬松的秀发飘落一片甜甜的朦胧遮了你的脸；她可爱的双手搂着你的头像优雅的花环丝丝入扣；她怯怯地微笑；她的眼神勾起甜甜的爱意；她浅浅的叹息长留于记忆；她的香唇采集了你甜蜜的吻，那些留在她面颊、脖颈和眼睑上的吻，而后回到她能代表所有这些吻的香唇。"这是诗，更是画，"诗画一律""灵肉合致"。而第二节里的意象"翅膀""云雾"和"利爪"则颇令人费解，尤其是"在那云锁雾罩的旅行中它可曾感知到利爪下那羽毛相同的伴侣的气息"两行，似乎预示爱妻之死，或升天复活，表征了具有神秘色彩的宗教叙事。

　　此外，莫里斯也创作了数十首唯美爱情诗歌，其中《爱情二重唱》，对"爱"的大胆表白，表达了对灵肉合致、身心合一的爱情祈盼，诠释了爱的真谛，体现出与卡莱尔、阿诺德、罗斯金一样的转型焦虑。而克里斯蒂娜的爱情叙事中，虽多为失败爱情案

---

① 朱立华译自 http://www.poemhunter.com/poem/love-sweetness/

例，或爱侣死亡，自己痛失爱情；或自己死亡，无法拥有爱情，但也有一些诗歌表达了对爱情的渴望，希冀"我们两个的爱情使我们融为一体"，例如她的《无名的莫娜》第四首。

> 我先爱上你，然后你的爱远胜于我，
> 爱情之歌嘹亮，
> 仿佛要淹没鸽子亲昵的咕咕声一样。
> 我们谁欠对方多？我的爱情意绵长，
> 你的爱似乎瞬间变得更加坚强。
> 我爱你，你证实了我的猜想——
> 你爱我，不计条件，不加考量，
> 对谁都不利，对爱情总是权衡思量，
> 因真爱面前不分"你"和"我"，
> 随性的爱才分出"你"和"我"，
> 因为真爱里我中有你，你中有我。
> 丰富的爱情懂得"我的就是你的"，
> 因此双方都有爱的永恒与勇气，
> 我们两个的爱情使我们融为一体。[①]

总之，"灵肉合致"体现出拉斐尔前派诗歌中灵肉关系的美学观，具有主观唯心主义倾向，认为灵魂具有主导作用，强调个人精神绝对化和个人的主体（间）性，主张人性自由，体现了中世纪人文主义思想，对西方文化产生了重要影响。现代西方人崇尚的自由、民主、个人主义思想都可以说是灵肉和谐（灵肉合致）思想影响的结果，其对于后世的爱情价值观也产生了较大影响，人们开始意识到爱情自由与婚姻自由的重要性，开始追求心灵与

---

① 朱立华译自 *Selected Poems of Christina Rossetti*. London: Wordsworth Editions Ltd., 1994: 209.

肉体水乳交融的唯美纯真爱情。

三、来世的"灵肉合致"：天地间的精神之爱

宗教叙事中的"来世的灵肉合致"与"死亡叙事"中的"虚构死亡复活"，构成了复杂的同构互渗关系。死亡后又复活的诸多叙事文本为"灵肉合致"美学观提供了文本支撑，而后者又为前者提供了理论支撑。换言之，在死亡后又复活的"故事"，通常在爱情叙事中，论证其"灵肉合致"的诗学特征。拉斐尔前派诗歌叙事中，通常表现为一种虚构的天地间的精神爱情：天上的灵与地上的肉达到完美"合致"，书写了天上、人间、地下的虚幻的柏拉图式的精神爱情故事。宗教叙事中的灵魂复活，与"死亡叙事"中的"现世死亡与来世复活"（生死轮回），回到了基督教灵肉一元论的原点，形成互文性和同构性。爱情、死亡与宗教间的互构交渗关系，提供了三者的对话空间。

拉斐尔前派诗人对生命、爱情、死亡、永恒给予高度的关注，其诗歌之中经常显示出对"灵肉合致"的唯美爱情的祈盼、对肉体之爱与精神之爱完美结合的渴求，以及对"肉身之爱，有时而尽，唯独精神之爱，方能长存"的感悟。例如，在《魂灵的恳求》中，克里斯蒂娜采用宗教叙事，讲述了在场宗教文化语境中，现世中的妻子，与魂归地下的亡夫间生死不渝的精神爱情故事。第一部分为"祈盼丈夫魂灵返家"。

> "飘来一阵脚步声，仔细听。"
> "阴风呜咽，树叶飘零，
> 　草地上却不见来人的踪影。"
> "飘来一阵脚步声，姐姐，快听。"
> "溪水涟漪，波光粼粼，
> 　小溪旁却不见来人的踪影。"

"可他承诺他将返回，
　或今晚，或明天，或喜或悲，
　他会信守诺言回家，一定会。
　他承诺他将返回，
　他的诺言掷地有声感天动地，
　他会信守诺言回家，一定会。"
"快睡觉吧，简，亲爱的妹妹；
　你定能安睡，无须疑虑与伤悲，
　时时刻刻去盘算他能何时返回。"
"我坐这儿再等会儿，再看看，"
　黑暗中一只手摸索着找到门栓，
　侧耳倾听，心存期盼。

　夜幕降临后，黎明到来前，
　姐姐躺着沉睡，妹妹坐着啜泣，
　谁在守望，谁在流泪，在那恼人的夜里。
　夜幕降临后，黎明到来前，
　姐姐躺着沉睡，妹妹坐着啜泣，
　守望、流泪，挚爱的情郎阴阳分离。

女诗人采用外聚焦叙事视角，对地下的亡夫（魂灵）与人间的妻子（肉体）的午夜生死之约进行宗教叙事。在那恼人的夜里，简侧耳倾听着，似乎"飘来一阵脚步声"，但是"溪水涟漪，波光粼粼，小溪旁却不见来人的踪影"，是思念太深产生幻觉吗？简执着的爱，让她坚信她的丈夫一定会回来，因为"他承诺他将返回，他的诺言掷地有声感天动地，他会信守诺言回家，一定会"。简不听姐姐的劝说，"时时刻刻去盘算他能何时返回"。她守望着、倾听着、期盼着，"挚爱的情郎阴阳分离"，还能回来吗？简对阴阳分离的亡夫的思念、对爱情的真挚，折射出克里斯蒂娜有关"灵肉合致"与"灵肉分离"的爱情观与宗教观。

《魂灵的恳求》的第二部分为"人鬼情未了"。

> 楼梯上飘来一阵脚步声，
> 门外楼梯上立着一个人，
> 像一阵风似的摇晃着门。
> 门儿轻轻一晃，
> 她的情郎闪身飘入屋中央，
> 门儿迅疾关上。

> "咦，罗宾，你怎么浑身冰凉，
> 像寒夜的露珠一样，
> 面色苍白像羊圈里的迷途羔羊。
> 哦，罗宾，你回来太晚了，
> 过来坐在我旁边，坐在这里聊。"
> （壁炉中燃烧着蓝色火苗。）

> "不要再把你的头埋入我怀里，爱妻，
> 我再也不能拥你，抱你，
> 也不能给你乐享的庇护。
> 不要把你的手放在我僵直的手里，
> 我已变成影子，来自地下，
> 那里的树都已倒地，无法挺立。
> 我们是树，但叶子已掉光，
> 我们头低垂，但没有眼泪流淌，
> 我只是因为爱妻的悲伤而哀伤。
> 要是你不这么悲伤，

我就可以一直安心地独自待在那个地方，
可我无力掩耳，总是能听到你寸断肝肠。
如果你不这么悲啼，
我就无牵无挂，可以安息，
可你坐那儿守望，不眠不休，哀伤悲戚。"

"'哀哉，痛哉'一直响在我耳畔，
哦，黑夜也凄惨！白日也昏暗！
就是这让你无法摆脱亲人的羁绊？

你曾经如此呵护我，
比和煦的春风更加温暖。
而今寒风却比你温暖，看见你我心发颤。

啊，我有情有义的丈夫，
为了你我舍弃所有，远离兄弟父母。
事实证明我的选择无误。

在地下黑暗的另一个世界里，
你做些什么？我愿跟随你。
你做些什么？你找到什么？在那里。"

"我在那边做什么，我不能告诉你，
但我将拥有很多：开心的朋友，贤惠的爱妻，

温柔的手创造了我们的家园，
我们不再恐惧，我们充满
希望和欢乐，我们才可以心安。"

> "哦，罗宾，我很想到你那边来，
> 因为你现在的日子是那么的愉快，
> 而我的日子却是那么的乏味倦怠。
>
> 我定会擦干眼泪，为了你，
> 我纵然努力也不能取悦你，
> 我又何必勾起回忆招惹你。"①

随着一阵脚步声，亡夫罗宾的魂灵果真闪身飘入屋中央，夫妻互诉无尽的哀伤。罗宾的魂灵"浑身冰凉，像寒夜的露珠一样，面色苍白像羊圈里的迷途羔羊"。他恳求爱妻"不要再把你的头埋入我怀里，……我再也不能拥你，抱你，也不能给你乐享的庇护。不要把你的手放在我僵直的手里"，只因他"已变成影子，来自地下"。那儿的生活很凄凉："那里的树都已倒地，无法挺立。我们是树，但叶子已掉光，我们头低垂，但没有眼泪流淌，我只是因为爱妻的悲伤而哀伤"。丈夫"恳求"妻子不要寸断肝肠，以便他的魂灵在地下得以安息，也就是主题"魂灵的恳求"。最后妻子宁可舍弃父母兄弟，也要与丈夫相伴，去建设另一个世界的幸福家园，表现了出世的超然。在那儿，现世的苦痛在虚幻的来世得以解脱，来世中的灵与现世中的肉、精神与肉体得以交融与合致，实现天地间的精神之爱。有趣的是，英文原诗标题为"The Ghost's Petition"，多义词"ghost"有"鬼；鬼魂；幽灵"等贬义，据此有人译为《鬼魂的恳求》《幽灵的恳求》或《魔鬼的恳求》。笔者依据诗歌文本语境，译为《魂灵的恳求》。显然，妻子期盼丈夫的"魂灵"返家，而不是鬼或魔鬼。

　　但丁·罗塞蒂认为爱与死结合后的精神再生，乃能延续爱情

---

① 朱立华译自 https://www.poemhunter.com/poem/the-ghost-s-petition/

至永远，唯独爱情才能超越时间，脱离世俗的牵绊，进入人生永恒的欢愉，追求超越时空、脱离世俗的精神之爱，主张天上的灵的爱与地上的肉的爱应该完美统一；肉的灵化，灵的肉化，达到"灵肉合致"的完美境界，而其《神女》为此提供了文本支撑。《神女》前文既有"死亡复活"的死亡叙事，又有"灵肉合致"的宗教叙事，第二章引用了《神女》的前两部分，为避免重复，此处引用后两部分引文。

> "愿他来到我身旁，
> 　因为他想。"她说道。
> "难道我没有祈祷，在天堂？——
> 　上帝啊，难道他没有祈祷，在地上？
> 　难道两个祈祷者的力量还不够强大？
> 　还要我感到害怕？"

> "头缠神圣的光环，
> 　身着白色的衣衫，
> 我将牵着他的手一起走向
> 那深邃的亮光。
> 我们将下到溪流旁，
> 去沐浴上帝的目光。"

> "我俩将立于神殿旁，
> 神秘，隐忍，人迹稀少，
> 神灯不停地摇曳着
> 向上帝祈祷。
> 只见年长的祈祷者得到恩赐，
> 一个个像朵朵轻云飘然散去。"

"我俩将躺在
那茂密的神奇树荫里，
在这隐秘的地方，那只鸽子
有时觉得自己就在这里生息，
此时上帝之羽触到的每一片叶子
都清楚地传诵着他的名字。"

"我就这样躺着，
将亲自教他，
我在这儿吟唱的颂歌。他的声音
将平缓地停顿，
每次停顿他将学到新的知识，
或新的东西。"

（唉，我们俩，我们俩，你说的！
你定会伴着我
直到地老天荒。上帝可能
把一个和你的灵魂相似
但对你没有爱情的灵魂
化作一体的永恒？）

"我俩"，她说，"将找寻
圣母玛利亚
和她的五个侍女安居的那片小树林，
她们的名字宛如五支甜美的交响曲，
塞西丽，格特鲁德，玛格达伦，
玛格丽特和罗萨莉丝。"

"她们围坐在那儿，发髻高绾，
前额佩戴花环。
正在把金色的丝线，
织成白得耀眼的精美布匹，
为那些刚出生就已殒殁的生命
制作分娩时的睡袍。"

"或许他会害怕而不肯说话：
那我就会把我的面颊
紧贴着他，诉说着我们的爱情
如此坦荡，如此伟大。
仁慈的圣母会赞许我
让我自豪地将爱表达。"

"圣母将亲自，手挽手把我们交给我主，
所有的灵魂
跪在我主周围，数不清的一排排圣徒
戴着花环弯腰鞠躬。
接待我们的天使将
和着西特琴与吉他低吟浅唱。"

"我将祈求耶稣我主，
为了心爱的他和我，
——让我们就像在尘世间一样
永远相亲相爱；
——让我们就像那短暂的从前一样
永远相守相伴，他和我。"

她注视着、倾听着，轻声说——

言语间忧郁少于温柔：

"他就要来到。"她静候着。

阳光抖落在她身上，天空飘飞着

多情的天使。

眼神中饱含祈求，她笑了。

（我看见她笑了。）然而，远方的路

很快变得模糊。

于是她将臂膀

搭在金色的栏杆上，

脸深埋在双手里，

开始抽泣。（我听到了她的眼泪。）[1]

　　但丁·罗塞蒂的《神女》是"灵肉合致"的经典叙事，诗人描写了"升天神女"在天国翘首以待，祈盼着与自己的情郎相会，以及相会后缠绵悱恻的缱绻之情，把人间的情愫倾注到宗教叙事题材中，既有人性和感觉的浓厚色彩，又有神性和灵感的神秘色彩：天庭边，一位衣着华丽的神女，头戴花环、发缀繁星、手捧百合，倚着金色的天堂栏杆，目视着周围："情侣在永恒爱情的喝彩中相遇，不停地呢喃彼此永存于心底的名字。他们的灵魂升天宛若焊铁的烈焰闪过她身边"，不禁思绪万千："难道我没有祈祷，在天堂？——上帝啊，难道他没有祈祷，在地上？难道两个祈祷者的力量还不够强大？"一个天上，一个地上，生死相隔已数载，但心心相印的情侣对上帝的虔诚之心定会感动上苍，神女坚信她的情郎定会来天堂："你定会伴着我直到地老天荒。上帝可能把一个和你的灵魂相似但对你没有爱情的灵魂化作一体的永恒？"神

---

① 朱立华译自 *Pre-Raphaelite Poetry*. New York: DOVER PUBLICATIONS, INC., 2003: 1.

女极目远眺，找寻凡间的情郎，此时，神女脑海里浮现出一幅与情郎相会的、缠绵悱恻的画卷："头缠神圣的光环，身着白色的衣衫，我将牵着他的手一起走向那深邃的亮光。我们将下到溪流旁，去沐浴上帝的目光。"这对爱侣将向上帝祈祷，向圣母祷告，向耶稣祈求："我将祈求耶稣我主，为了心爱的他和我，——让我们就像在尘世间一样永远相亲相爱；——让我们就像那短暂的从前一样永远相守相伴，他和我。""阳光抖落在她身上，天空飘飞着多情的天使。眼神中饱含祈求，她笑了。"天上多情的神女与地上迷幻的情郎生死相依，永不分离，天上的灵魂与地上的肉体完美结合，书写了"灵肉合致"的理想爱情。

但丁·罗塞蒂的《爱的证言》同样追求灵魂与肉体完美统一的"灵肉合致"的精神之爱。

> 啊亲爱的！在爱的时光中，你激情地
> 盘绕在我心头，时时刻刻
> 包裹着爱情的烈火，你的心即是爱的证言；
> 当我接近你时，我可感知你的呼吸是
> 爱情圣殿最深处的馨香；
> 你静默无语拥有爱情，并专注于
> 其心志，你的生命与我的融合，
> 并喃喃道："我是你的，你和我合为一体！"
> 啊！你的恩典即是我的奖赏，
> 也是爱情的荣耀，——当你
> 走过蜿蜒而下的台阶到达迷濛的岸边，
> 到达人们叹息的伤心水崖，
> 爱情传颂，因你的双眸

吸引我被囚的灵魂，奔向你。①

　　这首诗是为悼念亡妻伊丽莎白·西黛尔而作。但丁·罗塞蒂经历了两次精神打击：其一，妻子的死亡。他和好友莫里斯的妻子简·莫里斯关系暧昧后，妻子受到冷落，吞食过量的鸦片而死，给他精神上很大的打击。其二，布坎南的攻击。布坎南等评论家对他的《诗集》大加指责，认为他的诗淫荡不堪、充满肉欲，称其为"肉欲派诗歌"（The Fleshy School of Poetry），使他的精神再次受到打击。而他的宗教叙事诗歌，正是自己个人生活和心灵感受的写照，讲述了对简的爱恋与对亡妻的深切悼念（值得注意的是，他笔下的这些女性形象有时是圣洁的贞女，有时却是爱情的牺牲品，或妓女、荡妇），书写了罗塞蒂和她们之间的爱恨纠葛，灵与肉、爱与欲的挣扎。因此，在他的短诗《爱的证言》中，他祈盼爱人在自己心中永存，认为爱人的心就是爱的证言、爱人的呼吸就是"爱情圣殿最深处的馨香"，提出爱情就是"你我生命的融合""你和我合为一体"的爱情观，同时论及"灵魂被囚于肉体"的灵肉宗教观，"你的双眸吸引我被囚的灵魂，奔向你"，表达了自己和爱人的灵魂不离不弃的爱情宣言，诠释了爱情叙事中精神与肉体完美结合的"灵肉合致"美学观。

第二节　拉斐尔前派诗歌的"灵肉冲突"叙事

　　拉斐尔前派诗歌的宗教叙事变异艺术主要体现在"现世死亡"到"虚构死亡"的转化，"灵肉一元论"到"灵肉二元论"的转换。宗教叙事变异的动因受到历史在场、道德建构与宗教介入

————————————

　　①［英］但丁·罗塞蒂. 生命殿堂：罗塞蒂的十四行诗集. 庄坤良，译. 台北：书林出版有限公司，第35页.

等现代性生成语境的影响，具体表现为"神性"和"人性"的矛盾、爱情与死亡的冲突、灵魂之爱与肉欲之爱的分离、"感官主义"和"肉欲主义"对基督教"禁欲主义"的冲击等方面。在"灵肉合致"的宗教叙事研究基础上，本节将在"灵肉冲突"视角下，解读拉斐尔前派诗歌的虚构爱情叙事策略，分析"灵肉一元论"与"灵肉二元论"美学观对宗教叙事向文学叙事"易帜"趋势的影响；分析在灵与肉割裂、分离背景下的"爱情与死亡的矛盾书写"和"爱情与宗教的矛盾书写"；分析"肉欲主义"对基督教"禁欲主义"冲击下精神之爱与肉体享受的冲突；分析拉斐尔前派诗歌中灵肉关系的诗学与美学价值。

拉斐尔前派诗歌的宗教叙事变异艺术的两个核心聚焦：其一是"灵肉合致"到"灵肉冲突"的转化；其二是"灵肉一元论"到"灵肉二元论"的转换。"灵肉冲突"是拉斐尔前派诗歌宗教叙事的又一关键词。宗教的世俗化趋势导致了宗教叙事向文学叙事易帜的趋势，打通了宗教叙事和文学叙事的藩篱，使宗教学的"灵肉冲突"关系，成为叙事学的研究视角，"灵肉冲突"也从宗教学的二元论，逐渐转变为文学的"灵肉冲突"叙事主题，甚至是叙事母题。学界给予其宗教学观照的同时，更给予其文学观照。当下的研究趋势，就是将"灵肉冲突"置于文学作品中，解读其在文学作品（包括拉斐尔前派诗歌）之中的文学与诗学特征，例如分析"主人公内心对于爱情的精神渴求与肉体原始冲动之间构成的无法调和的矛盾与冲突"等文学命题。拉斐尔前派的宗教叙事诗歌中，有关爱情与死亡、爱情与宗教的矛盾书写诗歌近百首，包括克里斯蒂娜的《王子的历程》《妻子告别丈夫》《爱情三重唱》《爱已死亡》《红尘》《暂停的想法》《绿油油的麦田》《梦幻交响曲》等，但丁·罗塞蒂的《灵魂世界》《三重影》《爱之死》等，西黛尔的《逝去的爱》，斯温伯恩的《死亡歌谣》，约翰·潘恩的《死去的爱》，梅瑞狄斯的《爱情的坟墓》，莫里斯的《我和你》等，都是以"灵肉冲突"为叙事主题，进行宗教叙事。叙事的显著特征：或灵魂被消解，使其人物成为一个没有道德感、没有精神追求的人；或肉体被消解，使人物走向死亡，灵魂与肉体之间的矛盾虽得以消除，却难以实现灵魂与肉体的完美统一，构成了爱情与死亡的矛盾书写、爱情与宗教的矛盾书写。

一、灵肉"二元论"下的"灵肉冲突"美学观

"灵肉冲突"是中世纪基督教文化灵肉二元论的核心观点，其本质是"唯灵主义"，即灵魂战胜肉体并最终超越肉体。"灵肉冲突"把人的灵魂和肉体（或心灵和身体）视为两个可以分离部分的美学观，认为物质性的肉体是精神性的灵魂所使用的工具或暂时的居所。"灵肉冲突"宗教哲学观，接受了奥古斯丁"身体是灵魂的监狱"的观念，受到了柏拉图"灵肉二元"思想的影响，体现了中世纪基督教文化的各种冲突，如现实与理想、此生与来世、"凯撒"与上帝、世俗王国与教会、属世的生活与属灵的生活等各种冲突。中世纪基督教传承于"两希文明"，吸收了犹太教的"末世论"，把上帝的国从现世搬到了来世，把耶稣从犹太人的复国救主变成了道成肉身的"灵"，形成了基督教的"救赎说"，即灵魂的救赎。灵与肉的二元论引发了南欧的文艺复兴，使基督教走上了一条"奠基于人性之上的复归伊甸园之路"。①

中世纪基督教文化的最显著的特点就是以灵肉对立为核心的二元对立，而它的精神实质则是灵魂战胜肉体并最终超越肉体的唯灵主义。基督教神学认为，人的存在被二元化，精神或灵魂成为基督救赎之光普照的永生之地，肉体则成为受魔鬼罪恶支配的死亡之壑，强调肉体死亡，关注灵魂与肉体的冲突。西方传统宗教思想和传统文化具有明显的二元性质，正如法国作家雨果所

---

① 赵林，2002. 中世纪基督教文化的灵肉关系问题. 基督教研究，(1)：137-141.

言，"这种宗教是完整的，……它开宗明义就向人指出，生活有两种，一种是暂时的，一种是不朽的；一种是尘世的，一种是天国的。它还向人指出，就像他的命运一样，人也是二元的，在他身上，有兽性，也有灵性，有灵魂，也有肉体；总而言之，人就像两根线的交叉点，像连接两条锁链的一环，这两条锁链包罗万象，一条是有形物质的系统，一条是无形存在的系统，前者由石头一直到人，后者由人开始而到上帝"。①二元的"灵肉冲突"与一元的"灵肉合致"形成对立、解构与颠覆关系。

"灵肉冲突"，作为宗教叙事中的传统宗教哲学观，逐渐转向文学叙事中的美学观或美学思想。在当下语境中，它更是一种文学叙事主题（母题），常用于文学研究，关键词为爱情、死亡、宗教。

二、灵与肉的割裂：爱情与死亡的矛盾书写

如前所述，爱情、死亡与宗教间的互构交渗关系，构建了三者的对话空间。灵与肉的割裂、性与爱的撕裂可导致爱情的死亡。爱情的死亡和肉体的死亡，都是消解"灵肉冲突"的主要途径。首先，"人总不免一死，说明人生总有极限。有极限的人生是失败的人生。失败的人生肯定不是美的人生。死是肉体的终结，是臭皮囊的结束，不值得哀叹。而如果一定要去哀叹它，就等于是拒绝死而后生的永恒之美。为结束痛苦而悲伤，不是精神病就是贱骨头，绝不是正常理智之人之所为。死亡之美就在于：它结束了痛苦和不幸，迎来了快乐、安宁和新希望"②，肉体的消亡，消解了"灵肉冲突"，留下了灵魂的永恒。其次，爱情的死亡也可以消解"灵肉冲突"。虽然多数情况下，爱情死亡是凄婉的，是人们所不愿遇到的，但它并非总是意味着悲观与失望，有时候反而是痛苦与不幸的结束，是精神渴求与肉体原始冲动的结束，是"灵

---

① 杜吉刚，2009. 世俗化与文学乌托邦. 北京：中国社会科学出版社，第172页.

② 王文斌，1993. 无畏的歌赞：死亡崇拜之解剖. 沈阳：辽宁人民出版社，第137页.

肉冲突"的结束，是快乐与希望的开启。爱情本无生命，也就无所谓死亡。而当诗人赋予爱情生命之后，爱情就犹如其他生命一样也会死亡。爱情与死亡产生交互作用，形成互渗关系。只有在死亡的意识中，才能真正领悟到爱情的真谛；在死亡的恐惧中，感受爱情的可贵。"生死相依""生死不渝"也就成为古今中外诗歌的一个永恒的叙事主题。

拉斐尔前派诗人经常将爱情与死亡这两种文化意象进行并置，以爱情与死亡为叙事对象进行叙事，通过死亡反照爱情的凄婉之美，发出"真爱难觅""真爱易逝"的哀怨。拉斐尔前派诗歌中，可以检索到近百首有关爱情死亡叙事的诗歌，如乔治·梅瑞狄斯的《爱情的坟墓》，但丁·罗塞蒂的《爱之死》，克里斯蒂娜的长诗《王子的历程》《爱已死亡》《无名的莫娜》（第七首），西黛尔的《逝去的爱》和约翰·潘恩的《死去的爱》等。例如克里斯蒂娜的《爱已死亡》。

> 爱已死亡，尽管它坚强如死亡，
> 来吧，在凋谢的花丛中，
> 让我们给它布置安息的地方。
> 青草种在它头旁，
> 一块石头脚边安放，
> 在黄昏寂静的时光，
> 我们可以稳坐其上。
> 爱诞生于春天，
> 却夭折在收割之前；
> 在最后一个温暖的夏日里，
> 它毅然离我们而去，
> 不忍目睹秋日黄昏的灰暗与凄凉。
> 我们坐在它的墓旁，

哀叹它的死亡。

琴弦低沉而悲凉，

我们和着来吟唱：

"凝视着青草，我们的目光，

岁月流逝，青草也披上忧伤；

那一切，历经久远的时光，

依然令我们浮想联翩！"①

克里斯蒂娜在《爱已死亡》中，对于爱情死亡持有乐观和礼赞的态度。开篇直抒胸臆，提出了"爱已死亡，尽管它坚强如死亡"的观点，此观点类似于《圣经·雅歌》对爱情的礼赞，对死亡与爱情矛盾心理的哀叹，对生命的意义与爱情的价值的思考。女诗人采用爱情死亡叙事策略，运用象征与拟人的叙事语言手法，利用反讽和张力的叙事语言，赋予爱情灵魂和生命，将"毅然离我们而去"的爱情葬于花丛之中，种青草、摆石头，呆坐在墓旁，黯然神伤，再加上"秋日黄昏的灰暗与凄凉""青草也披上忧伤""琴弦低沉而悲凉"的凄婉氛围，诗人为爱情的死亡发出叹息，"哀叹它的死亡"，抒发了自己的真爱易逝的凄婉哀怨之情，表达了少女幻想获得"灵肉一元"的真挚爱情的祈盼，以及通过精神之爱消解爱情与死亡的矛盾的同时，希冀大胆自由地追求爱情，也赞美了爱情的坚强。在《无名的莫娜》第七首中，诗人再次强调该观点："死亡坚强，爱情坚强如死亡"（"And death be strong, yet love is strong as death"）②。

---

① 朱立华译自 *GOBLIN MARKET AND OTHER POEMS*. New York: DOVER PUBLI-CATIONS, INC., 1994: 23.

② 摘自 *Selected Poems of Christina Rossetti*. London: Wordsworth Editions Ltd., 1994: 210.

"爱我，因为我爱你"——回答我，

"爱我，因为我爱你"，我们快乐的一双

站在这片繁花似锦的爱情土地上，

爱情无疆。

爱把房建在岩石上，而不是沙子上，

爱微笑时，风却咆哮，满是绝望。

谁曾发现爱的城堡无人居住？

谁曾囚禁爱的自由？

我的话大胆而心却是个懦夫，

少欢聚而多别离愁，

你也要提高爱的艺术！

我在《圣经》中寻求慰藉，它说，

嫉妒很残忍如同坟墓一样，

死亡坚强，爱情坚强如死亡。[①]

　　灵魂与肉体完美结合，达到灵肉合致的精神爱情是唯美的，
而现世人生中真爱难觅、真爱易逝却是苦痛的，细读克里斯蒂娜
的爱情诗可发现，她的诗几乎没有一个成功的爱情案例，或爱情
已死亡，自己痛失爱情，或自己已死亡，与爱情失之交臂，她的
诗"描写的几乎全是爱之失落和挫折，极罕涉及有情人终成眷属
的至乐至福"，她的诗歌"厌世但不悲观"，体现出现世人生中真
爱易逝、真爱死亡的凄婉哀怨，表达了诗人寄希望于精神之爱、
来世之爱、天堂之爱的祈盼。因此，"尽管她的诗歌基调阴郁忧伤，
读来却不会使人产生压抑腻烦之感，因为她的诗歌清新自然，语
言平淡优美，音韵灵活悦耳；同时又极富哀婉缠绵之美，读起来

---

① 朱立华译自 *Selected Poems of Christina Rossetti*. London: Wordsworth Editions Ltd.,
1994: 210.

纯粹是一种艺术享受"。①

　　拉斐尔前派的另一位诗人乔治·梅瑞狄斯在其诗歌《爱情的坟墓》中同样进行了爱情死亡叙事。爱情死亡后，需要在"那风儿像飞行的标枪掠过的地方，它骨感的影子洒在汹涌的巨浪上"找到"挖掘爱情坟墓的合适地方"，将死亡的爱情安葬。在诗人设置的该叙事空间里，"沉闷的浪花跳跃着、撞击着，在海滩上空吐出嘶鸣的长舌；聆听着大海的咆哮，远眺着风卷浪花白茫茫一片"。在这适合挖掘爱情坟墓的地方，诗人采用通感叙事手法，以听觉"嘶鸣"来写视觉"长舌"，生动地描写了浪花如同长舌在嘶鸣，大海恰似怪兽巨口，吞噬了爱情，诠释了作者的良知与道德观、作者的宗教思想，包括人的原罪、死亡的爱情、上帝的万能。

> 标出那风儿像飞行的标枪掠过的地方，
> 它骨感的影子洒在汹涌的巨浪上！
> 此处确是挖掘爱情坟墓的合适地方；
> 此处沉闷的浪花跳跃着、撞击着，
> 在海滩上空吐出嘶鸣的长舌；
> 聆听着大海的咆哮，远眺着
> 风卷浪花白茫茫一片。
> 我永远无法确定
> 诅咒的亲吻是否早已注定了
> 爱情的死亡，亲吻将会责备
> 清醒的良心，如果良心没有堕落！
> 已是清晨：但清晨无法找回
> 已丧失的东西。我看不到原罪：
> 罪交织在一起。上帝知道，人生悲剧里

---

① 钱青，主编，1996. 十九世纪英国文学史. 北京：外语教学与研究出版社，第 200 页.

不该有恶人！激情编织的剧情里：
出卖我们的是内心的虚伪。①

此外，但丁·罗塞蒂在其诗歌《爱之死》中，以爱情与死亡作为叙事对象，将生命、爱情与死亡三个文化意象并置，进行爱情死亡叙事，爱情中嵌入生命，形成对死亡的观照，并提出"我和爱情为一体，我就是死亡"的名句。

在生命的扈从中，有一个人物
拥有爱情的翅膀，高举自己的旗帜：
旗质细密，旗面精绣，
失去灵魂的面孔，那就是你的形象和色调！
阵阵令人困惑的魔音，就像春日苏醒，
从旌旗翻飞中响起；从我心中，它的力量
疾驰中脱轨而出，在那无法忘却的时刻，
诞生的黑暗之门一阵呻吟，一切全新。

而一位蒙面的紧随其后，她扯掉
绕着旗杆的旗帜，卷起来，紧紧攥着，
而后从旗手的箭翎拔起一片羽毛，
贴在她的唇前，没有半点抖动，
然后对我说："看那，没有一点气息，
我和爱情为一体，我就是死亡！"②

---

① 朱立华译自 https://www.poemhunter.com/poem/love-s-grave
② ［英］但丁·罗塞蒂. 生命殿堂：罗塞蒂的十四行诗集. 庄坤良，译. 台北：书林出版有限公司，第 127 页.

三、灵与肉的分离：爱情与宗教的矛盾书写

宗教与爱情始终存在着千丝万缕的联系，宗教的压迫经常导致爱情的悲剧。拉斐尔前派诗人生活在维多利亚时代，一个"信仰危机"的时代，一个"基督教面临崩溃"的时代，一个英国进入"现代"转折的时代，传统文化受到了现代化进程的冲击，宗教信仰受到科学的挑战，基督教体系濒临崩溃，现代人类产生了"现代性的焦虑"。年轻人灵魂无家可归，信仰产生危机，思想变得混乱和茫然，对现世人生感到困惑，转而寻求拯救，产生现世人生的救赎意识。这种意识主要体现在精神的拯救或灵魂的救赎方面，在文学作品中表现为"灵肉冲突"美学观，即现世人生的苦痛通过复活、升天的途径，在天国得到救赎，达到灵魂与肉体的完美结合，体现了个人精神绝对化的哲学思想。

在这样的现代性文化语境之中，拉斐尔前派诗人开始关注人的生存危机和精神异化，灵与肉的分离，人性的裂变与扭曲，以及宗教压迫下的爱情悲剧。基于此，本小节将分析拉斐尔前派诗歌的宗教叙事中有关爱情与宗教的矛盾书写，诸如克里斯蒂娜的"宗教禁锢的灵魂"内的爱情死亡悲剧描写，但丁·罗塞蒂婚姻悲剧中的性爱描写，以及斯温伯恩"以丑为美的病态"爱情书写等。

拉斐尔前派诗歌中，爱情与宗教矛盾冲突的典型代表就是克里斯蒂娜的宗教叙事诗《修道院的门槛》，跨越门槛表示愿意皈依上帝，否则就是选择爱情。在《修道院的门槛》中，女诗人铺设了"修道院的门槛"这一象征意象，以门槛象征宗教与世俗的分水岭，修道院象征宗教，采用象征、意象等叙事语言，用第一人称内聚焦叙事视角"将希望与罪恶叙述，将难觅的真爱倾诉"。修道院的门槛象征着世俗与宗教间徘徊、人性与神性间徘徊，体现出皈依上帝还是选择爱情间徘徊矛盾心理、斩断情缘和永结情缘的内心冲突。《修道院的门槛》通常被认为是克里斯蒂娜在读

了《艾洛伊斯致亚伯拉德》一书后所做的回应。《修道院的门槛》中，女主人公放弃进入门槛，拒绝皈依上帝。"负罪"的灵魂难以得到救赎。而克里斯蒂娜却做出了和负罪女主人公截然不同的宗教选择：宁可失去爱情，也要皈依上帝，体现出其宗教情怀之虔诚与坚定。

　　《修道院的门槛》的第一部分主要虚构了修道院门槛里面"楼梯层层，直通金光闪耀的天际"，楼梯通向缥缈的天堂。那儿有恢弘的城池、山峦和海湾，那儿人们或做美梦或唱圣歌，小天使与大天使清除了邪恶，天空一片灿烂。

> 亲人啊，我们之间存在血缘关系，
> 这血，有来自父亲，有来自兄弟，
> 这血，就是一道无法跨越的栏杆，
> 我只能选择向上攀升的层层楼梯，
> 楼梯层层，直通金光闪耀的天际，
> 通向蜃楼与海市，犹如玻璃一般。
> 我百合花般的双脚被泥土玷污，
> 那是孕育传说故事的猩红泥土，
> 将希望与罪恶叙述，
> 将难觅的真爱倾诉。
> 唉，我的心，若敞开心扉，
> 那污点同样也会暴露无遗，
> 我寻求缥缈的烈焰与海水，
> 将污点濯洗，将罗网焚毁。
> 看，楼梯将我们高高抬起，
> 还有与我一道燃烧的楼梯。
>
> 你向下俯视，我朝上仰视，

我看到了远方恢弘的城池，
一片湿地偎依无尽的山峦，
一串星宿点亮远处的海湾，
那儿正直的人们把酒言欢。
树林中他们或者美梦正酣，
或者醒后圣歌抑扬来颂赞，
有小天使与大天使来相伴。
背着十字架他们把酒喝干，
把四肢猛拉炙烤按压扭转，
清除掉尘世间的杂乱纷繁。
长空中高天闪现星光灿烂，
日光在他们面前变得黯淡。

第二部分的关键词为"灵魂""死亡""原罪""爱情"，宗教色彩浓厚。以第二人称"你"的视角为叙事视角，讲述"你"现在的地方"少男少女来来往往，爱情乐曲尽情欢唱"，而"你"为什么要死呢？或许我们有"原罪"，我们要"忏悔"，"想用乏味的眼泪将灵魂洗涤"，然而，"幸福已死亡，爱情已死亡"，一切都令人生厌。

你看到什么？俯视长空，
但见葡萄藤中姹紫嫣红，
上蹦下跳，来来往往，
欢腾，活跃，酒后变强壮，
露珠浸润的桃花分外妖娆，
微风轻抚的金发轻扬飞飘，
少男少女来来往往，
爱情乐曲尽情欢唱。

你逗留徘徊，莫负飞逝韶光。

为生命飞扬，蓄积你的力量，
阴影最终在地上渐渐伸长，
那是夜幕降临，白日衰亡，
飞向山冈，切莫逗留，
这是微笑叹息的时候？
秘密的小树林中歌声轻飘，
突然栖息的蓝鸟开始嬉闹，
时光飞逝而你还在逗留，
在今日还是今日的时候，
下跪、祷告、暴力搏斗。
明日将来临，今日就至此，
你为何要死，你为何要**死**？

你和我同犯了享乐的**原罪**，
咱一块忏悔吧，我已忏悔，
我必须丢弃知识让我心碎，
原本平坦的路引我们前行，
归来时它却变得崎岖不平。
还需多久我才可能安睡？
还要多久昼夜不停更替？
天使在喊叫而她在祈祷，无疑，
她想用乏味的眼泪将**灵魂**洗涤。
还要多久岁月不停延续？

你面前我移开了眼别过了脸，
还有我的头发你再也看不见，

唉，去而不返的欢乐时光，
幸福已死亡，爱情已死亡，
唯有我的嘴唇依然朝向你，
我青紫的嘴高喊"忏悔"!
生命如同大斋节令人厌倦，
稀疏的岁月星辰令人生厌。

第三部分的关键词为"爱情""灵魂""精灵""伴侣""知识"和"腥血"，爱情与灵魂交互，以忏悔使灵魂净化，得以拯救。接下来是"我"讲述的一个"梦"。梦中的"精灵"荣光万千，气势恢宏，足踏烈焰，身长百翅，在宇宙苍穹中飞驰，高喊"给我光"。但这样一个精灵却被知识灌醉，表达了诗人的观点"爱情甜蜜，知识坚强"，"世间万物皆渺小，唯有爱情最重要"。最后，梦醒了，"我面容清癯，我灰发苍苍，冰冷的腥血凝集在门槛上，挣扎窒息，门槛上躺着我"。梦醒了，仰望遥远的高天，"我"长叹一声：让"我们用原来的方式再相见，我们用原来的爱情再相爱"吧。

我将如何在天堂安歇，
如何独坐天国的台阶？
倘若圣徒与天使谈及**爱情**，
我坐在宝座上该不该回应？
朋友们，请怜悯我吧，
我已听到那边的谈话，
我不该用恳求的目光，
带着苦痛向凡间瞭望？
哦，凭我们所带的礼物，
拯救我免受天国的痛苦。
忏悔，忏悔，以求宽恕，

生命漫长，但已然结束。
忏悔吧，净化并拯救**灵魂**，
晨星们在他们生日的清晨，
唱出的声音，比不上有人
忏悔时天使们唱出的丽音。

我告诉你昨晚我梦中的情景，
梦中有一个面容神圣的**精灵**，
足踏烈焰向无垠的天空攀行。
我听它拍击身上的百只翅膀，
天国的钟声传出欢快的声响，
天国中空气的幽香令人发颤，
星球绕着飞奔的战车而旋转。
"给我光"他边攀登边呼喊，
更多温柔的光在他身上弥散。
他超越天使，超越天使长，
他得意扬扬，他力量超强。
他脚踩着小天使的裙裳，
仍然尖叫："给我光！"
将饥渴的脸埋入大海猛喝，
真渴啊，这远远不能解渴。
我见他成了被**知识**灌醉的醉汉，
从苦痛的眉毛上取下神圣王冠，
他的卷发犹如撕裂的蛇身盘缠，
他离开他的宝座，匍匐爬行，
将大天使脚上的尘土舔干净。
为什么知识能被称量？
爱情甜蜜，知识坚强。

他的知识是懂得了，
世间万物皆渺小，
唯有**爱情**最重要。

我告诉你昨晚梦中的情景，
它不是黑暗，也不是光明，
寒露透过泥土浸湿我的浓发，
你来找我，
你说："你梦到了我？"
我那曾经向你跃动的心啊，
犹如尘土，我半醒着回答：
"我鲜红的被单潮湿的枕头，
还有那铅灰色的华盖挂床头。
去寻找一位暖心的**侣伴**，
就像枕头对于脑袋一般，
去爱吧，她比我更温暖。"
你绞着双手，我就像铅坨，
砸穿了地上的湿土，
你捶打双手，充满忧愁，
步履蹒跚，但不是醉酒。

长夜漫漫，我整晚梦到你，
我醒了，祈祷，而非本意，
我又睡了，再次梦到了你。
终于我下跪、祈祷，站起，
我不能记录下我所说的话，
我不善言辞，不潸然泪下。
我的沉寂刺破黑暗发声响，

犹如雷鸣。清晨天空放亮，
我面容清癯，我灰发苍苍，
冰冷的**腥血**凝集在门槛上，
挣扎窒息，门槛上躺着我。
倘若此刻你见到我，你会讲，
我深爱着的那张面孔在何方？
我将回答：它早已走，
头罩面纱在天堂逗留。
当晨星终于再次升起，
夜幕笼罩的地球遁逸，
我们安全地站在门里，
然后你会将面纱撩起。
立起身仰望那遥远的高天，
棕榈已长大，命运已安排，
我们用原来的方式再相见，
我们用原来的爱情再相爱。①

　　"神性"和"人性"是宗教叙事常用的一组对立统一的关键词。神性对人性的禁锢与人的本能对情感的追求之间存在着难以调和的矛盾，体现出灵魂与肉体的冲突关系。克里斯蒂娜作为一个虔诚的清教徒，宗教信仰使她两次失去爱情，她的性格体现出禁欲主义特征，她的灵魂经常处于神性与人性的矛盾对立之中，在人性和神性之间徘徊，给她的精神和肉体带来创伤。因此，她的诗歌基调凄婉哀怨，宗教色彩中融入悲剧色彩。例如，在《圣诞颂歌》中，克里斯蒂娜塑造了万能上帝、耶稣基督、小天使、大天使、天使长以及圣母等原型意象，采用原型叙事模式，表达

---

① 朱立华译自 *Pre-Raphaelite Poetry*. New York: DOVER PUBLICATIONS, INC., 2003: 80.

了将自己的心奉献给上帝的虔诚，体现了其信仰皈依。耶稣基督的艰辛：酷寒的隆冬，寒风呜咽，大地河水冰冻，坚硬如铁如石，千山积雪，万里层叠，难以觅得一个栖身之处；耶稣基督的仰慕：小天使日夜仰慕他，众天使拜倒在他的面前，牛、驴、骆驼都崇拜他；他的圣母，带着圣洁的祝福，用亲吻表达对挚爱的崇拜。而"我"这个穷人，拿什么奉献给上帝？"我"唯有奉献"我"的心。

克里斯蒂娜受玄学派宗教诗人赫伯特和多恩的影响，她诗歌之中宗教渗透情爱，情爱渗透宗教，世俗的爱与灵魂的爱分离割裂，既笼罩着神秘、宗教与虚幻色彩，又蕴含着唯美、忧郁与细腻风格，使她的诗歌具有双重张力：宗教禁锢灵魂的现世人生苦旅的哀怨和来世灵肉合致的精神拯救的祈盼。宗教的禁锢导致心灵的重负，宗教信仰导致爱情的牺牲，心灵的重负和爱情的牺牲导致其诗歌凄婉阴郁，黯然神伤。这些特征倒是和美国女诗人迪金森的诗歌特征具有颇多相似之处。

再如梅瑞狄斯的短诗《三个女孩》，诗人选取了西方文化语境中典型的宗教意象"夜莺"进行爱情死亡叙事。采用具有神秘色彩与宗教色彩的象征意象"夜莺"来表达爱情被宗教所禁锢的哀伤。通过描述"爱侣"间的情真意切与缠绵悱恻，"夜莺正和它的伴侣缠绵，意切情真"，"夜莺歌唱只给它的爱侣听"，讲述爱侣生病后的黯然神伤、痛失爱侣后不离不弃的凄婉爱情故事。其中，象征意象"夜莺"极具浓厚的宗教色彩，夜幕下凄婉的鸣叫，更增加了神秘和恐怖的气氛，烘托了爱情死亡的哀伤与凄凉，呈现出梅瑞狄斯的爱情观与宗教思想。

此外，但丁·罗塞蒂等诗人的诗歌中，也体现出"灵肉冲突"美学观。由于受到自身爱情悲剧的影响，或受到"肉欲主义"冲击基督教"禁欲主义"的影响，或受到感官主义、颓废主义的影响，但丁·罗塞蒂婚姻悲剧诗歌中的性爱描写，香艳而明亮，尤其是对女性身体的描摹，如红唇、香颈、酥胸等，因而被布坎南调侃为"肉欲派诗歌"，明显与维多利亚时代的道德相悖，因为维多利亚是一个标榜道德的时代（如"腿"被认为不雅，连钢琴腿都被包裹起来）。而斯温伯恩则受波德莱尔"恶""丑"的美学思想影响，他的诗歌既有热情似火的"为你的红唇拓上他那不朽的印章"的爱情书写，也有颇具争议的性爱描写、"腐尸"赞美等"以丑为美的病态"爱情书写。虽然在维多利亚的具体文化语境下，他们的诗歌对灵肉关系、两性关系的描写略微"出格"，但尚未"放肆"到像劳伦斯那样的性爱书写，更没有生殖描写。在灵肉冲突的背景下，对于弥合灵肉分裂的精神痛苦，对于"以丑为美"、"化丑为美"的现代派美学理念的发展都具有实用价值。

小结

本章选取"宗教"作为切入点，对拉斐尔前派诗歌的宗教叙事变异艺术进行研究，以"灵肉合致"和"灵肉冲突"两个变量的转化为明线，以"灵肉一元论"和"灵肉二元论"的转换为暗线，以"叙事对象"和"叙事空间"为视角，完善了宗教叙事课题，解决了相关重点和难点问题。宗教叙事变异的主要意义在于拓宽了叙事视角，揭示了宗教哲学观的发展演化引发神性与人性的分裂、病态美学的产生、肉欲主义的出现等人的问题或社会问题；升华了叙事主题，使诗歌研究从文学、诗学的研究高度上升到美学、哲学的研究高度。

本章的研究重点主要包括：第一，梳理灵肉关系的理论缘起、生发流变和主要思想。第二，解读"灵肉合致"中的宗教元素：维多利亚时代英国进入"现代"的转折之际，宗教信仰受到科学的挑战，基督教体系濒临崩溃，年轻人的精神出现危机，对现世人生感到困惑（如斯温伯恩的诗歌中表现的病态或变态的人类情感：性变态、性虐狂，从死亡、恐怖、游魂中寻求叙事主题），激发了现世人生的救赎意识——精神的拯救或灵魂的救赎，即现世人生的苦痛通过梦幻、复活、升天的途径，达到天上之灵与地上之肉的完美结合，体现了个人精神绝对化的哲学思想。第三，论述"灵肉冲突"的宗教元素："神性"和"人性"构成的一对矛盾对立统一体，神性对人性的禁锢与人的本能对情感的追求之间存在着难以调和的矛盾，具体表现为爱情与死亡冲突的矛盾叙事，爱情与宗教冲突的矛盾叙事。第四，分析"灵肉"发生冲突导致的病态美：死亡、弃世、救赎、幻灭等颓废主义思想和感官、性欲等感官主义思想（如斯温伯恩的《冥后的花园》中的病态美）。本章的研究难点主要包括"灵肉"关系变异的动因、拉斐尔前派诗歌中精神与肉体在爱情与死亡主题的关联及其所体现的宗教思想、如何将精神分析批评导入拉斐尔前派诗歌研究之中等问题。

研究过程中也发现一些尚需进一步思考的问题。

第一，灵肉宗教哲学观内涵意义的"窄化"问题。随着社会语境与文化语境的变迁，灵肉关系由世界万象的灵魂与肉体统一的普世哲学，窄化为当下语境中专指男女之间的唯美爱情，专指两性之间灵魂和肉体的完美统一、现世之爱与精神之爱的和谐一致，亦即天堂虚幻的精神之爱，与凡尘世俗的肉体之爱的完美统一的理性爱情哲学观。

第二，灵肉宗教哲学观与颓废主义的区别问题。灵肉宗教哲学中灵占主导地位，肉体、性处于从属地位。颓废主义是当代学者所诟病的一种文化思潮，颓废派文艺又称世纪末文艺，是"以感官快乐为最"的一种伦理学说，文学领域指不以爱情为目的的纯肉欲快感的迷恋。

第三，灵肉宗教哲学观与唯美主义的交互关系问题。二者的美学思想一脉相承。拉斐尔前派诗歌所体现出的灵肉宗教哲学观，本身具有唯美主义诗学特征，在现代语境中，与人类主流道德观和价值观并不矛盾，是社会主流尚能认可和接受的文化观。

总之，"人是由灵魂和肉体构成的一个完整的存在"。[①]

① 李剑，2008. 西方哲学的人文传统. 合肥：合肥工业大学出版社，第96页.

第四章　拉斐尔前派诗歌的"唯美叙事"变异

——"唯美意象"转向"唯美偏至"

美应当成为人类全部生活的有机构成部分。

——[英]约翰·罗斯金

毫无瑕疵的美和它表达的完整形式，是真正的社会意识，是艺术快感的意义。

——[英]奥斯卡·王尔德

唯美主义，或称唯美主义运动、美学运动，诞生于西方基督教文化出现信仰危机之际，是19世纪后期以法国为中心而波及整个欧洲的一种文艺思潮，一个强调美学价值高于文学、艺术内涵的社会、政治主题的诗学流派，又是立足于一元世界的纯粹世俗性文艺思潮，受到了德国浪漫主义思想和英国浪漫主义思想的影响。唯美主义的思想基础缘起于拉斐尔前派的"艺术与精神绝对化"思想、罗斯金的美学思想、佩特的快乐主义及莫里斯的艺术美化生活思想；唯美主义的哲学基础缘起于康德美学、叔本华唯意志论以及尼采强力意志论；唯美主义的诗学建构与文学实践相互伴生、交叉互渗；唯美主义的艺术创作缘起于作家心灵的表现、作家追求美的本能；唯美主义的批判原则体现在以划定文学艺术活动的特定疆界作为其最初的，也是最基本的主题，但是其诗学内涵又并非仅限于此，而是有着更为丰富、更为宽泛的关注视野；

唯美主义的艺术纲领是为"艺术而艺术";唯美主义的基本思想是美不带目的,美不涉道德,美只是享受等。①

唯美主义,即英语"Aestheticism"一词,源于古希腊语"aisthetikos",最初只是具有文学形式美与表现技巧美等唯美主义的最原始特质,如追求"纯艺术"与美的"去世俗化",主张将追求美、创造美作为文学实践的目标,将美神化("美是轻纱曼舞的妙龄女郎,在我们的心灵里守护着圣洁,守护着人与动物的界线,站在人与神对话的路口")等,当时尚不足以构建一种诗学流派或文学思潮。及至"为艺术而艺术"这一唯美主义信条和纲领问世之后,唯美主义文学艺术思潮才真正兴起。据芬德雷考证,1837年,法国文学批评家尼扎尔最早在《威斯敏斯特评论》上使用英语(Art for art's sake)来表述该信条和纲领。唯美主义起源于法国。戈蒂耶将康德的美学思想移植于文学艺术领域,并在《阿尔贝丢斯》(*Albertus*,1832)序言中提出了艺术至上的思想,然后在《莫班小姐》的"序"中进一步阐释了"为艺术而艺术"和"艺术至上"的唯美主义思想,构建了唯美主义思想理论基础。波德莱尔、福楼拜和马拉美等发展了戈蒂耶的观点。波德莱尔《恶之花》(*Les Fleurs de Mal*,1857)的出版把唯美主义文学运动推向高潮,并经斯温伯恩、罗斯金、柯勒律治、济慈等将其作为一种理论译介到英国批评界,引发了对文学艺术与美的问题的关注。因此,拉斐尔前派的诞生标志着英国唯美主义的兴起,拉斐尔前派是英国唯美主义的发端。斯温伯恩、惠斯勒、艾伦·坡等共同促进了英国唯美主义的发展。

拉斐尔前派诗人对英国唯美主义的发展做出了重要贡献。罗塞蒂兄妹等前派成员出版了《萌芽》,宣传唯美主义思想,追求文学作品中肉的灵化、灵的肉化,并最终达到"灵肉合致"的思想

---

① 薛家宝,1999. 唯美主义研究. 天津:天津社会科学院出版社.

境界，否认文学艺术的道德说教。斯温伯恩"革新了诗歌的题材、形象和格律"，其诗歌经常宣扬悲观、颓废的情绪，表现出一种病态或变态的人类情感，如性变态、性虐狂，从死亡、恐怖、游魂等有关主题中寻求创作灵感，是"维多利亚时代以颓废和变态而著称的英国诗人"。威廉·莫里斯作为"审美的改革家"，主张生活的艺术化，谋求从艺术方面改造社会，提出艺术为大众服务、艺术与技术的结合、劳动的愉悦、实用与美的结合等设计思想。但丁·罗塞蒂"灵肉合致"的思想，佩特的快乐主义、感官主义等"艺术至上"的思想，王尔德的艺术观（"艺术游离人生、艺术本身就是目的、艺术先于生活"）、道德观（"书无所谓道德和不道德的"）、艺术与道德观（"艺术与道德毫无关系"）的追求以及王尔德的追随者道生、叶芝、约翰逊等的共同努力，推动了英国唯美主义的发展。

唯美主义文学运动是对维多利亚时代物质主义和市侩风气的反驳，其"为艺术而艺术""诗画一律""形式至上"等艺术形式之美，"灵肉合致""生死轮回"等美学思想之美，再加其"文学艺术自律、个人主体地位的确立、先验领域的销蚀以及现世人生的救赎"等诗学主题，拓宽了文学研究的审美视野，提供了新的研究视角和新的文本叙述层，促进了维多利亚诗歌研究。

"唯美叙事"，顾名思义，是 19 世纪风行一时的唯美主义在叙事方面的特点所做的一个界定[①]，旨在叙述唯美"事件"，讲述唯美"故事"。叙事学作为一门开放的学科，将眼光投向了更广阔的与叙事相关的领域，具有跨学科的特征，更易于融合其他学科，构建新的叙事领域。这样原本属于科学主义文学潮流的叙事学，融入了人文主义潮流的元素。叙事学和唯美主义的交叉互构形成的"唯美叙事"，旨在讲述唯美主义的"忠实于自然""美不涉道

---

① 张介明，2005. 唯美叙事. 上海：上海社会科学院出版社.

德""美不涉宗教"等唯美和唯美偏至的"故事"。因此,本章将重点分析拉斐尔前派诗人在其诗歌中如何讲述唯美"故事",解读拉斐尔前派诗歌的唯美主义诗学特征。"唯美叙事",目前尚属唯美主义与叙事学的"临时搭配",严格意义上还算不上一门学科。中国知网可以检索到 30 余篇有关唯美叙事的论文,但大多将"唯美"作为一种限定领域,较少涉及具体的唯美主义思想特征和艺术风格。研究学术水平有待提高,学术梯队建设有待加强,研究存在不足,还留有一定的学术空间。

拉斐尔前派诗歌的"唯美叙事"变异艺术研究,具有一定的理论意义和实用价值。首先,创新性提出"唯美叙事变异艺术"概念,构建叙事学与唯美主义的对话空间,厘清唯美主义、颓废主义、唯美-颓废主义的交叉互渗关系,及其与唯美叙事变异的互构关系;其次,发掘唯美叙事的"变异动因",导入历史在场与伦理介入等元素,构建拉斐尔前派诗歌与其生成语境的互文关系;最后,透视"叙事意象唯美"与"叙事意象耽美",拓展唯美叙事空间,升华唯美叙事主题,拓宽拉斐尔前派诗歌研究路径,推动拉斐尔前派诗歌研究。

唯美叙事是拉斐尔前派诗歌的叙事策略之一,唯美叙事变异艺术主要体现在"唯美意象"向"唯美偏至的变异",叙事变异动因也和拉斐尔前派的现代性生成语境存在关联,如肉欲与感官主义对"禁欲主义"冲击的影响,"美不涉道德"与道德缺失的影响,波德莱尔的"丑学"美学思想的影响等。拉斐尔前派与英国唯美主义具有"共时性""同质性"与"同源性"。拉斐尔前派诗人罗斯金等将戈蒂耶提出的"为艺术而艺术"和"艺术至上"等唯美主义思想译介到英国后,罗塞蒂兄妹等出版了《萌芽》,斯温伯恩创作了《诗与谣》,莫里斯提出了"生活艺术化"。他们宣传唯美思想,追求"纯艺术"与美的"去世俗化",主张将追求美、创造美作为文学实践的目标,将美神化。拉斐尔前派早中期的唯美叙事艺术作品，如克里斯蒂娜的《梦境》《爱情三重唱》和《镀金笼中的红雀》等，斯温伯恩的《配偶》等，但丁·罗塞蒂的《白日梦》等，都是唯美爱情或纯美意象的诗意书写，追求"艺术形式绝对化"与"个人精神绝对化"，重唯美形式，轻道德说教。当然，拉斐尔前派诗歌专注于"唯美"，而忽视了其社会与政治功能。

拉斐尔前派诗歌的唯美叙事变异艺术，受到了当时社会、文化、历史和宗教等现代性生成语境的影响，其诗歌的唯美叙事主题发生了从"唯美意象"转向"唯美偏至"的叙事变异。拉斐尔前派诗歌的唯美叙事变异艺术核心聚焦于两方面：其一是"唯美意象"到"唯美偏至"的变异；其二是"唯美主义"到"唯美-颓废主义"的转化。唯美叙事变异的动因：其一是"美不涉道德"与道德缺失的影响；其二是"感官主义"和"肉欲主义"对基督教"禁欲主义"的冲击；其三是波德莱尔的"丑学"美学观的影响。唯美叙事变异的主要意义在于将唯美主义思想导入叙事艺术之中，拓宽了叙事视角，揭示了"由美变丑"的文学审美意义变迁背后的社会问题，发掘出病态美学中的"美"的价值；升华了叙事主题，使诗歌研究从文学、诗学的研究高度上升到美学、哲学的研究高度。

基于以上分析，本章将以"唯美意象"到"唯美偏至"的转化为经、由"美"到"丑"的转化为纬，以"叙事意象唯美"与"叙事意象耽美"为研究视角，对拉斐尔前派诗歌的唯美叙事变异艺术进行多维系统研究。

第一节　拉斐尔前派诗歌的"唯美意象"叙事

拉斐尔前派诗歌的唯美叙事研究，需要考察其诗歌的现代性生成语境，考察其诗歌的理论缘起、生成机制与美学思想，及其与英国唯美主义的发轫、发展和诗学特征存在的诸多关联，形成的互构关系：同源性、共时性、同质性。有学者认为拉斐尔前派与唯美主义分属两场不同的文化艺术运动，前者对于后者的产生与发展具有开拓和影响作用。但国内学者更多认为拉斐尔前派从属于英国唯美主义文学艺术运动，是英国唯美主义文学艺术运动的发端。例如，薛家宝认为"1848 年拉斐尔前派兄弟会的成立标志着英国唯美主义运动的掀起"[①]；赵澧、徐京安认为"英国唯美主义运动是由发端于 1848 年的先拉斐尔派运动揭开序幕的"[②]；杜吉刚也认为"英国唯美主义文学艺术运动是由发端于 1848 年的先拉斐尔派运动正式揭开序幕的"[③]；周小仪指出，"提到唯美主义，人们首先想到的是英国诗人阿尔杰农·斯温伯恩、威廉·莫里斯，以及拉斐尔前派诗人但丁·罗塞蒂、克里斯蒂娜等，正是他们的艺术诉求与创作实践构成了英国唯美主义的主体"[④]。国外学者，如保罗·法吉斯（Paul Fargis）等将济慈、雪莱以及拉斐尔前派的部分成员并列为英国唯美主义文学艺术运动的先驱，关注焦点不是二者的"共存"或"从属"关系，而是二者的同源性、共时性、同质性。[⑤]

拉斐尔前派诗歌与英国唯美主义的互构关系研究发现，其诗歌在以下三个方面体现了其唯美主义美学思想与诗学特征。第一，主要艺术特征：艺术形式绝对化，包括唯美主义之"美""为艺术而艺术""为诗而诗"（艾伦·坡的《诗歌原理》对此有专门论述）与"诗画一律（偏离）"等艺术形式之美。第二，主要的思想特征：个人精神绝对化，包括"死亡意识与生命悲剧意识""死亡复活"

---

① 薛家宝，1999. 唯美主义研究. 天津：天津社会科学院出版社，第 31 页.
② 赵澧、徐京安，1988. 唯美主义. 北京：中国人民大学出版社，第 8 页.
③ 杜吉刚，2009. 世俗化与文学乌托邦. 北京：中国社会科学出版社，第 31 页.
④ 周小仪，2002. 唯美主义与消费文化. 北京：北京大学出版社，第 1 页.
⑤ Paul Fargis. 1998. *The New York Public Library Desk Reference*. New York: Macmillan General Reference.

"生死轮回""灵肉合致（冲突）"等美学思想之美。第三，诗学主题包括文学艺术自律主题、个人主体地位的确立主题、先验领域的销蚀主题以及现世人生的救赎主题等。①

广义上讲，拉斐尔前派诗歌的唯美叙事，可以用这三个视角中的任何一个作为叙事研究视角，由于拉斐尔前派诗歌的死亡叙事、互文叙事在别的章节有专门论述，本节将主要以唯美主义艺术中的唯美意象为叙事对象，以拉斐尔前派诗歌与唯美主义文艺思潮的互构关系作为切入点，重点分析拉斐尔前派诗歌的唯美叙事中的唯美意象叙事。

一、"诗"与"美"的互构：同源性、共时性、同质性

拉斐尔前派诗歌的主要诗学特征之一就是唯美主义诗学特征，二者之间或显性或隐性的各种关联构成了互构关系。历时性考察发现，唯美主义经历了三个历史节点：其一，19 世纪 40—50 年代的拉斐尔前派文学艺术运动发轫阶段；其二，19 世纪 60—70 年代以佩特的"生活艺术化"唯美主义理论、莫里斯的"艺术美化生活"理念为代表的发展时期；其三，19 世纪 80—90 年代以佩特的学生奥斯卡·王尔德的唯美主义文学实践与批评实践为代表的繁荣时期。拉斐尔前派诗歌创作为唯美主义的文学实践奠定了基础，前派诗人也是唯美主义"为艺术而艺术"理念的践行者，加之唯美主义的另一成员、"一生为美而战斗"的唯美主义批评的践行者罗斯金有关艺术问题的论述（主要体现在《现代画家》一书中），为英国唯美主义的开拓与发展奠定了理论基础。

考察拉斐尔前派与英国唯美主义文学艺术运动的文学渊源、文化渊源及社会渊源发现，拉斐尔前派与唯美主义的同构关系主要体现在三个方面：同源性、共时性和同质性。

① 杜吉刚，2009. 世俗化与文学乌托邦. 北京：中国社会科学出版社.

　　第一，同源性。在比较文学的影响接受视角下考察，拉斐尔前派与唯美主义的理论缘起与生成机制存在诸多共性。首先，二者皆孕育于相同的社会语境与文化语境之中，诞生于西方基督教文化信仰危机时期，且都受到诸如古希腊罗马文化以及中世纪世俗文化的影响。虽然影响他们的这些哲学家、批评家、艺术家都否认上帝的存在，坚持现世一元，但不可否认，基督教作为西方文化的主体，在思维方式和价值取向等方面对英国唯美主义者，也包括拉斐尔前派诗人（斯温伯恩和罗塞蒂兄妹创作了许多首宗教题材的诗歌，如克里斯蒂娜的《歌》《梦境》《魂归故里》等，但丁·罗塞蒂的《神女》以及斯温伯恩的《冥后的花园》等皆具宗教色彩与神秘色彩），产生一些影响，提供了一些思想资源。[①]其次，就哲学基础而言，二者都接受了康德美学思想（叔本华的唯意志论、尼采的强力意志论也产生过一些影响），主要以戈蒂耶、阿诺德和佩特作为媒介。法国批评家戈蒂耶等接受了康德的美学思想，把康德对于人的审美活动特殊性的界定完全移植于文学艺术领域，并拓展了"为艺术而艺术"理论，形成了唯美主义口号和纲领。拉斐尔前派诗人斯温伯恩和画家惠斯勒在法国学习期间接受了该理论，并译介到英国，之后将此理论移植于文学实践（诗歌创作）与艺术实践之中。

　　第二，共时性。拉斐尔前派的诞生与英国唯美主义的兴起都是在 19 世纪中叶。拉斐尔前派与英国唯美主义历史渊源极深，自其诞生伊始，即与唯美主义相生相伴。前派作为唯美主义的发端，二者同时孕育于 19 世纪中叶。1848 年，但丁·罗塞蒂、威廉·汉特和约翰·米莱聚到了一起，共同拥护一切高尚的事物，反对卑劣的、追求实利的东西，宣布成立了拉斐尔前派兄弟会。[②]英国唯美主义可以追溯到柯勒律治、济慈和唯美主义批评家罗斯金的

---

　　① 杜吉刚，2009. 世俗化与文学乌托邦. 北京：中国社会科学出版社.

　　② ［英］威廉·冈特，2005. 拉斐尔前派的梦. 肖聿，译. 南京：江苏教育出版社.

时代，其雏形甚至略早于法国。虽然两诗人同属于浪漫主义诗学流派，但他们的作品中却显现出唯美倾向的思想理念与文学艺术主张。柯勒律治主张"美本身是激发一切愉快而不管利益、避开利益，甚至违反利益的事物"，济慈赞扬"美就是永久的欢喜"。[①]罗斯金的美学思想主要体现在《现代画家》与《先拉斐尔主义》之中，他在拉斐尔前派遭到责难之时，为拉斐尔前派辩护，提出美是改造世界的伟大力量，没有美的生活是无聊的、无意义的。虽然他们的作品蕴涵早期唯美主义思想，但英国唯美主义文学艺术运动真正始于 19 世纪中叶，前后经历了半个世纪的漫长历史，主要标记为唯美主义的纲领"为艺术而艺术"，由惠斯勒、斯温伯恩等将其从法国译介到英国，使英国唯美主义正式成为一种诗学流派。

第三，同质性。从本体认知考察，二者存在诸如成员的现世人生观、艺术纲领及其诗学特征等同质性元素。首先，拉斐尔前派成员本身属于唯美主义诗学流派，对现世人生感到迷惘、愤懑，进而对中世纪充满怀旧之情；对工业时代的功利社会感到失望，进而逃避现世（Escapism）；对拉斐尔时代经院式的浮华艺术风格感到憎恶，认为拉斐尔是世俗气和异教的象征，进而推崇拉斐尔之前淳朴的艺术风格（拉斐尔前派由此而得名），[②]主张忠实于自然，从而为英国唯美主义运动拉开了序幕。其次，二者皆以"为艺术而艺术"为自己的艺术主张，接受了"审美不涉利害""艺术不涉道德"和"形式就是一切"等思想。前派成员罗塞蒂兄妹、斯温伯恩、梅瑞狄斯以及罗斯金等在文学实践、审美实践和批评实践之中自觉或不自觉地运用到这些唯美主义的纲领与主张，其诗歌创作具有唯美主义诗学特征。正是二者之间的同构关系，为研究其诗歌的唯美叙事提供了理论基础。

---

① 赵澧、徐京安，1988. 唯美主义. 北京：中国人民大学出版社.

② ［英］威廉·冈特，2005. 拉斐尔前派的梦. 肖聿，译. 南京：江苏教育出版社.

二、"为诗而诗"：叙事意象的"唯美"

"唯美"是拉斐尔前派诗歌唯美叙事的核心，是唯美主义的纲领"为艺术而艺术"（"艺术不涉利害""艺术不涉政治""艺术不涉道德"）的具体体现，与艾伦·坡在《诗歌原理》中提出的"为诗而诗"一脉相承，并接受了波德莱尔的"诗除了自身之外并无其他目的"的影响。"唯美"也是拉斐尔前派诗歌的唯美主义诗学特征，主要体现于复杂多变的唯美叙事意象，形成了其诗歌唯美叙事研究的切入点。拉斐尔前派诗人运用唯美的形式、瞬间的意境来表现其深邃的哲理、鲜明的意象和复杂的情感。他们在诗歌创作实践中，依据自己的情感表达和诗歌的美感需求，选取和创造出各种各样的叙事意象，从天堂到冥府，从天使到鬼怪，从圣母到耶稣，从老鹰到小鸟，从日月星辰到春夏秋冬，凸显意象之美，追求"形式至上""诗画一律"，强调艺术形式的绝对化。拉斐尔前派诗人经过自己审美经验的筛选，同时融入自己的情感，在意象建构中独具匠心，每人都有自己独具特色的意象群，如克里斯蒂娜的意象群孕育着浓郁的宗教色彩，斯温伯恩的意象群带有颓废色彩等。

意象对于诗犹如灵魂对于人。汉学家阿瑟·韦利（Arthur Waley）将意象看作诗歌之魂，认为意象研究是诗歌研究的主要路径，因为诗歌是一种精炼而感人的文学形式，十分讲究形象思维，长于用简洁的语言和新颖生动的形象来描摹景物，抒发感情。诗歌的这些特点，决定了意象对诗歌叙事的作用非常重要，意象甚至成为了一门学科：意象学或比较文学形象学，其开拓者为西方意象派诗人休姆和庞德，对 20 世纪 20 年代之初的漩涡主义产生了影响。西方学者多从现代文论出发，认为意象是语言借以映衬和匹配指称的、融合了主体的主观感受的、情感意味的心理表征；意象是一种文化心理想象，因为其成形的基础是人的心理想象；意象也是一种以语言单位为载体的修辞艺术的基本符号，意象的运用折射出修辞主体的观物能力、审美心理结构以及独特的情感郁结方式，例如莱辛认为意象是"诗在读者身上产生出来的一种意识到的形象"；庞德等倡导的意象主义，也从另一方面证明意象叙事对于诗歌研究的重要意义。总之，意象叙事，无论在"富含个人情感，在看似对自然景物的客观描述中往往蕴含着诗人自己深刻的思想感情"的中国诗歌之中①，还是在侧重客观景物描写与怪诞形象塑造的英美诗歌中，都是研究的核心聚焦。

拉斐尔前派诗歌的叙事意象在审美思想方面，体现了诗人的"灵肉合致"、死亡与生命悲剧意识的哲思，在审美艺术方面，体现出诗人的"诗画合一""形式至上"的艺术观，诗人的审美情趣、创作风格、价值维度，以及隐藏在叙事意象之后的、诗人欲言又止的个人情感、品格气质等美学思想和审美艺术。因此，意象叙事研究开拓了诗歌研究的新路径。既往研究表明，拉斐尔前派诗歌的唯美主义诗学特征的核心内容为，个人精神绝对化，如灵肉合致（冲突）等；艺术形式的绝对化，如诗画一律（偏离）、意象之美。其中灵肉关系与诗画关系在别的章节专门详述，本节重点分析拉斐尔前派诗歌的叙事意象之美。

拉斐尔前派诗人有 20 多位（《拉斐尔前派：从罗塞蒂到罗斯金》中收录了 20 位成员的诗歌）②，所创作的数千首诗歌中，铺设的意象众多，例如，仅《圣经》故事里的人物意象就包括上帝、撒旦、基督、约翰、圣母、玛利亚、神女、修女、大小天使、六翼天使；神话历史人物诸如多洛雷斯、阿多尼斯、莎乐美、维纳斯、福斯蒂娜、西布莉、阿丝塔特、科蒂托、阿弗洛狄忒、普绪克、尼禄、凯撒大帝，等等。为了便于分析，本节只选取最具代

---

① 朱徽，2010. 中英诗艺比较研究. 成都：四川大学出版社，第 13 页.

② Dinah Roe. 2010. *The Pre-Raphaelites: From Rossetti to Ruskin*. London: PENGUIN BOOKS Ltd.

表性的"修辞"为分类标准，将其叙事意象划分为比喻意象、象征意象与通感意象三个小视角，在这三个小视角下分析拉斐尔前派诗歌的唯美意象叙事。

2.1 比喻意象叙事

拉斐尔前派诗歌的比喻意象既是意与象的融合，又是审美主体与客体的统一。比喻意象叙事艺术的研究，既是拉斐尔前派诗歌"为艺术而艺术"的唯美主义诗学观的解读，又是意象所蕴含的其本民族独特文化符号的解构和重构，不仅拓宽了其诗歌的叙事学研究路径，而且构建了其诗歌意义的无限可能性。

比喻意象叙事是拉斐尔前派诗人常用的叙事模式之一。比喻意象类似于中国古典文学理论批评中的"比"，也是《诗经》"赋比兴"的"比"，指作者把自己的情思、情感直接比作人或物，使其具有人或物的特征；比喻意象直接与被比拟的意象连接，中间省去了连接成分，读者必须摆脱常规的思维进行跳跃式联想、想象，才能找到意象间的微妙联系。意象之间的连接方式有明喻、暗喻（隐喻）、借喻和奇喻（conceit）等。[①]

第一，明喻式比喻意象叙事。明喻意象在拉斐尔前派诗歌中比比皆是，因为它是最具表现力的一种修辞手段，被广泛运用。查普曼（Chapman）认为明喻是将一个事物同另一事物联系起来，其同一性基点是特定的，明喻在构成上比隐喻要多一个要素"基点"。由于明喻具有明显的理性概念的特点，在叙事过程中不能使读者产生顿悟，也不能表达作者在使用该意象时的心情，或唤起读者同等程度的心理共鸣。它只是一种临时的，甚至可以任意选择的辅助性手段，其作用在于解释或作为例证，因此很多批评家往往重隐喻而轻明喻。当然，明喻具有临时性，可能获得"整体经验"的期望可以不断地更新，与隐喻较为宽泛、模糊的含义相

---

① 毕小君，2009. 英美诗歌概论. 北京：知识产权出版社.

比，具有更强大的生命力，在诗歌创作实践中经常运用。例如，
拉斐尔前派诗人克里斯蒂娜的《更好的复活》讲述了"我"渴求
上帝让"我"复活的"故事"。

> 无智，无语，无泪；
> 我的内心犹如寒石，
> 对于希望或恐惧都已无动于衷，
> 左顾，右盼，我孑身独栖。
> 我举目，但双眸忧伤而黯然，
> 眺不到绵延的山丘；
> 我的生命就在那凋落的树叶之中：
> 哦，主啊，赐我活力吧。
> 我的生命犹如一片枯叶，
> 我的结局将退缩为一个空壳：
> 在这个贫瘠的黄昏，
> 我的生命空虚乏味而易逝；
> 我的生命犹如僵物，
> 我看不到些许蓓蕾与绿意：
> 然而春的生机终将复苏；
> 哦，主啊，让我复活吧。
> 我的生命犹如一只破碗，
> 盛不了点滴
> 心田里的甘露
> 酷寒中的烈酒；
> 投入火中，这破损之碗，
> 将它熔化和重铸，直至成为
> 一只尊贵的杯子，献给他——我的君王：
> 哦，主啊，用我畅饮吧！

诗人将四组明喻式比喻叙事意象拼合在这首回环体短诗中，以"寒石"喻"内心"，以"枯叶""僵物""破碗"喻"生命"，主体为内心与生命，载体是没有一丝生机的枯叶，僵死的、破碎的叙事意象。死亡复活是克里斯蒂娜经常涉及的叙事主题，肉体长期遭受疾病的折磨，再加两次婚约的解除，精神受到打击而变得麻木，她的内心犹如寒石，感到孤独、无助。由此女诗人对生命的意义和价值的认知发生了很大的变化，对生命失去了激情，发出"生命空虚乏味而易逝"的感叹。心灵的苦痛在世俗的尘世中无法解脱，只能寄希望于宗教。因此，她认为"春的生机终将复苏"，破碗将会"熔化和重铸"，作为献给主的礼物，她的生命在宗教世界里得以复活。"枯叶""僵物""破碗""寒石"等叙事意象给读者强烈的视觉乃至心灵的不适，体现出她叙事意象中的神秘主义和象征主义的宗教色彩，体现出唯美主义者"通过感官治疗灵魂的创痛，通过灵魂解除感官的饥渴"的"灵肉合致"的思想，同时体现出拉斐尔前派诗人"丑中求美"的病态美学叙事。

再如克里斯蒂娜的长诗《小妖集市》的其中一节。

> 劳拉伸长她光亮的脖颈
> 像只天鹅朝前猛冲急行，
> 像山涧里的百合激流勇进，
> 像月光倾泻的白杨树枝，
> 像激流中刚下水的船只，
> 摆脱锚缆的束缚在疾驰。
> ……
> 头依着头，金发盘绕，
> 像两只鸽子偎在同一巢，
> 翅膀相挽相抱，
> 她们躺着，窗帘遮住了她们的床。

像两朵鲜花恋在一个梗上，

像两片雪花刚刚飘降，

像两条嫩枝，象牙雕妆，

金黄的枝尖像威严的君王。

星月的柔光倾泻在她们身上

催眠曲任由风儿为她们吟唱，

笨拙的猫头鹰忍着不再疾飞，

蝙蝠也不再往复鼓翼，

以免惊扰她们休憩。

女诗人运用多种艺术手法对其诗歌的形式精雕细琢，包括多种组合意象的选取和运用，尤其是叠加式比喻意象的铺设。在总共不到 20 行里，女诗人用了 8 个"像"。在描述劳拉这一唯美叙事意象中，诗人铺设了"天鹅""百合""白杨树枝"和"船只" 4 个叠加式比喻意象；而在描述姐妹俩时使用了"鸽子""鲜花""雪花""嫩枝"四个叠加式比喻意象，外加"猫头鹰""蝙蝠"等意象的组合，描述了两个女孩栩栩如生、活灵活现的形象，对两个女孩的唯美叙事，体现出儿童诗歌寓言故事《小妖集市》的宗教主义和神秘主义色彩。事实上，《小妖集市》自问世伊始，即得到诸多评论家的多视角解读，尤其是对其复杂多变的叙事主题，有解读其女性叙事者，有探析其"市场经济"者，有诠释其宗教叙事者，可谓见仁见智。

第二，隐喻式比喻意象叙事。隐喻研究在当下语境中已经成为一门显学——隐喻学。隐喻的性质与定义以及它们之间的关系在学术界仍有争议。通常，它指用一个或多个概念、意象或象征，来喻示另一个概念、意象或象征，使其表达更加生动，述意更加复杂，含义更加深广；隐喻关系包括：比较、对比、类比、相似、并列、相同、张力、冲突、融合等；隐喻在诗歌中的性质、用法与功能是区别诗歌的想象与表达方式和其他体裁作品的逻辑与推理方式的标志；传统的观点则认为隐喻是一种修辞手段或者是一类比喻手段，用于语言修饰、生动描写、阐述意义或制造某种神秘感。莱考夫和约翰逊认为，隐喻的认知方式是从源域到目标域的映射，读者和批评家所受到的心理冲击力，或者作品的影响力，是由其对意象的认知感强度决定的，而源域与目标域映射的距离决定认知感的强度。如果将西方隐喻理论移植到文学批评实践之中，那么"象"在源域之中，而"意"在目标域之中，换言之，如果"象"越独特，越奇异，越怪诞，说明"象"和"意"的距离越远，读者的想象空间就越大，对读者的视觉冲击力也越强。隐喻是审美主体在甲类事物的暗示之下感知、体验、想象、理解、谈论乙类事物的心理行为、语言行为和文化行为，其研究范畴不再局限于句法、词汇等修辞层面，而是拓展到认知语言学、语义学、语用学等多个领域。因此，隐喻研究具有一定的研究意义和价值，本节将重点对拉斐尔前派诗歌的隐喻性比喻意象进行解读。

　　隐喻式比喻意象叙事是拉斐尔前派诗歌经常运用到的一种叙事方式，在但丁·罗塞蒂的《新生的死亡》中可见一斑。

> 今天"死亡"对我而言是婴儿
> 她那疲惫的母亲"生命"，把她放在我膝上，
> 期望她快长大做我的朋友，和我一起玩；
> 也许我的心会被蒙诱去
> 相信这样一张柔顺的脸，不会有恐惧，——
> 啊！死亡！也许我疲乏的心
> 能与你新生的眼睛
> 融合，在怨恨生成之前。
> 要等多久呢，死亡？与我同行
> 你的双脚是否依旧弱小如婴孩，或是你已长大

成人，或是你成了贴心的好帮手？
什么时候我才可以和你一起到达那海滨
它苍白的波涛知悉你的一切，
从你空空如也的手中畅饮波涛？①

　　《生命殿堂》收集在但丁·罗塞蒂的《诗集》之中，分为两部分，第一部"青春与蜕变"，主题为"爱"，充满对爱情、生命和青春的礼赞；第二部为"蜕变与命运"，更多关注命运、死亡和哀伤，是诗人生活的写照。《新生的死亡》收集在第二部，死亡既是其诗学主题之一，也是这首诗的隐喻式叙事意象。"死亡"与"婴儿"是一组叠合叙事意象，源域中的死亡和目标域中的婴儿映射距离非常大，而诗人却凭借自己超常的想象力，以婴儿喻死亡，以生命作死亡之母，构成非常怪诞的比喻叙事意象，揭示了诗人由于受到布莱克、柯勒律治、济慈和勃朗宁等诗人的影响，徘徊于现实主义与浪漫主义、经院主义与自然主义之间，自己内心的矛盾与困惑等美学思想，他的诗歌也体现出浓厚的神秘主义、象征主义和宗教色彩的文化内涵。

　　总之，隐喻式比喻意象叙事是拉斐尔前派诗人常用的又一种表现方式，隐喻既是传统文学批评理论中词汇层面的一种修辞现象，即在第二类事物的暗示之下感知、体验、想象、理解、谈论第一类事物的心理行为、语言行为和文化行为，又是句法层面乃至话语层面的一种认知方式，研究范畴已经拓展到认知语言学、语义学、语用学以及文学批评等多个领域，隐喻研究正逐渐成为一种显学。隐喻的诗歌功能决定了其在诗歌意象研究的意义和价值，为解读拉斐尔前派的隐喻性比喻意象提供了理论指导和实证方法。

---

　　① [英]但丁·罗塞蒂. 生命殿堂：罗塞蒂的十四行诗集. 庄坤良，译. 台北：书林出版有限公司，第230页.

2.2 象征意象叙事

"象征"("symbol")一词在古希腊是指"拼凑""类比",原指一块书板的两个半块,互相各取半块,作为信物,后逐渐用来指那些参加神秘活动的人借以互相秘密认识的一种标志、秘语或仪式。象征是通过象征意象表达出来的,即使用具体的、可感知的意象代表或暗示诸如"品格""哲思""情感"等抽象意义。美国诗人、文学批评家路易斯·辛普森(Louis Simpson)在他的《诗歌入门》一书中讲道:"象征其实就是除却自身意义之外的其他的意义……经过常年的习俗和广泛的应用,一些特定的事物或行为被赋予了特定意义。人们对这些意义的认知是公认的、明显的,它成为人们理解一些复杂思想和感情的捷径。"[①]象征所追求的艺术效果是要使读者似懂非懂,恍惚若有所悟,使读者自己去体会到此中有深意,追求半明半暗,明暗配合,扑朔迷离,强调诗句内在的节奏和旋律。

象征主义和唯美主义如表兄弟关系,属于同时代的诗学流派,在诗学构建与表现技巧等方面存在共性。一些诗人和批评家,如波德莱尔,既是唯美主义大师,又是象征主义先驱,其作品既有唯美主义特征,又有象征主义的表现手法与艺术技巧,二者之间存在诸多共性。象征主义带有唯美倾向,唯美主义在形式、结构、语言等方面显现出象征主义的痕迹。象征色彩也是唯美主义的一个美学特征,例如,一些唯美主义诗人,包括拉斐尔前派诗人罗塞蒂兄妹、西黛尔、斯温伯恩、莫里斯和梅瑞狄斯等,在诗歌创作实践中喜欢运用各种意象和意象组合。文学实践中最常使用的且最具有象征意义的当属象征意象,即用具体的、可感知的事物象征品格、理想、情感,比描述意象、比喻意象的内涵更加丰富,具有更为深远的精神道德方面的意义,将意象提升到了一

---

① 毕小君,2009. 英美诗歌概论. 北京:知识产权出版社,第75页.

个新的高度。

诗人在其创作实践中依据自己的审美经验筛选合适的单一意象，须经某种方式组合起来，亦即意象组合，包括拼合、并置、派生、叠加等方式。并置是意象组合方式的一种，指"互相关联的若干意象用对比、排比或递进等手法连在一起，以相互映衬、深化，多角度地塑造形象、表现情思"。①这种并置式意象组合，通常把两个或两个以上的意象以并列的方式有机组合在一起，其间并不一定有时空的限定和关系的承接，主要依靠作者的思想情感作为联结它们的主要纽带。例如，斯温伯恩的《配偶》运用了多种意象组合，是并置式意象组合的典范，也是拉斐尔前派诗歌唯美意象叙事的典范（译文见第三章第一节）。

斯温伯恩作为唯美主义诗人，非常注重诗歌的意象使用与形式之美，短诗《配偶》的每节以同样的句型起收，韵律为abccabab，格律工整，押韵上口，节奏明快，富于乐感。此外，他还经常使用"抑抑扬"等三音节诗律，使自己诗歌如同音乐，达到了"诗乐合一"的艺术效果。

在《配偶》这首六节短诗中，诗人在每一节里都构建了一组并置式的意象："玫瑰"与"绿叶"，"歌词"与"曲调"，"死神"与"生命"，"奴隶"与"仆役"，"贵妇"与"贵族"，"女皇"与"国王"，每组并置意象或对比，或并列，或递进。解读这些意象的象征意义，"很大程度上依赖于读者的理解。读者的叙事视角不同，其象征的对象也不同。这就给读者更大的想象和参与空间，使读者在形象世界中去感知，并结合自身的经验情感去阐释，从中受到更大的震撼"。②

第一组并置式意象中，显然，"玫瑰"与"绿叶"象征着爱情和生命，诗人将两种意象并置，"玫瑰"和"绿叶"相互映衬，

---

① 朱徽，2010. 中英诗艺比较研究. 成都：四川大学出版社，第22页.

② 毕小君，2009. 英美诗歌概论. 北京：知识产权出版社，第75页.

抒发了自己的情感，表达了自己的爱情观：无论在何种自然条件下（或阴郁或晴快的天气，或美丽的原野或伤悲的草原），恋人生死相依，不离不弃。

第二组并置式意象"歌词"和"曲调"使爱情主题升华。诗人运用了"像"和"是"两组比喻意象，赞美爱情的甜蜜。"歌词""曲调""嗓音"，他的诗恰似音乐。正如一些文学批评家所言，罗塞蒂的诗如画，诗画一律，给人以视觉冲击；斯温伯恩的诗如乐，诗乐合一，给人以听觉享受。

第三组并置式意象"死神"与"生命"和第四组并置式意象"奴隶"与"仆役"似乎与诗歌唯美的画面并不和谐。阳春三月，水仙吐香，八哥鸣啭，少男少女时而快乐嬉戏，时而喃喃低语，时而懊恼落泪，"死神""仆役"在这种语境中看似不和谐，但却非常符合斯温伯恩的意象运用方式，他经常使用一些怪异的意象来寄托自己那种像雨果般的革命的、叛逆的、"禁果式"的思想感情，[①]在不和谐中求和谐，亦即"丑中求美"。正是由于他雨果般的思想感情，及其作品中波德莱尔（《恶之花》《鲁拜集》）般的"丑中求美"，他被认为"仿佛是把雨果和波德莱尔集于一身了"。[②]

第五组意象"贵妇"与"贵族"和第六组意象"女皇"与"国王"把恋人比作贵妇、贵族、女皇、国王。他们日日夜夜在梦境的唯美画面里抚弄树叶和鲜花，追逐爱情，追求唯美主义的"美"与"快乐"。

短诗《配偶》的六组意象通过排比、对照等组合形式，构成了既对立又统一的意象张力，体现了唯美主义"为艺术而艺术""形式至上""形式就是一切"以及"艺术不涉政治""艺术无关道德"等诗学主张。从诗的美学特征和功能，即诗性分析，斯温伯恩的诗歌追求唯美的而非世俗的且不带功利性的爱情，尽管很多

---

① 赵澧、徐京安，1988. 唯美主义. 北京：中国人民大学出版社，第 251 页.

② 飞白，1985. 英国维多利亚时代诗选. 长沙：湖南人民出版社，第 260 页.

人认为在斯温伯恩的眼中世界是灰暗的，爱情总是和死亡相依相傍。诗人大胆地表述了少男少女之间的纯真与唯美的爱情："我们的生命将生长在一起""我们的嘴唇贴在一起，我们的亲吻如此欢娱""我们生生世世快乐嬉戏"。这种理想的爱情揭示了唯美的本质，提倡理想美本身的无上价值，表达诗人对于爱情真谛的深邃洞察力和独特的欣赏视角。当然，"死神"等意象的运用也在某种程度上体现了斯温伯恩诗歌具有颓废主义的倾向。但丁·罗塞蒂、克里斯蒂娜、梅瑞狄斯、西黛尔和莫里斯等也都在其诗歌之中运用象征意象进行叙事，体现出拉斐尔前派诗歌的唯美与纯美。

2.3 通感意象叙事

通感意象叙事也是拉斐尔前派诗歌唯美叙事常用的一种叙事策略。通感本质上是一种审美体验，通感意象的铺陈是作者创作的需求，更是读者审美的需求。通感意象的发话主体对意义的传递不是靠语言线性组合来实现，而是建构在对语言超常规组配所营造的跨感官域意象的感悟上，是情感意念的外化形式，其美的特质体现在把相异感觉域的情感色彩赋予核心意象上，需要审美主体的解读和感受。通感意象是使用通感手法铺陈的意象。中国传统文学批评理论通常强调通感意象的文学性及其诗学功能，将通感意象视为诗歌创作中的一种艺术表现手法或修辞手段，一种用感觉的相互作用来表现作家感受生活的艺术形式。而在西方现代文学批评中，通感意象研究已涉及认知语义学、接受美学、叙事学等领域。法国象征派诗人阿瑟·兰波（Arthur Rimbaud）提出，诗人应该打乱一切固有的感觉，诗的语言应当综合一切，在一首诗中体味多种活的形象。他的《彩色十四行诗》被象征派诗人奉为诠释和印证通感论的典范之作。[①]法国象征主义诗人波德莱尔在唯美主义文学实践的基础上，借鉴了瑞典哲学家、神学家

---

① 朱徽，2010. 中英诗艺比较研究. 成都：四川大学出版社.

伊曼纽·斯威登堡（Emanuel Swedenborg）的理论，构建了"通感"理论，强调人的各种感官之间相互应和的关系，主张通过暗示来识读奥秘，通过具象描绘破译抽象情思，从联想产生形象，而其象征手法的理论基础是他自己提出的"通感"理论，主要体现在其《恶之花》中的一首名诗《感应》（又译《应和》）里。国内学者薛家宝在《唯美主义研究》一书中对此进行研究，提出"唯美主义诗人大都重视颜色、气味、声音对人的视觉、嗅觉、听觉等感官刺激所唤起的印象"。

从历时性和词源学的角度考察，通感源自希腊文"Synaesthesia"一词，"syn"意指"统合""一起"，"aesthesia"意指"感官"，眼、耳、舌、鼻、身诸种感官在特定的环境下的相互沟通，这种生理的感官刺激会导致心理上的感受反应，这种生理、心理的交互过程运用到文学实践和批评实践之中，产生了一种语言现象——通感，因此通感既是基于生理学基础的物质现象，也是基于心理学基础的精神现象，体现出哲学、美学和诗学的思想和艺术特征。"通感"本质上就是感觉移觉。生理学研究表明，人类的感官器官可以将其所接受的适宜刺激，通过内脏神经传到大脑的皮质，进入能够引起兴奋的相应区域，不同的区域刺激物会产生不同的反应，出现个体感觉域的表现，同时大脑皮层的各个区域间边缘地带存在许多"叠合区"，具有连接、协调、沟通的作用，在兴奋分化的同时，产生兴奋泛化，引起心理感觉的挪移，在心理上表现为一种幻觉，甚至是错觉，因此一种感觉可以引起另一种或多种感觉的联想，心理学家称之为"通感"或感觉移觉，通过感觉移觉来认识世界本源和人类自身。[①]

拉斐尔前派诗人在诗歌的创作实践中往往将某一感觉领域的意象转向另一感觉领域，即通过艺术的联想和想象，如听觉、

---

① 邱文生，2008. 通感意象的功能透视与语言建构. 东北大学学报（社会科学版），10（5）：455-460.

视觉、味觉、嗅觉和触觉相互移借，相互沟通，构建听觉意象、视觉意象、味觉意象、嗅觉意象、动觉意象和意觉意象等，给人以语言感受上的陌生感、新奇感，产生出新颖奇特的艺术效果，体现出其诗歌的唯美主义的艺术风格与美学思想。文学实践中，拉斐尔前派诗人充分利用自己的想象力，化抽象为具象，用酸、甜、苦、咸（如痛苦、寒酸、热辣），来比拟抽象的思想或空灵的观念，可以增强诗歌的审美情趣和艺术表现力，例如但丁·罗塞蒂在《告别幽谷》中，使用味觉作为源感官，用"甜美"（sweet）一词来表达自己内心所渴望的爱情的甜蜜，用"苦痛"（bitter）一词来表达自己红尘中人所遭受的精神磨难的一种哲学观。他的妹妹克里斯蒂娜也经常以视觉或听觉为源感官，或将视觉与其他感觉移借，或将听觉与其他感觉移借，或将视觉与听觉之间相互移借，来构建一种变异的、陌生化的意象，使读者体验到其通感意象语言的多感性，语言意境的丰富性和完美性。例如，克里斯蒂娜的短诗《定数》：

> 虚空加虚空，布道者称，
> 万物皆空。眼睛和耳朵
> 不可能为所见所闻所蒙蔽。
> 芸芸众生，
> 像晨露，像阵风，像枯草，
> 被希望和恐惧颠来倒去：
> 欢娱难寻，快乐难觅，
> 万物入土皆为空。
> 今日如昨日，
> 明日亦如此，
> 天下无新事，
> 恰似老茎生老刺儿。

清晨寒冷，黄昏灰暗，

时光飞逝，岁月惨淡。

克里斯蒂娜采用外聚焦叙事视角，在这首短诗中对视觉、听觉有所论及，认为眼睛和耳朵“不可能为所见所闻所蒙蔽”，而是注视着、倾听着芸芸众生，看到凡尘中人“像晨露”“像枯草”，听到他们“像阵风”，“被希望和恐惧颠来倒去”，寄托了自己的情思：“欢娱难寻，快乐难觅，万物入土皆为空。”正如车尔尼雪夫斯基所言，“美感是听觉和视觉不可分离地结合在一起的，离开了听觉，视觉是不可想象的。”视觉和听觉也是人类获取信息、认识世界的重要途径。

总之，通感意象是拉斐尔前派诗人经常使用的艺术手法。通感意象是诗歌创作实践中经常使用的意象挪移手段，亦即认知语义学范畴里，由低级感官域的意象到高级感官域的意象的映射，从可及性较强的意象特征到可及性较弱的意象特征的映射。拉斐尔前派诗歌的通感意象具有明显的唯美主义诗学观。其通感意象的运用有助于诗人以更强的艺术感染力去描摹景物，抒发情感，引起读者更强烈的感受，有助于弥补语言材料不如音乐、绘画能够使人直接感知的缺憾，把不容易把握的抽象概念鲜明生动地表现出来，实现虚与实、抽象与具象之间的转换，增强作品的形象性和感染力，有助于创造出新颖奇特的艺术形象和意境，对于文学实践和批评实践具有一定的实用价值。

第二节　拉斐尔前派诗歌的“唯美偏至”叙事

拉斐尔前派诗歌的唯美叙事变异艺术主要体现在“唯美意象”到“唯美偏至”的变异，由“美”到“丑”的转化，由“唯

美主义"到"唯美-颓废主义"的转换。唯美叙事变异的动因受到
历史在场、道德建构与宗教介入等现代性生成语境的影响，具体
表现为由"唯美"到"耽美"，由"美"到"丑"，"以尸为美"的
"尸体"美学和"以丑为美"的"丑学"美学观等。基于此，本节
将在"唯美意象"叙事研究的基础上，重点分析拉斐尔前派诗歌
中所表现出的"唯美偏至"美学观与"唯美-颓废主义"思想，分
析其诗歌大胆的性爱描写，分析从"丑""恶"中发掘"美"的叙
事策略与非理性主义美学思想。

拉斐尔前派诗歌的唯美叙事变异艺术核心聚焦于两方面：其
一是"唯美意象"到"唯美偏至"的变异；其二是"唯美主义"
到"唯美-颓废主义"的转化。唯美叙事变异艺术中的"变异"不
等于进化，不是一定变更好或更有价值。经过唯美偏至变异之后，
拉斐尔前派诗歌虽然产生一定的消极因素，如性变态、性虐狂等
病态或变态的人类情感，但"唯美偏至"表现出的唯美-颓废主义
诗学特征却是承接西方浪漫主义与现实主义的一种世界性的文艺
思潮，拥有自己的思想主题和艺术目标，具有其特殊性和重要性，
具有一定的美学价值。拉斐尔前派诗人，尤其是斯温伯恩，从死
亡、恐怖、游魂等叙事主题中寻求创作灵感，主张在黑暗领域，在
丑恶事物中去认识美的存在，并把丑恶当作美来欣赏与歌颂。这种
"以丑为美"的"丑学"美学观，"把善跟美区别开来，发掘恶中
之美""丑恶之中挖掘美"，本身也是一种美学，也具有审美价值。

一、"诗"与"丑"的互构：唯美性与颓废性

拉斐尔前派诗歌中后期的叙事艺术表现出由早期的清纯、唯
美逐渐转向了唯美的极端，代表人物当属斯温伯恩，当然不是所
有拉斐尔前派诗歌都呈现出该趋势。斯温伯恩的叙事主题的转化
接受了唯美-颓废文学思潮的影响。首先，艾布拉姆斯认为，唯美
主义、颓废主义、象征主义（早期）、"为艺术而艺术"运动和"世

纪末"文学等同出一源,是同一文学思潮在不同民族、不同阶段的变体①,为拉斐尔前派诗歌的唯美叙事变异艺术的"变异"提供了理论依据,使其诗歌与"丑学""耽美"产生关联。其次,唯美主义和颓废主义的交叉互渗关系,如卡林内斯库在《现代性五副面孔》中指出的,唯美主义是"颓废的唯美主义"(decadent aestheticism),具有"颓废性";颓废主义趋于唯美化(aestheticization of decadence),具有"唯美性",使当时语境下一些文学作品兼具"唯美性"与"颓废性"。二者的勾连,体现出拉斐尔前派诗歌唯美叙事中的"唯美偏至"美学观。再次,不能对"唯美""颓废"等概念作望文生义的理解。"唯美"以及"为艺术而艺术"的概念,未必只表示一种"纯艺术"的姿态,"颓废"以及"世纪末"概念也并不能简单地等同于一般所谓的"病态""堕落""落后"和"反动"。事实上,"唯美"和"为艺术而艺术"的概念,在更深刻的意义上还包含为艺术而生活以至于把生活艺术化的观念,因而它也表示一种特定的生活态度,毕竟"望美止步"已成过去,人的观念在改变,社会包容度在增加。例如,未婚同居不再是丢人的事;过去衣服破了要缝补,现在故意穿破洞牛仔裤也是一种生活态度。最后,拉斐尔前派诗人斯温伯恩等对于唯美-颓废主义的影响接受,在其诗歌的"唯美偏至"叙事艺术中有所体现。唯美-颓废主义是浪漫主义到现代主义必不可少的过渡阶段和中介环节,20世纪60年代以来,逐渐引起学界关注。威廉·冈特的《拉斐尔前派的梦》《美的历险》,翟亮(Leon Chai)的《唯美主义:后浪漫主义文学的艺术宗教》以及约翰逊的《唯美主义》的论著皆对此进行了相关研究。波德莱尔的《恶之花》,将唯美-颓废推到了兰波称之为"感官全面错乱"的境界,而于斯曼的《逆流》等使其发展为一股有违传统审美习惯的西方"世纪末"文化

---

① 解志熙,1997. 唯美的偏至. 上海:上海文艺出版社.

思潮。这些思想进一步影响了 T. S. 艾略特（如其精神荒原）、兰瑟姆（如新批评主义）和垮掉的一代。

拉斐尔前派是英国唯美主义的开拓者，佩特是英国唯美主义的理论家，王尔德是实践者。佩特将唯美主义从法国译介到英国后，拉斐尔前派诗人斯温伯恩接受了其影响，其作品呈现出颓废主义倾向，于是拉斐尔前派与唯美、颓废产生勾连。中后期拉斐尔前派诗歌由唯美转向唯美偏至，显现出唯美-颓废表征，体现出拉斐尔前派诗歌"唯美叙事"从"唯美意象"到"唯美偏至"的变异艺术。

二、"以丑为美"：叙事意象的"耽美"

拉斐尔前派诗歌的唯美叙事变异艺术研究发现，其中后期的部分叙事诗歌，逐渐从唯美走向了美的极端，导致了唯美的偏至，经历了从"唯美意象"到"唯美偏至"的变异，由"美"到"丑"、由"唯美"到"耽美"的转换，体现出"死尸"美学与"丑学"美学等非理性主义美学思想与感官主义诗学特征。拉斐尔前派诗歌叙事意象的"耽美"或"唯美偏至"表现为三个方面。

第一，"尸体"美学。拉斐尔前派诗人克里斯蒂娜的诗歌经常以死亡反衬爱情，以鲜花粉饰尸体进行唯美叙事。她在短诗《死后》中进行"虚构死亡"书写，内聚焦叙事视角下，用灯芯草、五月花与迷迭香妆扮"我"的尸体。长诗《王子的历程》中，王宫中罂粟花点缀卷发的新娘尸体，洞穴中玫红缭绕周身的老怪物尸体，甚至《没有婴儿的婴儿摇篮》旁边的婴儿尸体，都毫不避讳地呈现给读者，赞美尸体、欣赏尸体，表现出"以尸为美"的"尸体"美学。

第二，"丑学"美学。斯温伯恩的诗歌也体现出从"唯美"（如《配偶》）到"唯美偏至"的叙事变异。诗人受到唯美主义代表作家波德莱尔的美学思想影响（如"诗除了自身之外并无其他目的"

"把善跟美区别开来，发掘恶中之美""丑恶之中挖掘美"等）①，创作了《冥后的花园》《婴儿之死》和《生与死》等十余首诗，再加其几部诗剧，讴歌尸体、猫头鹰、游魂，以及冥后"为死人酿出了葡萄酒"，表现出一种病态或变态的人类情感（如性变态、性虐狂）。

第三，"肉体"美学。但丁·罗塞蒂的婚姻和人生受到三个女人的影响：亡妻红发美女西黛尔、嫁给朋友的黑发美女简和象征肉体性欲的模特芬妮。与这三个女人的情感与肉欲的冲突，使他对女性的描写极为香艳，从"金发"到"香颈"、从"粉颊"到"红唇"、从"酥胸"到"美臀"，无不充满诱惑，使其诗歌的叙事主题从唯美爱情转向大胆的"肉欲感官"描写（为此，布坎南等人贬称其为"肉欲诗派"、其诗歌为"肉欲诗词"），其诗歌也产生了从"唯美"转向"唯美偏至"的唯美叙事变异。

克里斯蒂娜的诗歌总体相对内敛，没有那么"恶"，没有那么"色"。她的诗歌主要聚焦于唯美爱情叙事，或死亡复活叙事，对于性爱描述较为矜持，但是她有时描述尸体、妆饰尸体，如"灵魂游荡""闺房妆尸"等叙事情节，也是"以尸为美"的"尸体"美学表征。例如她的《死后》。

> 窗帘半拉地已扫，
> 地上洒满灯芯草；
> 五月花与迷迭香，
> 层层叠叠铺床上。
> 常青藤，浓荫婆娑映入窗。
> 他俯身打量我，以为我睡得香
> 听不到他的声响，可我明明听到他在讲：

---

① 钱春绮，1997. 恶之花——巴黎的忧郁. 北京：人民文学出版社，第 8 页.

"孩子啊，可怜的孩子"；他背过脸庞，

然后是一阵黯然神伤；我知道他悲戚而哀伤。

他没有触碰装殓我的衣裳，没有揭起我脸上的遮布，

没把我的手握入他的手掌，

没把我头下平坦的枕头弄得又皱又脏。

活着的时候他不爱我，

死了却又怜悯我；

……

　　克里斯蒂娜通常采用"遗书式死亡书写"，如《歌，我死之后》等。而这首短诗中，她采用内聚集叙事视角，进行虚构的"亲历死亡书写"。叙事者"我"已经死去，"灵魂"的"我"看见"我"的"肉体"摆在床上，地上干干净净，窗帘半遮半掩，窗外常青藤浓荫婆娑，床上层叠着五月花与迷迭香，妆饰着"肉体"，呈现"闺房妆尸""以尸为美""向爱而死""灵魂不灭"等叙事情节，表征了其诗歌的唯美偏至美学观。再如她的短诗《逗留》，讲述了"他们用鲜花和花瓣熏香了我的卧房，熏香了我安息的睡床；但我的灵魂，为爱所困，四处游荡"的"故事"。

他们用鲜花和花瓣熏香了我的卧房，

熏香了我安息的睡床；

但我的灵魂，为爱所困，四处游荡。

我听不到房檐下鸟儿的呢喃，

也不闻麦捆间刈割者的笑谈：

只有我的灵魂整天在守望，

我饥渴的灵魂将远方的人儿伫望：

我想，也许他还爱我、惦我，为我忧伤。

……

在长诗《王子的历程中》，克里斯蒂娜进行了略显变态的唯美叙事，洞穴咧着大嘴，射出的光线，犹如两道血红的眼目在坟墓里忽闪；老怪物最终难逃死亡的魔爪，尸体躺倒，手臂下垂，手指在药汤里浸泡，而尸首旁边却缭绕着一抹玫红，飘摇着映红的水汽袅袅。坟墓、尸首本是避讳之物，而诗人却将这些犯忌的文化意象呈现出来，进行书写，这种变态的描述，也是其诗歌的病态与变态之美的表征。

> ……
> 光线从咧着大嘴的洞穴射出，
> 犹如墓穴里忽闪着血红的眼目。
> 无人招呼，
> 那些步履沉重的旅客在此歇足。
> 即使洞中都是粗俗恶徒，
> 王子也想借宿。
> ……
> 水汽缭绕吐白雾，
> 昼夜更替不停步，
> 老眼昏花分不清，
> 头脑迟钝辨不明。
> 生命或离他而去，
> 死神定与他相聚。
>
> 百年过后，
> 他断线的生命走到尽头。
> 死神折断了他的破旧工具，
> 压弯了他辛劳的身躯。
> （他仍然像头骡子，难以压垮）

一言不发。

老怪物最终难逃魔爪，
尸体躺倒，
手臂下垂，手指在药汤里浸泡，
突然一抹玫红飘摇，
映红的水汽袅袅，
在尸首旁缭绕。
……

拉斐尔前派另一位"好色之徒的桂冠诗人"斯温伯恩是英国最突出的唯美-颓废派代表。诗人受到佩特、波德莱尔与马拉梅等的颓废思想的影响，秉承了英国文学对性的坦率态度，其诗歌的唯美叙事与伦理道德，如异性、自身、两性关系等产生了冲突，被认为是离经叛道、违规背俗。在诗人的数百首诗歌里，诗集《诗与谣》的唯美-颓废表征最为明显，主要包括名篇《冥后的花园》《时间的胜利》《多洛雷斯》《生命之歌》《阿那克托莉亚》《别离》《费赖斯》《冥后的赞歌》《礼赞维纳斯》，以及《麻风病人》《圣多萝西》等，进行情爱书写、女色渲染、感官享受和色情描述，刻意书写炽热、残忍，甚至是虐待狂的情爱。《时间的胜利》描写了对母亲大海情爱的狂热动作："紧靠她，吻她，和她交融；缠住她，与她扭争，紧紧抱住她不松膀"；《爱情与长眠》对情人的"红唇、面颊、酥体、腰窝、秀发和眼睑"进行大胆性感的描述；《多洛雷斯》体现了"斯温伯恩诗作的拜神特征，也体现对女性权力催眠般着魔的倾向"；《礼赞维纳斯》"反复描述带着羞辱性的性之强迫力量"，认为维纳斯是"性侵略者"，是"创世者、母亲、新娘，也是缪斯女神"，是"一尊燃着超自然之火的金色偶像"；《黎明之歌》体现了诗人反传统道德与基督教义的异教精神和本能自由主义,体现了诗人憎恶基督教的狭隘性。在颓废派家族悲剧《卡里顿的阿塔兰忒》中,梅利埃格处于其母亲阿尔塞娅和恋人阿塔兰忒两种女性力量的交织之间,所有行为都被融入情欲的被动性中,映射出晚期浪漫主义风格。《冥后的赞歌》借"叛逆者"反基督教的罗马皇帝朱利安之口,表达了作者的反传统的叛逆精神和颓废思想,认为"死亡即是睡眠,没有一个上帝比死亡更加强壮"。《福斯蒂娜》把无情的美妇福斯蒂娜王后,描述成"自然的子宫与墓穴,是性战的场所",她的血液里流淌着的是美酒与毒液,爱欲与死亡正大张着饥饿的嘴,体现出唯美-颓废美学观。

《诗与谣》,由于反对传统,否定道德与宗教,进行大胆的、赤裸的情色描写,使诗人招致了诸多非议。虽然唯美-颓废主义为很多学者所诟病,但它只是斯温伯恩诗歌特定时期所具有的特质,瑕不掩瑜,更何况它也为新时代诗歌的创作思想和创作技巧提供了一些有益的借鉴,例如对新感觉派的生发提供了理论和先验基础。

《冥后的花园》是诗人颓废与衰竭、幽灵与死亡映像的再现。展现在读者面前的是一个"什么风儿也不吹,什么东西也不长"的幽灵居所,那里"没有光线变幻,没有水声潺潺,没有声音,没有光线,没有冬的枯叶,没有春的嫩叶,没有白昼,没有白昼的一切,唯有长眠在永久的暗夜","那儿的爱早已凋亡,残爱鼓着倦怠的翅膀,死去的岁月聚在一旁,伴着所有的灾殃",充分体现了唯美-颓主义诗学特征。以斯温伯恩的《冥后的花园》为例,诗人对死亡、冥后及其生存空间冥府的诗意书写,呈现了"以死为美"的"死亡美学"。冥府再现了死亡映像:没有荒野和矮林,没有葡萄藤和石楠花,没有光线变幻,没有水声潺潺,没有声音,没有光线,没有冬的枯叶,没有春的嫩叶,没有白昼,没有白昼的一切,那儿的叶子没有羞红的花,一片死亡的景象。而唯有不开花的罂粟,唯有冥后为死人酿造葡萄酒的绿葡萄与灯芯草,唯有在永久暗夜里的长眠。罂粟、死人的叙事表现出的不再是美，而是美的极端，美的偏至。对于冥后的描述阴冷、恐怖，处处显示着神秘和恐怖。冥后"脸色苍白，她站在门窗外头，头戴树叶编织的王冠，她用冰冷的不死之手，收集一切将死的东西。时时处处，她倦怠的嘴唇比害怕问候她的爱情，比和她厮混的男人，更加甘醇"。斯温伯恩通过讲述冥后用冰冷的不死之手，收集一切将死的东西，"等候着每个赶赴黄泉的人"的"故事"，把丑的尸体、恶的死亡呈现给读者，"以丑为美""以恶为美"，显示出叙事意象的"耽美"。

可见，斯温伯恩的唯美叙事，宣扬悲观、颓废的情绪，表征了一种病态或变态的唯美偏至，如性变态、性虐狂，从死亡、恐怖、游魂等有关主题中去寻求创作灵感。其一，从叙事主题分析，诗人创作了《婴儿之死》《死与生》和《生与死》等数十首死亡叙事主题的诗歌，讴歌尸体、猫头鹰和游魂，主张在黑暗领域，在丑恶事物中去认识美的存在，表现"以丑为美"的"丑学"美学：把丑恶当作美来欣赏与歌颂。其二，从叙事内容分析，斯温伯恩和多数颓废派诗人一样，善于将爱情与死亡并置，用鲜花映衬尸体，反对传统，否定道德与宗教，进行大胆赤裸的情色描写，过分渲染生活的苦痛与彷徨。诗人的作品，如《女王的母后》《罗萨蒙德》、诗剧《卡里顿的阿塔兰忒》《特利斯特拉姆圣地》（包括《该死的国王》《洛库斯塔》和《尘世救主》等）、《悲剧博斯维尔》及《纠结的爱》等都集中映射出斯温伯恩诗歌的"唯美-颓主义"思想。

总之，"谈美色变"的"臭美"时代早已是明日黄花，唯美-颓废主义中偏至的美，在新时代背景下应该取精华、去糟粕，重新发掘其美学价值。

小结

本章主要研究了拉斐尔前派诗歌的唯美叙事变异艺术：由"唯美意象"到"唯美偏至"的变异，由"美"到"丑"的转化，由"唯美主义"到"唯美-颓废主义"的转换。研究聚焦于叙事意象的"唯美"与叙事意象的"耽美"，以及唯美主义与颓废主义的交叉互渗关系。唯美叙事变异的动因受到历史在场、道德建构与宗教介入等现代性生成语境的影响，具体表现为"美不涉道德"与道德缺失的影响、"感官主义"和"肉欲主义"对基督教"禁欲主义"的冲击、波德莱尔的"丑学"美学的影响等。研究拓展了唯美叙事空间，升华了唯美叙事主题，同时解决了相关重点和难点问题。本章的研究重点：第一，拉斐尔前派与英国唯美主义的关联："共时性""同质性"与"同源性"研究。第二，拉斐尔前派"为艺术而艺术"的唯美主义纲领及其"个人精神绝对化"与"艺术形式绝对化"的唯美主义思想。第三，拉斐尔前派的唯美偏至思想："纯粹美""形式美""依存美""审美不涉利害""审美不涉概念""审美只涉形式"以及"艺术不应具有任何说教的因素，而应追求单纯的美感"等。研究难点：如何发掘其诗歌发生变异的个人因素、家庭影响和社会语境影响。

研究过程中也发现一些尚需进一步思考的问题。第一，拉斐尔前派诗歌专注于"唯美"，忽视了其社会与政治功能的问题。第二，唯美主义的理论基础和国内文学及艺术批评，乃至意识形态存在的矛盾问题。第三，唯美主义以唯心主义哲学和各种非理性主义科学为基础，将精神看作是脱离客观物质世界存在的问题。第四，唯美主义主张艺术创作远离社会实践，否定艺术的社会功能，强调个人的主体地位与个人精神绝对化的问题。

总之，拉斐尔前派诗歌的美"是一种不朽的，不同于荷马的呼唤，不同于但丁崇高的心灵，也不是米开朗琪罗巧手创造的时空世界，而是超越这些，带有妙曼神秘的特质"。[①]

---

① [英]但丁·罗塞蒂. 生命殿堂：罗塞蒂的十四行诗集. 庄坤良，译. 台北：书林出版有限公司，第67页。

第五章　拉斐尔前派诗歌的"诗画互文"叙事变异

——"诗画一律"转向"诗画偏离"

> 任何文本都是引语的拼凑，任何文本都是对另一文本的吸收和改编。
>
> ——[法]朱莉娅·克里斯蒂娃

> 诗是有声的画，画是无声的诗。
>
> ——[希]西摩·尼德斯

拉斐尔前派诗歌的"诗画互文"叙事变异研究，主要对其诗歌的"诗画一律"和"诗画偏离"之间的"交互"与"反衬"关系进行研究。拉斐尔前派既是诗人的"兄弟会"，又是画家的"艺术圈"。拉斐尔前派成员集诗人与画家为一身，几乎每位成员都曾发表过诗作，如但丁·罗塞蒂，左手写诗、右手作画，其作品诗中有画，画中有诗，每一诗节宛如一幅绚丽多姿的画卷，他的绘画具有叙述的特征，而诗歌则具有画面的质感；他的诗动中有静，静中有动，人物情景一动一静，充满了颇为感性的琐碎和可以触摸的无形，因此诗与画的诗画互文关系，也是拉斐尔前派诗歌叙事研究的核心聚焦之一。

拉斐尔前派是维多利亚时代孕育的"怪胎"，维多利亚时代又是一个信仰"悖论"的时代。[①]一方面，维多利亚时代"是一个社会道德要求相当严格的时代"，维多利亚女王对前任乔治四世时代轻浮和龌龊的社会风气深感厌恶，推崇非常严厉的道德标准，尤其是针对女性道德，甚至有"假正经"之嫌。[②]女人的长裙要盖住脚面，结果连钢琴腿也盖住了，因为"腿"不雅，"胸"粗俗，文学作品中几乎找不出"美腿"之类的字眼。另一方面，那也是一个具有讽刺意味的时代，大街上很多站街女和乞丐在讨生活。例如，但丁•罗塞蒂的《发现》叙述了一名乡村青年发现昔日的情人沦为娼妓而气愤不已的"故事"。再如，《法国上尉的女人》讲述了那个时代"小姐"的"故事"：一个男人平均每天两次上"娱乐场所"。在这样一个道德与信仰悖论的时代，拉斐尔前派的年轻诗人和画家普遍感到困惑、迷惘。道德伦理的约束、宗教信仰的禁锢以及功利主义的影响，使文学作品沦为"说教的美学"，"美"在现实生活与文学作品中几近消失。然而，物极必反，反弹的"唯美"思想很快发展为"为艺术而艺术"的唯美主义极端，产生了像拉斐尔前派、佩特和王尔德等一些狂热的唯美追求者。在其诗歌、绘画和戏剧作品中，他们经常进行女性身体书写，"酥胸""红唇""香颈"等极其香艳，绘画中有的女性袒胸露乳，表达其对传统道德的反叛。同时，拉斐尔前派作为一个诗画艺术团体，追求拉斐尔之前那种纯真的艺术，是对学院派传统的反叛。而诗画关系就是对传统反叛的切入点之一，形成了拉斐尔前派诗歌的叙事策略之一。拉斐尔前派诗人画家所做的插图与题画诗中诗与画之间的互文关系，表现为"诗画一律"与"诗画偏离"两种形式。前者构成了诗与画之间的互构与互补关系，后者形成反衬与对照关系。这两种关系共同构建了拉斐尔前派诗歌与绘画文

---

① ［英］安德鲁•桑德斯，2000. 牛津简明英国文学史. 谷启楠，等译. 北京：人民文学出版社.

② 常耀信，1987. 漫话英美文学. 天津：南开大学出版社.

本之间的对话空间。前者常表现为插图通过与诗歌文本之间的对话，促成诗画文本意义的更新；题画诗可在时间和空间上拓展绘画文本的表现范围，增值了诗画作品的意义；通过对绘画表达方式的模仿而使诗歌的意义呈现不确定性与多元性。后者，即"诗画偏离"常表现对以往诗画的重新解读和对于诗画界限的僭越，构成反衬与对照关系，并形成了新的互文叙事。总之，拉斐尔前派的诗歌与绘画，诗中有画，画中有诗，诗画两个文本互动与互鉴，不断生成大于文本意义的作品意义。

20 世纪 60 年代兴起的互文性理论（又译"文本间性"或"互文本性"），是孕育于结构主义和后结构主义的文学理论，有广义和狭义之分，广义互文性是指文本与赋予该文本意义的知识、代码和表意实践之总和的关系，社会、文化和历史语境视为互文本。狭义的互文性是指一个文本与可以论证的存在于此文本中的其他文本之间的关系。[①]互文性将生成语境作为互文本，将解构主义、新历史主义和后现代主义的文学批评的合理因素都纳入了其体系之内，从而也使自身在阐释上具有了多向度的可能。

互文性这个术语最早是由法国符号学家、女权主义批评家朱莉娅·克里斯蒂娃（Julia Kristeva），以巴赫金的对话理论为基础，在《如是》杂志上发表的两篇文章中首次提到的。1966 年发表的第一篇《词、对话、小说》中第一次出现这个术语，1967 年发表的第二篇《封闭的文本》中进一步明确了定义。1969 年出版的著作《符号学，语意分析研究》正式推出互文性的概念和定义："横向轴（作者—读者）和纵向轴（文本—背景）重合后揭示这样一个事实：一个词（或一篇文本）是另一些词（或文本）的再现，我们从中至少可以读到另一个词（或一篇文本）"，"任何作品的文本都像许多文本的镶嵌品那样构成的，任何文本都是其他文本的

---

① 刘怡，2011. 哥特建筑与英国哥特小说互文性研究. 成都：四川大学出版社.

吸收和转化"。①她认为，文本研究应该考虑话语序列结合中的三个成分：写作主体、接受者和外来文本，并指出话语的地位可以从横、纵两个方向来确定：横向是文本中话语同时属于写作主体和接受者，纵向是文本中的语词和以前或共时的文学材料的相关，当横纵两项交叉时互文性便产生了。其核心思想为每一个文本都是其他文本的镜子，每一个文本都是对其他文本的吸收与转化，它们相互参照，彼此牵连，形成一个潜力无限的开放网络，以此构成文本过去、现在、将来的巨大开放体系和文学符号学的演变过程。

之后，一些文学理论家，对互文性理论进行了多视角、跨学科研究，研究范畴从文学延伸到语言学和翻译学，例如热奈特在《隐迹稿本》一书中把互文性纳入他的跨文本关系系统中，使之成为文学创作的一种叙事策略；罗兰·巴特在论文《文本的理论》中，积极地向学界介绍了互文性概念；哈蒂姆和梅森将互文性翻译理论从语境的三维度、互文指涉、互文空间三个方面进行了讨论。此外，德里达、哈琴、萨摩瓦约、约翰·巴思、费尔克拉夫、布鲁姆等对其进行了研究。国内很多学者进行了互文性研究，但是诗画互文研究和互文叙事研究成果较少，有待于进一步研究。

诗画互文关系研究经历了较长的历史。中国学者很早就对"诗画一律"的缘起与流变、内涵与特质、分歧与争论，进行了研究。陆机在西晋时代就已经认识到诗画的互文关系，提出"丹青之兴，比雅颂之述作，美大业之馨香，宣物莫大于言，存形莫善于画"。②北宋时期的张舜民提出"诗是有声画，画是有形诗。自古至今，便有诗书画同源之说，诗中有画，画中有诗，能诗者多

---

① [法]蒂费纳·萨莫瓦约，2003. 互文性研究. 邵炜，译. 天津：天津人民出版社，第 4 页.

② 张彦远，2007. 历代名画——记叙画之源流. 肖剑华，注释，南京：江苏美术出版社，第 2 页.

识画，能画者多知诗，二者同体也"（《跋百之诗画》）。苏轼在《书摩诘蓝田烟雨图》中提出"味摩诘之诗，诗中有画。观摩诘之画，画中有诗"之说；在《书郡陵王主簿所画折枝》中提出"诗画本一律，天工与清新"之说，建立了诗画互文关系，确立了"诗画一律"美学观。元朝的杨维桢提出"诗画同体"的观点，认为"东坡以诗为有声画，画为无声诗。盖诗者心声，画者心画，二者同体也"。此外，晁补之提出"物外形""画中态""画外意"，张可中也提出"诗为有韵之画，画乃无韵之诗"的观点。他们从不同视角论述了诗画同构的互文关系，提出诗画创作机理、审美情趣等领域的共性，指出其本质为文学实践和艺术实践的合致。研究不足之处在于关注诗画一律，而忽略了诗画偏离的互文关系。

国外学者很早就意识到诗画的互文关系。公元前五六世纪希腊抒情诗人西摩·尼德斯（Seymour Nideshi）提出："诗是有声的画，画是无声的诗。"（"Painting is a kind of silent poetry, poetry, it is a sound painting."）亚里士多德在其《修辞学》中提出生动、对比和比喻三大修辞原则，主张"文字必须将景物置诸读者眼前"。公元前一世纪的古罗马诗人贺拉斯在《诗艺》中也提到"诗歌就像绘画"。德国考古学家与艺术学家温克尔曼（Johann Winckelmann）在其《关于在绘画和雕刻中模仿希腊作品的一些意见》中提出"绘画可以和诗有同样宽广的界限，因此画家可以追随诗人，正如音乐家可以追随诗人一样"。杰罗姆·邦普在论文《克里斯蒂娜·罗塞蒂与拉斐尔前派兄弟会》中指出克里斯蒂娜的诗歌对繁复自然的描写和对鲜明色彩的热爱都体现了拉斐尔前派艺术的特点，认为"尽管她更热衷于克服诗歌与音乐之间的分裂，她还是在某些方面参与了拉斐尔前派试图克服语言艺术与图像艺术间的分裂的尝试"，肯定了克里斯蒂娜为克服语图分裂所做出的努力，肯定了其诗歌（诸如《小妖集市》《生日》和《天堂回响》）中的自然描写与色彩亮度等。

"诗画互文"叙事研究是叙事学与互文性理论的交叉研究，研究核心聚焦于将诗画彼此视为"互文本"进行叙事的一种新的叙事模式。诗画的互文性主要研究诗歌语言与绘画形象（题诗画、插图书和诗意画）之间通过图解、模仿、改写与增补，形成互文关系，而互文本作为植入文本机体内的"异物"，会使文本机体产生异常反应或建立新的生命机制，使叙事文本重生，叙事空间扩展，叙事意义增值。诗画互文叙事研究为文学研究提供了新的路径，对于诗画互释、诗画互鉴、诗画创作以及诗画文本本体研究具有一定的理论和现实意义。首先，创新性地提出"诗画互文叙事变异艺术"概念，开辟了互文研究与叙事艺术研究互构的新路径；其次，将诗歌和绘画作为"互文本"的基础上，进一步将"诗画"视为一个文本，将其现代性生成语境作为互文本，使诗歌的文本意义得以增值；再次，将"题画者"纳入文本意义的生产过程，拓展了拉斐尔前派诗歌的作者、作品、读者与"题画者"的意义叠加的增值意义；最后，重点关注"诗画互文"的叙事变异引发的诗画关系的分歧与张力、诗画文本间的陌生化和异质感，革新了诗画传统关系，促进了拉斐尔前派诗歌的叙事学研究。

第一节　拉斐尔前派诗歌的"诗画一律"叙事

互文叙事视域下对拉斐尔前派诗歌的"诗画互文"美学观进行研究，是拉斐尔前派诗歌的叙事学研究的一个新的路径。研究基于拉斐尔前派的艺术纲领与艺术革新。拉斐尔前派主张将"为艺术而艺术"的艺术纲领移植到文学领域，主张创作理念和创作技巧的革新，追求艺术中严肃的、富有真情实感的东西，崇尚拉斐尔之前真挚和质朴的艺术风格，推崇文艺复兴早期与中世纪的文艺精神。[①]其诗歌推崇艺术美，追求形式美，经常将诗与画有机结合，形成了"诗画一律"的唯美主义诗学特征，具有强烈的抒情色彩。研究方法主要包括传统的"内在式"的叙事研究，将诗和画视为两种艺术形式，诗为文本，画为副文本（狭义互文），探讨诗画互鉴，发掘拉斐尔前派诗歌的美学思想与美学价值，回归艺术本体研究。也包括现代的"外在式"互文叙事研究，将诗画视为一个文本，将其社会、文化及历史等语境构成的生成语境作为互文本，分析文本与互文本之间的互文关系，阐释拉斐尔前派诗歌经过审美实践而增值了的文本意义，借助文本的影响研究，发掘新的美学思想与美学价值。

拉斐尔前派具有反传统意识，即反对当时经院式的抽象化和形象化的艺术倾向，反对缺乏灵感的艺术技巧。拉斐尔前派强调文学的自律性，主张文艺脱离政治，否认文学艺术的社会功能，强调艺术技巧，简言之，不注重道德说教，只诉诸感觉形式，注重形式之美。基于以上的创作理念和指导思想，拉斐尔前派追求唯美的形式和细腻的人物描摹，将真挚的情感融入作品中，表现为插图和题画诗，以画为无声诗，以诗为有声画，诗画两个文本互动与互鉴，不断生成大于文本意义的作品意义。

"诗画一律"体现了拉斐尔前派诗歌"形式至上"的唯美主义诗学观。诗是无形的画，画是有形的诗，诗中有色彩，画中有诗意；诗是听觉艺术，表现为瞬间时间形式，画是视觉艺术，表现为恒久空间形式。诗画的互文性关系研究，即将诗画彼此视为"互文本"，诗与画之间通过图解、改写、增补与模仿形成互文关系，而互文本作为植入文本机体内的"异物"，会使文本机体产生异常反应或建立新的生命机制，使文本获得新生命，文本意义得以增值。在拉斐尔前派诗歌解读中发现，互文不仅是拉斐尔前派

---

① 杜吉刚，2009. 世俗化与文学乌托邦. 北京：中国社会科学出版社.

诗人进行艺术创新的方式，也是其重构主体意识，恢复人性活力的一种尝试。

拉斐尔前派作为一个由绘画到诗歌延伸的艺术团体，但丁·罗塞蒂、布朗等成员集诗画于一身，既可为其诗歌插图，亦可为其画作题诗，体现出"诗画一律"的"诗画互文"叙事模式。"诗画一律"（诗画合一、诗画一致）注重诗歌与绘画的同构关系，即"绘画具有叙述的特征，诗歌具有画面的质感"，其美学价值在于抽象与具象的转换，增加了诗歌的层次感，增强了诗歌的表达力和艺术效果，使审美主体根据诗的描述并通过想象，在头脑中形成画面，体现出"诗中有画、画中有诗""诗是无形的画，画是有形的诗，诗中有色彩，画中有诗意"的"诗画一律"互文叙事。

拉斐尔前派的诗画互文表现为题画诗、插图书和诗意画三种形式，诗意画较少，互文策略包括增补、改写和模仿。[1]第一，拉斐尔前派的美学思想、审美情趣、创作理念、描摹手法及其亦诗人亦画家的身份等因素，决定了其诗歌"诗画一律"（诗画合一、诗画一致）、诗中有画、画中有诗的艺术特征，形成了诗歌语言和绘画形象的互文性关系。第二，拉斐尔前派成员绘画多取材于文学经典，而其诗歌也有一部分是为绘画而作。因此，其插图和诗意画中包含着诗歌文本，而其题画诗中也包含着绘画文本，诗与画之间呈现图解、改写、增补与模仿的互文性关系。第三，拉斐尔前派本身具有反对经院哲学的叛逆精神，其诗歌之中的唯美主义是对传统的浪漫主义、现实主义和新古典主义的反驳，这种叛逆和反驳，在其诗画中表现为对以往诗画的重新解读和对于诗画界限的僭越，形成了新的互文叙事。第四，拉斐尔前派诗歌中，诗与画互为"互文本"，有时候由于"诗画偏离"（下节详述），形成诗画之间的对话、增补和模仿，从而实现诗画文本意义的延

---

① 慈丽妍，2017. 诗画互文：拉斐尔前派插图与题画诗中的创新策略. 国外文学，147（3）：35-42，157.

展、深化与更新，赋予文本新的生命。可见，诗画互文叙事不仅是文学研究范式，也可以是艺术创新模式，诗画互文叙事研究，对于诗画互释、诗画互鉴、诗画创作以及诗画文本本体研究具有一定的理论和现实意义。以下我们将从色彩语码、情态与意态、画面和氛围三个视角下对拉斐尔前派诗歌的"诗画互文"叙事进行研究。

一、色彩语码的诗意书写

拉斐尔前派在其诗歌创作实践中注重运用充满绘画质感的色彩语码，因为色彩词语对于人类认识自然、认识自我、表述自我具有重要意义。德国著名的思想家、小说家、诗人、画家歌德的《色彩原理》一书，在色彩的美学视角下，研究了不同色调与情感变化之间的关系，提出了不同色调的冷暖搭配可以诱发不同的心理情感：暖色可激发欢快活泼、积极向上的情感；冷色则给人烦躁多虑、心境不安的刺激反应，甚至试图在色彩基调与道德取向之间建立具有象征意义的感官联想，进而认为白色代表纯洁与高尚的品德，黑色则是邪恶与残暴的化身。拉斐尔前派诗人经常运用自己喜欢的色彩词语，创作优美的意境和如画的效果，诗中有画，诗画互文，唤起读者的联想，表达自己的情愫。但丁·罗塞蒂的诗意画《白日梦》及其题诗《白日梦》堪称"诗画一律"的典范。[①]

> 梧桐荫凉枝叶匝，
> 仲夏犹可吐新芽，
> 蓝天辉衬知更栖，
> 绿叶掩映画眉息。

① 飞白，1985. 英国维多利亚时代诗选. 长沙：湖南人民出版社.

静谧夏日鸟啾啁，

犹有新叶立枝头。

不似春日新嫩芽，

玫红芽鞘催生发。

树影斑驳如梦幻，

由春到秋未曾断。

倩女情迷白日梦，

目光深邃胜苍穹。

痴迷梦中难自拔，

书上洒落手中花。①

　　但丁·罗塞蒂自题自画的《白日梦》，题画诗"梧桐荫凉枝叶匝，仲夏犹可吐新芽，蓝天辉映知更栖，绿叶掩映画眉息……倩女情迷白日梦，目光深邃胜苍穹。痴迷梦中难自拔，书上洒落手中花"之中的各种意象都在绘画《白日梦》中再现，使该题画诗变得有声、有色、有形，增加了其诗歌的具象性，使题画诗的意义呈现不确定性与多元性，拓展了诗歌叙事文本意义。

　　题画诗《白日梦》和同名诗意画《白日梦》互为"互文本"，是"诗画一律"的互文叙事的经典之作。画中叙事人物是一位大眼丰唇、发如浓云的女性，身披白袍，端坐夏日的树荫之中，右手轻抚树枝，左手捏着白花。目光凝视苍穹，进入痴迷的梦幻，手中白花，不知不觉洒落在书上。在梦幻之树四面伸展的荫影中，梦直到深秋还会萌发，但没一个梦能像女性的白日梦那样从心灵升华。天空的深邃比不上她的眼光，她痴迷于梦幻，手中忘了的小白花落在书上。在题画诗中，在色彩方面，蓝色的天空背景、

---

① 朱立华译自 https://www.poemhunter.com/poem/the-day-dream-3/

绿色的新叶、玫红的芽鞘，三色搭配，冷色蓝绿，书写其哀怨与伤感之情，红色之中又看到希望，恰似古典诗词"日出江花红似火，春来江水绿如蓝"；在视角与层次方面，诗人运用远处的枝叶、近处的花瓣进行描摹，主次突出，层次分明，可谓"横看成岭侧成峰，远近高低各不同"；在动态方面，运用了近十个动作"过程"（英国语言学家韩礼德的"及物性"理论将动作分为六个过程），物质过程、心理过程、关系过程交叉组合使用，增强了诗歌的感染力，形成动态画面：新芽在萌发、鸟儿在鸣唱、心灵在升华，正如诗词"昔日经行人尽去，寒云夜夜自飞还"；在声响方面，知更鸟和画眉似乎在欢唱；在意态方面，目光深邃，如在梦中，亦真亦幻。整首诗叙事人物痴情，叙事意象清新，叙事意境优美，其诗如画，其画如诗，诗画互构，具有"诗画一律"的表征。

　　在这幅诗意画中，罗塞蒂采用描摹手法，构建了前派诗人惯常使用的意象系统，包括有形无生命意象：白云、花园、浓荫、绿衣、金发、香颈、红唇、酥胸、玫瑰、花瓣等，勾勒出一幅动人的唯美画卷，光、影、声、色的组合，体现出神秘朦胧的官能之美和神秘的意境之美，富于象征意义。画中浓荫深处的绿衣女子，是唯美的精灵、唯美的化身，体现了拉斐尔前派诗歌所追求的"纯粹美"、脱俗性和理想化；画中的无形意象：忧伤、安详、黯然、憔悴、午后、白日梦、迷茫等，再加上色彩、层次、意态等方面，其画如诗，表现出神秘而忧郁的"罗塞蒂式的美"。

　　文学审美实践中，题画诗与诗意画互为"互文本"，通过互相阐释、增补乃至改写，形成诗画互文性关系，实现其互文叙事："再现"亡妻，幻想（白日梦）使心爱之人得以"复活"，表达了对亡妻深切的怀恋与无尽的思念，表现出拉斐尔前派的凄婉之美，体现出拉斐尔前派的神秘主义、象征主义和宗教色彩。

　　拉斐尔前派诗歌经常使用的艺术手法是描摹，注重形象、情状等形式，重表现形式，轻道德说教。主要内容包括：色彩、层

次与角度、画面、动态、声响、音乐、容貌、意态及氛围等九个
维度。描摹通常用形象化的语言，对叙事对象（如大自然、人和
事物）的特征进行具体的描绘和刻画，表现叙事对象的形象、情
状、特性等，用形象词、拟声词和色彩词等来描写事物、渲染气
氛，做到结形、绘声、绘色，从而增强叙述的形象性和真实感，
使读者读后如临其境，如观其形，如闻其声，如见其色，得到鲜
明深刻的印象。描摹是一种语言表达技巧，它的美学价值在于形
象与生动，以静变动，以死变活，抽象变具体，无形变有形；将
"瞬间画面"的表现方法融入诗作，以刹那显无限，增加诗歌的层
次感，增强诗歌的表达力和艺术效果，使审美主体可根据诗的描
述并通过联想、想象，在其头脑中形成一幅幅的画面，表征"诗
中有画、画中有诗""诗是无形的画，画是有形的诗，诗中有色彩，
画中有诗意"的"诗画一律"的互文叙事。如克里斯蒂娜的《绿
油油的麦田》：

> 天空蔚蓝，大地油绿，
> 一个阳光明媚的早晨，
> 一只云雀正在天地间盘旋，
> 就像麦田上空唱歌的黑点。
> 下方是欢快和谐的景象，
> 洁白的蝴蝶舞动着翅膀，
> 天空高飞的云雀仍在欢唱，
> 默然低飞，或高唱着翱翔。
> 麦田嫩嫩的绿意绵延
> 到我漫步的小路两边，
> 在浓密的麦田里，我知道
> 他筑起了自己秘密的爱巢。
> 我驻足聆听他的歌声，

匆匆流逝，美妙时光，

他的伴侣也正在倾听，

倾听的时间远长于我。①

在这首色彩明艳的叙事小诗中，女诗人运用了"蓝""绿""黑""白"四个基本色彩词语，勾勒出一幅绿油油的麦田的图画：蔚蓝的天空，一只云雀像一个黑点在盘旋、在欢唱，绿油油的麦田里，洁白的蝴蝶翩翩起舞。对于色彩语码的认知通常经历"色彩感知、色彩认知和色彩编码"三个过程，作为这首诗的主色彩，"绿"的色觉视像被置入了体验性很强的主观语境中，主观语境把认知主体对"绿"的体悟，从逻辑化的概念认知通道拉向审美化的修辞通道，由此"绿"的色觉形象已不再是单纯的色彩视像，而是一种经过修辞化的审美意象，和"蓝""黑""白"等辅助色彩词一起，勾勒出一幅美妙而欢快的画卷,诗中有画,"诗画一律",实现诗画互文叙事：诗人的瞬间短暂的快感、美妙的时光匆匆逝去的伤感，以及诗人看到鸟儿尚且"筑起了自己秘密的爱巢"，联想到自己因为宗教信仰不同而两次失去爱情的凄婉哀怨之情。

此外，克里斯蒂娜在《生日》中，通过鸟儿、嫩枝、苹果树、海贝、大海、高台、毛皮、饰物、鸽子、石榴、孔雀、葡萄、树叶和银鸢尾等自然景物的描写，再加上绚丽、紫色、金银色等色彩语码，同样构成了一幅绚丽多彩的图画。

我的心如同一只欢唱的鸟儿，

水淋淋的嫩枝就是它的家；

我的心如同一棵苹果树，

累累的硕果压弯了它的枝丫；

---

① 朱立华译自 http://www.poemhunter.com/poem/a-green-cornfield/

　　我的心如同绚丽的海贝，
　　游弋于平静的大海；
　　我的心比这一起都要欢快，
　　我的爱人就要到来。
　　为我搭座羽绒丝缎铺设的高台；
　　挂上毛皮和紫色的饰物；
　　雕上鸽子和石榴的图案，
　　加上百眼尾羽的孔雀；
　　用金银色的葡萄来点缀，
　　还要填充树叶和银莺尾；
　　因为我的生日，
　　我的爱人就要到来。①

二、情态、意态的诗意描摹

　　情态与意态是描摹艺术手法经常选取的描摹视角，二者既有区别又有联系，情态侧重外貌特征的具体描摹，意态并不直接描写外貌形态，而是"抓住最能展现人物心灵和性格特征的神情，从意态方面进行描摹，这样可使描摹对象生动鲜明地出现在读者面前"。②情态指的是一种个人的感悟性情感，具有明显的个人化趋向，诗人在进行情态描摹时，将自己的个人情感寄托于客体，使个人化的趋向与客体能够很好地融合在一起，个人情感对客体有很强的依附性，在客体之中去发现自己，评价自己，感悟自己，证明自己的存在。意态指的是一种理性的情感，是一种强烈的智性体验，是诗人感性经验的秩序化、理性化的升华，有着一种超越现实场景并上升到思想上的理性的场景，是人类理性主义的典

---

　　① 朱立华译自 *Selected Poems of Christina Rossetti*. London: Wordsworth Editions Ltd., 1994: 84.

　　② 朱徽，2010. 中英诗艺比较研究. 成都：四川大学出版社，第 131 页.

型表现，是智性和精神上的反映，因此，意态需要体验和感悟。拉斐尔前派大都过着修士般的生活，厌恶意大利文艺复兴时期的浮华与不真实的时代，认为拉斐尔就是"世俗气和异教精神的象征。拉斐尔以前的艺术既纯粹又质朴严谨，并且服务于信仰。拉斐尔之后的艺术却是浮华的、不真诚的和我行我素的"，①因此，他们崇尚清新自然的、质朴真挚的艺术风格，追求"忠实于自然"，"逃避现实"，寄情于一个浪漫的过去，他们的作品诗中有画，画中有诗，注重人物的情态与意态的描摹，表现出形象而自然的美。例如，克里斯蒂娜在《爱情三重唱》中对三个女人情态与意态的描摹栩栩如画，形象而生动地再现了三个女性歌者的一幅画卷：

> 三女同唱爱情曲：一个嘴唇猩红，
> 那光彩照人的双颊与酥胸，
> 映照着金色的秀发与指尖；
> 一个在吟唱，雪练般柔滑的身段，
> 像一株显摆的风信子绚丽多姿；
> 一个寻求不到爱情而心情郁闷，
> 像刺耳而低沉的琴弦声，
> 因爱的重负而痛苦地哼。
> 一个因爱而蒙羞；一个真爱难觅
> 而逐渐变成慵懒粗俗的主妇；
> 一个对爱情渴望得要死。三女中
> 两个错把死亡当爱情，斗争之后战胜了他；
> 另一个像只胖胖的蜜蜂在芳香中发出嗡嗡声：

---

① [英]威廉·冈特，2005. 拉斐尔前派的梦. 肖聿，译. 南京：江苏教育出版社，第4页.

三女都于门口立，缺乏生机无活力。[①]

《爱情三重唱》是一首彼特拉克式的十四行诗，揭示了维多利亚时代对女性性爱的压制，生动形象地描述了维多利亚时代的女性追求理想爱情的三种情感，以及无法寻得理想爱情的无奈与失望。这首短诗以其诙谐戏谑的语言、离奇荒诞的构思，赢得了广泛的赞誉。首先，克里斯蒂娜对她们的情态，即外貌形态进行描摹，包括猩红的"嘴唇"、光彩照人的"双颊与酥胸"、金色的"秀发与指尖"、像显摆的风信子一样柔滑的"身段"。其次，对她们的意态进行描摹，包括"寻求不到爱情而心情郁闷，像刺耳而低沉的琴弦声，因爱的重负而痛苦地哼""像只胖胖的蜜蜂在芳香中发出嗡嗡声""于门口立，缺乏生机无活力"。诗人将自己理性的情感融入几个独具特征的动作和神态之中，对其意态进行描摹，将"因爱而蒙羞"的、"爱慕虚荣、精于计算"的、"心情郁闷"的、"对爱情渴望得要死"的、"真爱难觅"的、"缺乏生机无活力"的女性形象生动地展现在读者面前，体现了克里斯蒂娜"诗中有画"、诗画一律的诗画互文叙事。

三、画面、氛围的诗意描摹

中英诗歌中，画面与氛围也是描摹艺术手法经常选取的描摹视角。拉斐尔前派在描摹景物时，以自己真挚的情感，对描摹对象进行选择和剪裁，作诗如同绘画、诗画互释、诗画互鉴，以独特的视角对色彩、层次、角度和透视等方面进行构思，勾勒出充满诗意的唯美画面，使诗作如同画卷，呈现给读者。同时，还将描摹对象所处环境的气氛和情调作为诗歌的互文本，形成诗画的互文关系进行分析，体现出诗中有画、诗画一律的互文叙事。例

---

① 朱立华译自 *GOBLIN MARKET AND OTHER POEMS*. New York: DOVER PUBLI-CATIONS, INC., 1994: 18.

如，拉斐尔前派诗人斯温伯恩的《阿塔兰忒在卡吕登》（选段，黄呆炘译）。

> 当春日的猎犬追逐冬天的足迹，
> 月份的母亲便君临平原和牧场，
> 让树叶的沙沙声响和雨的涟漪
> 充满了那些阴影和多风的地方；
> 还有伶俐而多情的棕色夜莺啊，
> 她的痛苦已由于伊提勒斯被杀、
> 色雷斯船队、异国脸而半告平息——
> 啊，这没舌头的守夜者的悲伤。
> 来呀，把弓儿拉满，把箭袋射空！
> 来呀，最完美的姑娘，光明的女郎！
> 挟着各种风和江河百川的闹声，
> 带着一处处汪洋的喧嚷和力量；
> 系上你的凉鞋，健步如飞的你噢，
> 把凉鞋系上你迅捷而生辉的脚；
> 黯淡的西天颤抖，昏沉的东方微明——
> 在白天之脚和黑夜之脚的脚旁
> ……①

诗剧《阿塔兰忒在卡吕登》于 1865 年出版，确立了斯温伯恩在英国诗坛的地位。该诗取材自希腊神话。色雷斯国王特雷乌斯娶妻普洛克妮，生子伊提勒斯。后来特雷乌斯骗奸妻妹菲洛美拉，并割去舌头，菲洛美拉设法在袍子上织出图案，告诉姐姐真相。后者一怒之下杀死儿子伊提勒斯，将肉做菜给丈夫。特雷乌

---

① 王佐良，主编，1988. 英国诗选. 上海：上海译文出版社，第 521 页.

斯发现真相，想用斧头杀死姐妹二人。此时，天神将特雷乌斯变成戴胜鸟，将没有舌头的菲洛美拉变成夜莺。诗人借神话传说，构想出一幅阿尔特弥斯的狩猎图：冬去春来，草原、牧场、树叶、风雨、西天、东方、白天、黑夜、江河百川和神话人物、哀伤的菲洛美拉变成的夜莺构成了多层次的背景，光明的女郎——狩猎女神手执弓箭，健步如飞，穿行于白天和黑夜之间。春日与冬日的交替，白天与黑夜的更迭，草原牧场、江河百川与神话传奇人物的链接，构建了恢弘的叙事时间与叙事空间，营造出如诗如画的多层次、多维度氛围。

再如，克里斯蒂娜的短诗《幽静的春天》讲述了冬去春来，树林之中百鸟鸣啭的充满诗意的画面：地点包括山楂枝头、冬青树上，绿屋上、荫凉处；有画眉展歌喉、知更鸟欢唱、嫩枝抽新芽、清风耳边响；再加清清的溪流、长满青苔的石头、明媚的阳光和浓浓的荫凉，展现给读者一幅充满诗意的画面，诗中有画，诗画一律。

> 寒冬已离去，
> 暖春复来临，
> 我将去树林，
> 聆听百鸟鸣。
> 山楂枝头，
> 画眉展歌喉，
> 冬青树上，
> 知更鸟欢唱。
> 空中溢清香，
> 嫩枝抽新芽，
> 枝条拱立在
> 清爽绿屋上：

空中溢清香，
清风耳边响，
只听柔声讲：
"咱不撒罗网；
此处居住安全，
此处适于独居，
有那清清的溪流
和长满青苔的石头。
还有明媚的阳光
和那浓浓的荫凉；
还能听到
大海的回响，
尽管来自远方。"①

总之，拉斐尔前派在"诗画互文"叙事中，注重运用充满绘画质感的色彩语码，描摹出栩栩如画的情态与意态，展现出充满诗意的画面和氛围，再加拉斐尔前派成员大都诗画集于一身，其作品"诗中有画、画中有诗"，表现出"诗画一律（诗画合一）"的美学观，亦即"诗是无形的画，画是有形的诗，诗中有色彩，画中有诗意"的诗画互文叙事。

第二节 拉斐尔前派诗歌的"诗画偏离"叙事

传统的"诗画一律"美学观强调诗画互释与诗画互鉴，聚焦于诗画同构的一元互文关系，其不足之处在于忽略了诗画偏离的

---

① 朱立华译自 *GOBLIN MARKET AND OTHER POEMS*. London: DOVER PUBLI-CATIONS, INC., 1994: 45.

互文关系。因此，本节将尝试弥补这方面研究的不足，兼顾诗画同构与诗画偏离的二元互文关系，核心聚焦于文本分析实践中存在的"诗画偏离"，即诗画之间的互文距离，为诗画文本以及诗人画家之间的对话提供空间，促进文本互释与文本互鉴，引发诗画文本意义的增值，拓宽"诗画互文"叙事研究路径，增加了一个新的文本叙述层。

拉斐尔前派诗歌的互文叙事变异的两个核心聚焦：其一是从"诗画一律"到"诗画偏离"的转向；其二是从"诗画互构"到"诗画互鉴"的转化。变异动因受历史在场、传统反叛与宗教介入等现代性生成语境的影响。拉斐尔前派的艺术宗旨，就是对维多利亚时代经院式僵死艺术的反叛，对拉斐尔之前纯真艺术的追求（因而被称为"前派"），这种叛逆和反驳，在其诗画中表现为对以往诗画的重新解读和对诗画界限的僭越，而形成了新的互文叙事。

"诗画偏离"，亦称"诗画异质""诗画分离"，是传统"诗画一律"美学观的反衬和互补。德国启蒙运动时期剧作家、美学家、文艺批评家莱辛对诗和画的界限及两者和美的关系进行了系统研究，其美学思想集中表现在《拉奥孔》（副标题是《论绘画与诗的界限》）一书中。莱辛在从"艺术即摹仿"这一西方传统的美学思想出发，在题材、媒介、感受等方面，通过分析诗歌与古典雕刻的表现手法的差异，论证了造型艺术与诗的界限（即空间艺术与时间艺术的界限），详尽分析了诗与画的区别，提出"诗画异质（诗画偏离）"观。莱辛认为"美就是古代艺术家的法律；他们在表现痛苦中避免丑"[1]，提出"画是空间艺术，它受空间规律所支配；诗是时间艺术，它受时间规律所支配"等，表征了其"诗画异质"观。[2]莱辛的"诗画异质"美学观，对于诗画互文研究处于领先

---

① [德]戈特霍尔德·莱辛，2006. 拉奥孔. 朱光潜，译. 合肥：安徽教育出版社，第12页.

② 陈定家，2002.《拉奥孔》导读. 成都：四川教育出版社，第84页.

地位。当然，在他之前就已经有很多与"诗画一律"相异的声音。如罗马帝国时期希腊传记作家、伦理学家普卢塔克曾进行相关研究，提出"绘画绝对与诗歌无涉，诗歌亦与绘画无关，两者之间绝不相得益彰"。达·芬奇也认为诗与画的关系中，在表现言辞上，诗胜画，而在表现事实上，画胜诗。法国思想家狄德罗也认为"诗人有自己的调色板""诗人有自己的画笔和技巧"。

　　西方"诗画异质"观的缘起与社会历史背景、思想背景和文化体系存在关联。徐玫认为，莱辛的"诗画异质"缘起于德国当时的社会文化背景之中，德国反封建的启蒙运动爆发之时，莱辛站在新兴资本主义的立场上，对新古典主义思想进行反驳，而诗画偏离的问题便作为反对以温克尔曼为代表的前辈大师文艺思想的切入点，所以莱辛的"诗画异质"观是时代的产物，该论点也契合了西方崇尚分析思辨的哲学思想；西方传统的诗画理论以"模仿说"为核心，诗歌和绘画是叙事诗和叙事画，前者注重叙事时间，后者注重叙事空间，即诗歌宜表现过程，绘画宜表现瞬间，这种本质的差异为莱辛的"诗画异质"观提供了现实基础；同时，西方文化二元论，即西方人与自然的对立思想，影响了追求诗画在表现功能上的统一性。[①]

　　拉斐尔前派的题诗画、插图等通过与诗歌文本之间的差异与矛盾，产生"诗画偏离"，构成诗歌文本与绘画形象之间的对话。通过对话、增补和模仿，使文本产生陌生化和异质感，实现诗画文本意义的延展、深化与更新，赋予文本新的生命，促成诗画文本意义的更新，揭示"诗画互文"叙事变异的研究意义。如但丁·罗塞蒂绘画中与诗歌中的"神女"、《小妖集市及其他》的封面画与诗歌《小妖集市》之中小妖的意象，形成反衬与互补，深化了世俗与天堂、伪善与邪恶对立统一的诗歌主题。《无情的妖女》

---

① 徐玫，2011."诗画一律"与"诗画异质"——从莱辛的《拉奥孔》看中西诗画观差异. 江西社会科学，31（5）：187-190.

（济慈）和《艺术之宫》（丁尼生）的插图，以及绘画《基督在父母家中》等，也都体现出其绘画或插图与原诗间的矛盾与冲突：主题的偏离或意象的反叛等，导致了"诗画一律"到"诗画偏离"的叙事变异。当然，拉斐尔前派诗歌的"诗画偏离"叙事研究，也存在文本语料的局限性问题，即题画诗与插图间能够形成互文关系的数量限度问题。

拉斐尔前派的诗歌与绘画的对话空间建构，诗与画互为"互文本"，形成了"诗画互文"关系。"诗画互文"无论表征为"诗画一律"的互构关系，还是"诗画偏离"的互鉴关系，都是拉斐尔前派诗歌与绘画的意义更新和意义增值，体现出其"诗画互文"叙事艺术与叙事变异艺术的价值。拉斐尔前派诗歌的"诗画互文"叙事艺术经历了从"诗画一律"的互构关系，到"诗画偏离"的互鉴关系的变迁，体现出诗画关系产生分歧与张力，体现出诗画文本间的陌生化和异质感，使读者在欣赏和审美实践中产生突兀感与新颖性，产生作者意义、文本意义与读者意义叠加的增值意义，也就是巴赫金的对话理论、哈贝马斯的交际理论中所论及的增值了的"文学意义"。

考察拉斐尔前派的诗画作品发现，其"诗画偏离"的互鉴关系主要体现在插图、诗意画与原诗的诗画重构与重写：题画诗与原画之间的诗画的互补与互鉴。

一、插图、诗意画与原诗的诗画重构与重写

拉斐尔前派的"尚古"思想和"中世纪情结"，体现在拉斐尔前派的绘画多取材于经典的文学作品。但丁·罗塞蒂的《圣乔治和萨布拉公主的婚礼》（现收藏于伦敦泰特现代美术馆），就是对托马斯·珀西的《英诗辑古》的重写，《宠儿》取材于《圣经》中的《所罗门之歌》，约翰·米莱的《奥菲莉亚》取材于莎士比亚的《哈姆雷特》，《玛丽安娜》来自丁尼生的同名诗。但是，"这些

绘画并非只是原著的简单重复","拉斐尔前派的绘画和插图与原著间总是存在着差异"。①但丁·罗塞蒂为其名诗《神女》所画的同名油画，画作基本描绘出诗歌中的"神女"意象：

> 天堂的**金栏杆**黄澄澄，
> 天女依栏探出身。
> 她的双眸
> 比平静的潭水更深。
> 三朵百合手中捧，
> 七颗星星发间缝。
> 她的长袍从扣到边没有带子扎，
> 也没有装饰的花，
> 唯有玛利亚赐予的白玫瑰头上戴，
> 为了做礼拜。
> 飘飘金发身后披，
> ……
> 她依旧躬身屈体，
> 环形的美体充满魅力。
> 她的酥胸一定温暖
> 了她斜依的**金栏杆**，
> 百合花偎着她的弯弯臂膀，
> 仿佛进入梦乡。②

油画《神女》是对同名诗的重写，基本上描绘出了神女手中的"星星"、头戴的"百合"，但诗画相比，绘画中的神女缺乏诗

---

① 慈丽妍，2017. 诗画互文：拉斐尔前派插图与题画诗中的创新策略. 国外文学，（3）：35-42，157.

② 朱立华译自 *Pre-Raphaelite Poetry*. New York: DOVER PUBLICATIONS, INC., 2003: 1.

歌中的神性与灵性，更加富丽性感，更具俗世性，与诗歌中的神女反衬与对照，形成互构与互补关系，构建了天堂与俗世、瞬间与永恒的对话空间，升华了主题。

同样，但丁·罗塞蒂为克里斯蒂娜的诗集《小妖集市及其他》所做的封面画及插图，与原诗之间也存在偏离：绘画中的小妖精有的目光凶狠，有的目光淫邪，龇牙咧嘴，面目狰狞。就诗歌而言，因为这是一首儿童寓言叙事诗歌，诗歌中描述的小妖精似乎更加奇异可爱，深受儿童喜爱。

> ……
> 小妖们下了峡谷步履蹒跚。
> 一个拖着竹篮，
> 一个背着果盘，
> 一个使劲拉着，
> 不知多少磅重的金盘。
> 结出如此甜美的葡萄，
> 葡萄藤一定长得很壮，
> 一定是温暖和煦的风，
> 吹过了茂密的葡萄藤。
> "不"，莉齐反驳道，"不，不，不。
> 他们卖的水果我们不会喜爱，
> 这邪恶的礼物将把我们伤害。"
> 她把纤细的手指往双耳里塞，
> 然后闭上双眼匆匆跑开。
> 而好奇的劳拉留了下来，
> 惊异地打量着妖魔商人。
> 一个长着猫脸，
> 一个摇着狗尾，

一个踏着鼠步,

一个爬行着像蜗牛,

一个像毛茸茸的笨熊在漫游,

一个像慌乱的蜜獾翻筋斗。

......①

　　拉斐尔前派作品中,还有一些绘画和插图偏离了原著的主题,与原著形成的张力,表现出诗画文本之间的分歧。例如,但丁·罗塞蒂为济慈的《无情的妖女》所作的插图,就体现出"诗画偏离"的诗学特征。但丁·罗塞蒂先后为济慈的《无情的妖女》做过三幅插图。虽然三幅插图的妖女各不相同,且与济慈的原诗存在偏离,但她们都是但丁·罗塞蒂按照自己的审美理想,所设置的女性叙事意象,既有妻子西黛尔的影子,又有"奥菲莉亚"背后克里斯蒂娜的影子。当然,西黛尔是"神女",是"升天的圣女",妹妹克里斯蒂娜是纯洁的少女,绘画中的女性叙事意象与原诗产生了很大的偏离。再如但丁·罗塞蒂为丁尼生的《艺术之宫》所做的两幅插图,图中的女性意象,少女塞西莉多了世俗性,失去了原诗的端庄神圣,偏离了原诗中的圣洁女性意象。总之,拉斐尔前派作品中插图、诗意画与原诗的诗画重构与重写,体现出拉斐尔前派诗歌的插图、诗意画与原诗歌的"诗画偏离"美学观或诗学特征。

二、题画诗与原画之间的诗画的互补与互鉴

　　拉斐尔前派成员大都兼具诗人与画家身份,既为诗歌插图,又为画作题诗;既为自己的画作题诗,又为他人的画作题诗,使题画诗与原画作之间产生对话空间,形成互补与互鉴关系。此类

---

　　① 朱立华译自 *GOBLIN MARKET AND OTHER POEMS*. New York: DOVER PUBLI-CATIONS, INC., 1994: 1.

题画诗在拉斐尔前派诗歌中所占比例较小。主要包括但丁·罗塞蒂的题画诗《圣母玛利亚的少女时代》《海的咒语》《阿斯塔尔特·叙利亚卡》《冥后》《白日梦》《威尼斯牧歌》《海的咒语》《亚瑟王之墓》《马利亚的少女时代》《蓝色小屋》《七塔之韵》。立足于诗歌本体，以绘画为参照，考察其叙事诗歌的"诗画偏离"观，可以发现拉斐尔前派诗歌，与其所对应的插图或诗意画，确实存在着分歧和互鉴关系，虽然和拉斐尔前派的数千首诗歌相比，此类诗歌数量占比不是很大（"诗画一律"也一样），但是诗画互文关系的叙事学研究，确实为拉斐尔前派诗歌的总体研究，拓展了新的研究路径，使研究更加全面、更加科学、更具有可信度。其诗歌的画与诗的偏离现象，体现出画家（也是诗人）对原作的认知态度，一般表现为对传统的反叛。诗与画两个文本之间、诗人与画家之间构建了对话空间，诗画之间的陌生化与新奇性，增加了诗画原有的文本意义和文学意义，对于诗歌的重读、诗歌的译介、诗歌的传播都具有现实意义。

当然，因为本研究的主体是诗歌，插图只是参照，再加绘画艺术相关知识的欠缺，在进行拉斐尔前派诗歌的"诗画互文"叙事变异艺术研究时，关注的焦点是诗歌意义的增值及其增值了诗歌意义的画作，而对于题画诗，不再详述。

小结

通过拉斐尔前派诗歌的"诗画互文"叙事变异艺术研究，发现以下几点问题值得思考。第一，"诗画互文"叙事变异，重在强调"诗画一律"与"诗画偏离"两种关系的对照与差异，而非变迁与转化。第二，在诗画互文性叙事研究中，传统研究注重"诗画一律"，忽略诗画偏离，本研究弥补了这方面的不足。但毕竟文学研究与艺术研究存在差异，需弥补绘画艺术相关知识，便于进行学科交叉研究。第三，将诗画本体研究与社会、文化和历史的生成语境视为互文本（广义互文叙事）的诗画互文性关系，尚需进一步研究。第四，将拉斐尔前派诗歌与其诗歌的相关研究成果视为互文本进行互文叙事研究，也是一个值得关注的领域，希冀将来能够对此进行进一步研究。第五，本研究的重点：其一，研究拉斐尔前派诗歌的题画诗（如"诗画一律"的典范：但丁·罗塞蒂的世界名画《白日梦》及其题诗《白日梦》）、插图书和诗意画三种形式，及其增补、改写和模仿等互文策略，诗歌语言和绘画形象之间呈现图解、改写、增补与模仿的互文性关系。其二，拉斐尔前派诗歌的"诗画偏离"研究，即诗与画互为"互文本"而产生了"诗画偏离"：诗画作为互文本，通过对话、增补和模仿，实现诗画文本意义的延展、深化与更新，赋予文本新的生命。研究难点在于构建诗画关系的重构与重写，互补与互鉴的路径问题。当然，"诗画互文"叙事变异研究本身是个较大的课题，涉及文学研究、艺术研究和叙事学研究的交叉与互渗，三者的契合点与契合度是研究的关键问题，同时还有解决收集文本语料需要足量的画作问题（很多珍藏在大英博物馆，不易收集）。

第六章 拉斐尔前派诗歌的"女性叙事"变异
——"他者身份"转向"自我身份"

> 叙事学研究的第二个重要领域是在女性主义文学批评语境下产生的。
>
> ——[德]莫妮卡·弗鲁德尼克

> 社会不仅把妇女看作孩子气、非理性和性方面都不稳定的人,而且把她们描述为法律上无权和经济上的边缘者。
>
> ——[美]伊·肖瓦尔特

拉斐尔前派诗歌的"女性叙事"及其变异艺术研究,首先梳理女性主义的缘起与经历的三次高潮及其主要流派;其次厘清女性主义文学批评和结构主义叙事学的交叉互渗关系,透视叙事形式与性别政治的互构关系;最后考察女性主义对"拉斐尔前派姐妹会"(Pre-Raphaelite Sisterhood)的影响轨迹,进而对其诗歌进行文本细读与实证分析。

女性主义经历了三次高潮。19世纪中叶,英国兴起了第一次女性主义运动的浪潮,目标是争取女性的选举权、受教育权和平等就业权;20世纪60年代兴起了第二次浪潮,目标是批评性别主义、性别歧视和男性权利;20世纪70年代后期,随着后现代女性主义的诞生,兴起了第三次浪潮。女性主义,是指一种主要以女性经验为来源与动机的社会理论与政治运动。除对社会关系进行批判之外，许多女性主义的支持者也侧重于对性别不平等，妇女的权利、利益等问题进行分析。女性主义理论千头万绪，但其核心概念就是男女平等；女性主义理论的目的在于了解不平等的本质、性别政治、权力关系与性意识；女性主义探究的主题则包括歧视、刻板印象、物化（尤其是关于性的物化）、身体、家务分配、压迫与父权；其理论基础是认为现时的社会建立在一个男性被给予了比女性更多特权的父权体系之上。主要流派包括：文化女性主义、生态女性主义、唯物主义女性主义、存在主义女性主义、法国女性主义、自由主义女性主义、马克思主义女性主义、马克思恩格斯主义女性主义、社会主义女性主义、激进主义女性主义、性积极女性主义、性解放女性主义、心理分析女性主义、精神分析女性主义、女同性恋女性主义、隔离女性主义、性别分离女性主义、第三世界女性主义、后殖民女性主义、跨性别女性主义、亚马逊女性主义、后现代女性主义、原型女性主义、网络女性主义、无政府主义女性主义和黑人女性主义，等等。女性主义研究历史虽短，范畴却涵盖了诸如"女性主义美学""女性主义诗学"和"女性批评学"等学科，研究内容包括双性同体、话语、性欲、空间和身份，等等。

女性主义叙事学（女性叙事）是跨女性主义文学批评和结构主义叙事学两大理论流派的新兴学科，是叙事形式与性别政治的互构，讲述女性"故事"，描述女性"事件"。女性主义叙事学萌发于 20 世纪 80 年代的英美叙事学领域，是后经典叙事学的重要流派，也是当代西方文学理论的重要流派，其理论缘起与生发、流变接受了现代性生成语境的影响。20 世纪 80 年代以来，一些叙事学者逐渐意识到结构主义叙事学的"平面化"形式主义倾向，忽略文本的意识形态内涵和社会历史语境的问题，转而将叙事学研究和女性主义批评相结合。同时，一些女性主义批评家也针对自己的分析过于印象化的弱点，开始从叙事学领域借用较为系统的形式分析模式。在此背景下，美国学者苏珊·兰瑟（Susan Lancer）等学者将女性主义批评与结构主义叙事学结合，进行跨学科研究，构建了"立体化"的女性叙事理论与女性叙事模式，形成了集形式分析与社会批评为一体的阐释方法。作为女性主义叙事学的创始人，苏珊·兰瑟对女性主义叙事学的贡献体现在三个方面：第一，随着 20 世纪 50 年代女性主义第二次浪潮的兴起和叙事学的发轫，兰瑟意识到二者之间的关联，接受了女性主义、形式主义、马克思主义文论和言语行为理论的影响，并在 1981 年通过普林斯顿大学出版社，出版了她的著作《叙事行为：散文性小说视角》，发掘叙事形式的性别意义，提出一些基本的理论和批评实践。第二，1986 年她又在《文体》杂志上发表了《建构女性主义叙事学》一文，文中首次使用"女性主义叙事学"（Feminist narratology）这一术语，提出该理论模式的研究目的和研究方法等，将结构主义叙事学与女性主义的性别视角结合起来研究，奠定了女性叙事的基础。第三，苏珊·兰瑟后期出版的著作《虚构的权威》，进一步阐述了女性叙事或女性主义叙事学的主要目标、基本立场和研究方法，并进行了更为系统的批评实践。[①]此外，布鲁尔、沃霍尔等发表了论文《放开说话：从叙事经济到女性写作》和《建构有关吸引型叙述者的理论》，将女性主义、性别政治与叙事学结合起来进行研究；美国学者纳什在《女性主义叙事伦理》中，借鉴了女性主义叙事学关于性别与叙事策略关系的总体思想，对弗吉尼亚·伍尔夫等一些现代作家的代表作进行解读，促进了女性叙事的发展。之后近几十年间，一些西方学者聚焦于女作家的小说创作，关注她们在运用叙述策略时的特殊表现，以社会历史语境为参照，探究暗含在叙述声音、情节结构、话语方

---

① 申丹，2004. 叙事形式与性别政治——女性主义叙事学评析. 北京大学学报（哲学社会科学版），41（1）：136-146.

式等形式中的性别意蕴。至 21 世纪初，女性主义叙事学得到广泛认可，被学界定名为"关注性别差异、对故事与话语进行系统研究"的一个流派，并将性别政治及其社会历史语境引入叙事学研究，同时关注叙事形式差异表现，深刻影响了叙事理论研究与阐释模式，推动了叙事学研究朝着"语境化"方向发展。女性主义叙事学经历了近 40 年的发展历程后，随着叙事学研究朝着多元化方向发展，从修辞叙事、伦理叙事分析、社会语言学研究等新动向中汲取新思想，使得研究在对象与方法上更为多样化，也因此被誉为后经典叙事学领域里的一个典范。①

　　女性主义叙事学兴起于 20 世纪 80 年代，比女性主义的诞生晚一个多世纪。作为结构主义后经典叙事学和女性主义文学批评融合的交叉学科，它打破了形式主义和反形式主义的长期对立，既可以使女性主义批评的意识形态理论导入经典叙事学所缺乏的文化语境，又可以使女性主义文学批评增加一个文本叙述层。

　　拉斐尔前派和女性主义存在内在的隐性关系。在"女性意象"构建、女性"性自主权"、女性作为第二性的话语权、"身体"等方面，拉斐尔前派诗歌体现出女性主义诗学特征。"拉斐尔前派姐妹会"是依据"拉斐尔前派兄弟会"（Pre-Raphaelite Brotherhood）而成立的一个女性团体，主张女性应该具有和男性平等的话语权、受教育权，应该消除女性歧视，女性应该获得同等的就业机会。她们的这些主张和当时刚刚兴起的女性主义有诸多相似之处，其作品也体现出了女性主义的诗学特征。拉斐尔前派女诗人克里斯蒂娜和西黛尔等，接受了女性主义的影响，无论在社会生活中，还是在诗歌创作中，均体现出对于维多利亚时代女性的人文关怀。另一方面，拉斐尔前派表面上看似乎和女性主义者并无直接关联，但事实上，拉斐尔前派成立于 1848 年，而 1848 年在纽约州

　　① 王丽亚，2019. 西方文论关键词——女性主义叙事学. 外国文学，（2）：102-111.

色内加瀑布市召开的第一次女权大会，标志着女性运动正式拉开了序幕，虽然只是时间的巧合，但它们都诞生于英国维多利亚时代相同的文化和社会语境。她们对于女性道德问题、女性的地位、话语权等问题的关注，存在共同之处。她们接受了女性主义的影响，其美学思想和艺术主张与女性主义有很多相似之处，其诗歌之中蕴涵着某些女性主义的诗学特征，显示了诗人的女性主义声音和对于女性的人文关怀。

拉斐尔前派诗歌的"女性叙事"研究，主要基于苏珊·兰瑟提出的"女性主义叙事学"理论，是女性主义、性别政治与叙事学的交叉研究，是女性文学批评新增的一个文本叙述层。研究首先聚焦于集体失语问题：女性作为第二性的"他者身份"、其不平等的"性自主权"和话语权，以及女性的"身体"受到来自男性世界的暴虐（如《小妖集市》中小妖对劳拉的暴虐），乃至女性的"同性恋"等；其次关注女性的自我意识觉醒："性自主权"意识、话语权与"身体"意识，以及对男权的反抗意识和自我身份建构意识等；最后是女性意象赞美的解读。

拉斐尔前派诗歌的"女性叙事"变异艺术研究，具有一定的理论意义和实用价值。首先，提出"女性叙事变异艺术"概念，突出"变异"后的女性身份的重构、女性话语权的争夺与女性形象的巨大提升；其次，建构了女性主义与叙事学交互研究模型，使平面的结构主义叙事学转化为立体的女性主义叙事学；再次，将诗歌的文学研究，置于法国大革命与维多利亚文化语境下，导入了历史在场与伦理介入等元素，升华了叙事主题，拓宽了叙事空间；最后，导入后现代、后殖民文学理论，如话语、身份、性自主权、第二性与他者等，研究拉斐尔前派诗歌女性叙事从"失语"到争取话语权与"叙事声音"的转化、从"他者"到"自我"的转化，研究女性问题，重拾经典，立足当下，为英语诗歌研究提供一个新的文本叙事层，构建东西方女性研究的相互对话空间。

拉斐尔前派诞生于父权制下的维多利亚时代，女性形象的传统角色定位和男性话语权下的女性形象边缘化状态，使女性处于第二性的"他者身份"和"集体失语"状态。如克里斯蒂娜《王子的历程》中的新娘，被视为第二性的"他者"，近千行的长诗中，新娘始终处于似睡非睡、濒临死亡的失语状态："睡了醒、醒了睡的新娘，不见翘首以待的新郎，但闻暗自啜泣与神伤。""无论欢娱忧伤，无论沉睡清醒，她都会一直守望？"在这首长诗中，女诗人采用碎片化叙事模式，将新娘和王子置于多个事件中进行叙事。王子历经多种蛊惑，但始终处于主导地位，而新娘却在被动等待的过程中郁郁而终："太晚，爱情已逝；太晚，欢愉难留，太晚，太晚！""新娘离开了凡间……"显然，新娘在男性主导的社会领域内，只是一个男权社会的旁观者，天然地被边缘化、特殊化，失去爱情，失去自我，失去"身体"，失去话语权，只能"安息""升天"。

基于以上分析，本章将以"他者身份"到"自我身份"的转化为经、"集体失语"到"叙事声音"发出的转化为纬，以"女性身份建构"与"女性话语权争取"为主要研究内容，对拉斐尔前派诗歌的女性叙事变异艺术进行多维系统研究。

第一节　拉斐尔前派诗歌的"他者身份"叙事

女性叙事，狭义上讲，叙事对象仅指女性作家描述的女性意象；广义上，叙事对象也可以是任何作家笔下的女性人物意象，或女性叙事意象。拉斐尔前派诗歌的"他者"女性叙事研究，主要研究对象为拉斐尔前派女诗人克里斯蒂娜和西黛尔的诗歌，但也包括其他前派诗人笔下的一些女性意象。本节将采用西蒙娜·德·波伏娃（Simone de Beauvoir）的《第二性》中的"他者"

（the other）理论，主要分析拉斐尔前派诗歌中女性意象在男人主导的社会领域天然被边缘化的问题，女性作为"他者"的"集体失语"现象。

拉斐尔前派诞生之时，唯美主义只是"小荷才露尖尖角"，尚未形成一个完整的学派，却早有前派女诗人"立枝头"。虽然拉斐尔前派女诗人克里斯蒂娜、西黛尔与唯美主义存在关联，但她们还算不上真正的女性主义作家或女性主义理论家。然而，克里斯蒂娜与西黛尔在一定程度上受到了女权运动的影响，再加上法国大革命中"自由、平等、博爱"思想的影响，她们的叙事诗歌之中已体现出女性主义特征，或女性问题意识，她们的女性叙事诗歌中已发出女性的"叙事声音"，逐渐开始关注女性身份建构、女性角色定位，以及女性话语权和受教育权、女性歧视、女性伦理和女性审美等诸多问题，同时体现出她们对于女性的关怀和女性意象的赞美。拉斐尔前派诗人中仅有两位女诗人：克里斯蒂娜和西黛尔，因此，在拉斐尔前派诗歌的"女性叙事"变异艺术的研究，主要聚焦于这两位女性诗人的叙事诗歌，但也涉及一些男性诗人笔下的女性叙事人物，如神女、冥后等。克里斯蒂娜的诗歌中大概有两百多首，西黛尔也有数十首，是以女性作为叙事人物（对象），叙事主题涉及女性作为第二性"他者"的话语权、维多利亚时代女性道德的双重标准、女性在男权社会中所受的压迫、女性的反抗、女性追求爱情和性自主权，以及对于女性的赞美等，叙事文本主要包括克里斯蒂娜的女性叙事诗《小妖集市》《王子的历程》《爱情三重唱》和《少女之歌》等，西黛尔的《挚爱》《恋人已逝》《随风而去》和《爱恨交织》等。通过女性书写来争取男女平等，为女性赢得话语权，唤醒女性自我觉醒意识，力求重新配置"男性诗学传统的新女性视图"，表达对女性的人文关怀。

一、女性叙事人物的"他者身份"

拉斐尔前派诗人中多数为男性，但是其诗歌的叙事人物中女性多于男性。女性叙事人物众多，但是她们在当时社会语境下的生活状况却未显示出多元化。底层社会的女性多从事简单家务劳动，参与社会活动的机会较少，中层社会女性也是在维多利亚中后期才逐渐获得更多的教育权和就业机会。女性人物在拉斐尔前派早中期的叙事诗歌里面，总体上呈现出在男性为主导的社会领域天然被边缘化和特殊化的"他者"身份，她们的"叙事声音"较弱，基本上处于"集体失语"的状态。

女性作为第二性"他者"身份最早出现在波伏娃的《第二性》中。波伏娃认为，"第二性"即女性，是相对于男性而存在和定义的"他者"。该书被誉为"有史以来讨论女性的最健全、最理智、最充满智慧的一本书""女性解放运动的宣言书""女权主义的里程碑""当代女性主义的奠基之作"和"西方女性的《圣经》"，许多女学者受到该书的启迪而走上探索女性存在和两性关系的学术道路，而更多女性在该书的启蒙下，增进了对于自身作为女性的认识。这部著作不仅引发后人反复思考有关性别角色和性别关系的相关议题，而且彻底改变了人们看待世界的方式，而波伏娃也被称为第二波女性主义运动的"精神母亲"。波伏娃从生理、心理、社会、文化等视角下阐释了"第二性"理论的核心内涵，梳理了女权运动的发展成果，进而发掘性别歧视的社会和文化根源，为女权运动的后续发展提供了理论依据。波伏娃的"第二性"理论的核心就是女性在社会所遭遇的各种问题：其一，女性是相对于男性而存在的他者。波伏娃认为，女人是男人决定的，男人是主体，女人是"他者"。其二，性别身份是社会和文化建构的，而非与生俱来的。波伏娃认为，女人不是天生的，而是后天形成的。女性的从属地位是各种各样的社会因素决定的，女性的"他者"

身份是由女性按照社会对其性别的期待来构建的，内化了父权文化的价值观，对命运逆来顺受，导致女性默认自己的他者身份。其三，女性拥有独立的性心理，而非从属于男性的性爱客体。波伏娃认为，以弗洛伊德为代表的精神分析学派只注重男性性心理的描述，缺乏女性性心理的描绘，他们仅仅突出了女性在性行为过程中所处的被动地位，把女性视为不健全的人。其四，女性难以形成性别意识共同体。波伏娃对比分析了男女两性在社会中所处的不同经济地位，主张社会经济组织结构导致女性整体在历史上的挫败。其五，实现性别平等和自由的理想是在差异中寻求平等。波伏娃提出，追求性别平等，需将两性之间互为主体，只有这样，所有这一切，导致女性成为边缘化的"第二性"中的"他者"。人类对于两性的划分才会"显示它的本真意义，人类的夫妻关系将找到它的真正形式"。①

拉斐尔前派诞生于维多利亚时代，女权运动初露端倪，女性自我觉醒意识刚刚萌发，但是女性依然没有话语权，缺乏"叙事声音"，身体和性自主权问题仍未得到解决，依然是男性世界的旁观者，"第二性"中的"他者"。波伏娃在《第二性》中提出的"他者"概念常用于西方后殖民理论之中，和"自我"（Self）形成参照。后殖民理论的"他者"更多指西方人"自我"以外的非西方的世界，是西方中心的意识形态表现。波伏娃著作中的"他者"更多强调在伦理、政治和身体方面女性所处的边缘化地位，更多强调男性与女性的社会关系。后殖民理论等其他领域的"他者"扩展了其内涵意义，而本节在拉斐尔前派诗歌的女性叙事研究中还是沿用波伏娃在《第二性》中提出的"他者"的内涵意义。拉斐尔前派诗歌中，女性作为"第二性"的"他者身份"主要体现在"身体""爱情、婚姻与性自主权"以及"话语权"等方面的女

---

① 刘岩，2016. 西方文论关键词：第二性. 外国文学，（4）：88-99.

性歧视和男女不平等关系。

二、女性叙事人物的"集体失语"

拉斐尔前派诗歌的女性叙事人物话语权与身份的叙事变异，正是维多利亚时代女性社会地位变迁的真实再现。维多利亚早中期，女性的角色设定为"家庭天使"，这些以男人的文化标准作为自己的文化标准的女性被弗吉尼亚·伍尔夫称为房间里的天使，在男性主导的社会中，她们需要甘心在家辛勤地为他人服务，无私地奉献，没有丝毫怨言，以自己的美德衬托丈夫的伟大，是甘于奉献与牺牲自我的好妻子好母亲。这些虚构的理想化的"女性叙事意象"，不仅是男性想象的产物，也是为满足男人的愿望而创造的东西，她们在经济上和精神上完全依附于男性，她们全盘接受这种强加于她们身上的观念，成为家庭的附属物，表征了她们自卑的心理状态。这一时期的很多女性没有意识到自己是个独立的人，应该有自己完整的生活，成为完整的自我，构建自己的个体身份。女性变成了男性社会的旁观者，成了"第二性"的"他者"，失去了"身体"和"性自主权"，在爱情、婚姻、社会生活中自我身份认知模糊，没有话语权，导致了"集体失语"。这些也正是拉斐尔前派诗歌女性叙事人物所体现出的失败的爱情、婚姻悲剧。

第一，爱情、婚姻中的话语权与"集体失语"。考察拉斐尔前派诗歌早中期的女性叙事人物（不包括虚构的希腊罗马神话故事人物和《圣经》故事人物），在底层社会主要从事放牧、挤奶、"摘苹果"等简单的体力劳动；中层社会的女性以"家庭天使"为主，有家庭教师，也有从事编辑工作，也有吟诗弄画者。她们总体很少参与政治活动，如选举，政府部门女性很少；经济上基本依靠男性，缺少独立性；社会生活活动中没有话语权，总体上处于一种"集体失语"状态。例如，克里斯蒂娜的女性叙事诗《王子的历程》《凄冷的夜晚》《梦幻》《小妖集市》等，西黛尔的《挚爱》《恋人已逝》《随风而去》和《爱恨交织》等。克里斯蒂娜的《王子的历程》，叙事主题为爱情婚姻，讲述了新娘（公主）没有与其身份相当的选择权和影响力，被困在城堡中，像被囚禁在金子做的鸟笼里，无助地等待着被施舍的婚姻和幸福，最后在绝望中郁郁而终的"故事"。"影子"新娘从始至终未发一言，始终处于"失语"状态，例如，《王子的历程》第一节。

> 等到香枫与果汁飘香，
> 等到蓓蕾怒放，
> 岁月匆匆流淌。
> 睡了醒、醒了睡的新娘，
> 不见翘首以待的新郎，
> 但闻暗自啜泣与神伤。
>
> "寒来暑往，多少时日还需等待，
> 伟岸的王子才会赶来？"
> （她的侍女们答道）"定有高山阻碍，
> 定有长河挡道。安睡吧，入梦吧，别醒来。
> 安睡吧，我们会压低钟响，
> 有梦总比啜泣强。"

《王子的历程》创作于 1861 年 10 月 11 日，1863 年 5 月发表于《麦克米兰杂志》，手稿现存于大不列颠图书馆。①在这首长诗中，女诗人讲述了新郎（王子）迎娶新娘（遥远国度的公主）的爱情婚姻"故事"。故事模仿了《天路历程》的叙事结构，开篇就

---

① 袁欣,2011.骑士精神的消亡与维多利亚时代女性的困境——《王子出行记》评析.安徽师范大学学报（人文社会科学版），38（1）：91-97.

是等待，"岁月匆匆流淌……不见翘首以待的新郎"，新娘作为维多利亚时代的女性，虽贵为公主，但并无婚姻自主权，寒来暑往，除了睡觉，就是等待，"多少时日还需等待"，除了"暗自啜泣与神伤"，没有任何话语权，始终处于失语状态。

再如，中间两节，讲述王子似乎听到缥缈的哭声从远方传来，责骂的哭声，犹如鼓角催促他再踏征程，哀怨的哭声耳畔喧腾：

> 有生命吗？灯枯油干，
> 有希望吗？心上人的脚步如此缓慢。
> 早已许下的姻亲诺言，
> 何时才会兑现？
> 她曾以泪洗面，
> 而今是生还是死？睡得昏昏然。
>
> 是生？是死？她
> 如一朵枯萎凋零的百合花，
> 似一只濒临渴死、气息奄奄的鸟啊，
> 像一株可爱的葡萄藤失去支架，
> 又如一棵树，主人对它发狠话：
> "今日砍掉它。"

女性的生命权、健康权得不到应有的尊重。新娘的生命似乎走到了尽头，"灯枯油干"，就"如一朵枯萎凋零的百合花，似一只濒临渴死、气息奄奄的鸟啊，像一株可爱的葡萄藤失去支架"，又如一棵即将被砍掉的树，生命似乎走到了尽头，面临着哈姆雷特式的"是生？是死？"的抉择。维多利亚早期的女性在婚姻中也是处于失语状态。被动等待的婚姻令新娘倍感失望，心上人迟迟没音信，不知"早已许下的姻亲诺言，何时才会兑现"，当时的婚姻就是女人的精神支柱，失去灵魂的躯壳，生死对她也不再重要，没有希望，没有婚姻自主权，没有话语权，只能"睡得昏昏然"。

在《王子的历程》的最后部分，克里斯蒂娜采用惯用的"独白体"，讲述"得意洋洋"的王子最后终于来到"王室"，"奔向宽大的金色门廊，去找海誓山盟的新娘"，然而当他"轻启金属般僵硬的窗帘"时，"眼前的景象吓得他魂飞魄散"，新娘已经离开了凡间，"蒙面人抬着她，匆匆而去，没有喧哗，只闻见没药（制作香料的植物）香在空气中弥散，只听到新娘的名字吟咏颂赞。新娘赞歌越唱越响，远胜火把的火焰光亮"，然后就是六节"独白体"的挽歌。

> 太晚，爱情已逝；太晚，欢愉难留，
> 太晚，太晚！
> 你在路上耽延太久，
> 你还在门口逗留。
> 受蛊的鸽子立于枝头，
> 孤独死去，没有配偶。
> 受蛊的公主在她的塔楼，
> 沉睡，安息于格栅窗后，
> 她内心充满渴求，
> 你害她苦等没盼头。
>
> 若是十年前，五年，
> 哪怕是一年前，
> 甚至是你能按时赶到，
> 而不耽延，
> 你就能看到她的音容笑貌，
> 可惜你再也无法看到。

冰冻的泉水本可喷发，
花蕾本会生花发芽，
温暖的南风苏醒后将把
冰雪融化。

她倒下还那么妩媚？
曾经的她多么美丽，
金粉点缀金发，即使做女皇，
她配得上任何高贵的国王。
而现在卷发上罂粟花飘洒，
她一定佩戴了白色罂粟花。
轻纱遮覆面庞，
脸上镌刻渴望，
抑或最终所愿得偿
而擦除了哀伤？

从未见她嫣然欢笑，
从未见她蹙眉生恼，
她的床好像从来不觉得柔软，
尽管铺满羽绒锦缎。
她无心打扮，
无意长袍短裙花环。
美丽的花冠下，
愁白了的娥眉，隐隐作痛，
漂亮的棕发中，
抽出的银丝，徐徐飘动。

从未听她语气急躁，

从未听她语调烦扰，

言行自己，

举止得体，

滚滚红尘的喧嚣，

无法搅扰她内心的静谧。

手不曾慌，

脚不曾忙，

不曾欣喜若狂，

不曾遇事慌张。

昨日，她床上奄奄一息，

你就该为她哀伤悲泣。

今日，她已升天，

你为何泣涕涟涟？

不，我们爱她就不该怵表哀婉，

该为她高贵的头顶戴上花冠。

让我们剪下罂粟花，

后将罂粟花飘洒，

你的玫瑰太妖艳，

绝不为你留残念。①

  维多利亚时代女性所面临的爱情与婚姻的困境，是克里斯蒂娜诗歌的主要叙事内容，是其爱情观与爱情悲剧意识的表征。《王子的历程》，作为一首女性叙事长诗，是克里斯蒂娜借用《天路历程》的叙事结构，以戏仿的手法改写自《睡美人》的悲剧式的爱情书写。最后所引 6 节译文共 60 行（正文 480—539 行），本身也

---

① 朱立华译自 *Selected Poems of Christina Rossetti*. London: Wordsworth Editions Ltd., 1994: 28.

可以独立成为一首挽歌。王子在迎亲的历程中，遭遇了种种诱惑，如挤奶女工的邂逅与挽留，鲜奶的诱惑；洞中老怪邀请留宿，神药的诱惑；漫漫河水的阻隔，温柔的诱惑；游过了长河，翻越了高山，最后终于到达王宫，然而一切都太晚了，新娘苦苦等待王子来迎娶自己未果而郁郁而终。克里斯蒂娜在最后6节改变了叙事者（"语者"）。从文中可以推测，叙事者应该是公主的一位侍女，向王子（"你"）讲述了受蛊的公主就像"受蛊的鸽子立于枝头，孤独死去，没有配偶"，"在她的塔楼，沉睡，安息于格栅窗后"。诗人眼中的女性（女尸）是美的："她倒下还那么妩媚？曾经的她多么美丽，金粉点缀金发，即使做女皇，她配得上任何高贵的国王。而现在卷发上罂粟花飘洒，她一定佩戴了白色罂粟花"；这样的美是抑郁的病态美："从未见她嫣然欢笑，从未见她蹙眉生恼，她的床好像从来不觉得柔软，尽管铺满羽绒锦缎。她无心打扮，无意长袍短裙花环。美丽的花冠下，愁白了的娥眉，隐隐作痛，漂亮的棕发中，抽出的银丝，徐徐飘动"；诗人眼中的女性是端庄善良的："从未听她语气急躁，从未听她语调烦扰，言行自己，举止得体，滚滚红尘的喧嚣，无法搅扰她内心的静谧。手不曾慌，脚不曾忙，不曾欣喜若狂，不曾遇事慌张"。然而如此美的女性却自始至终没有发出哪怕一丁点声音，始终处于失语状态，在床上奄奄一息，而最终"升天"。诗人将美毁灭，更能引起读者对女性处于"第二性"的"他者"身份的关注、同情和反思。虽然侍女对王子发出质问和哀怨："太晚，爱情已逝；太晚，欢愉难留，太晚，太晚！你在路上耽延太久，你还在门口逗留。""她内心充满渴求，你害她苦等没盼头。若是十年前，五年，哪怕是一年前，甚至是你能按时赶到，而不耽延，你就能看到她的音容笑貌，可惜你再也无法看到。""你为何泣涕涟涟？"最后表达了抗议，但"声音"微弱到几乎可以忽略："你的玫瑰太妖艳"，我们可要不起，我们"为她高贵的头顶戴上花冠"，撒上花瓣，但绝对不是为了给你留有任何的念想。通过悲剧式的女性爱情叙事，揭示维多利亚时代女性作为"第二性"的"他者"身份；通过爱情悲剧书写，表达诗人对于女性爱情、婚姻的人文关怀，间接表达出对于女性"集体失语"的焦虑。

再如克里斯蒂娜的另外一首诗《凄冷的夜晚》：

夜深人静时我默默起床，
独自走向格栅窗，
寻找母亲的魂灵，
地上倾泻幽灵般的月光。

我的朋友一个个倒下，
中年的，年轻的，年老的
与那些冷酷的朋友相比，
魂灵对我更温暖。

终于看见了魂灵，我瞅啊瞅，
星星点点分布在平原和山丘。
他们立在皎洁的月光之下，
但地上却没有他们的影子，
他们说话但没有一点声音，
他们跳跃但没有一点声响。
我喊道："哦，亲爱的妈妈。"
我哭道："哦，慈爱的妈妈，
请为我做一张孤独的床，
一张不受风吹雨打的床。

告诉他们不要来看我，

不分白天和晚上。
但我无须告诉朋友，
叫他们一定去避让。"

妈妈抬起她的眼睛，
眼神空洞，什么也看不清，
而目光却紧盯着我，
似乎注视着我。

她张开嘴说话，
我一个字也听不见，
我的肌肉在骨头上颤动，
我的每根头发都被搅动。

她知道我听不见
她说的话，
我是长久地等待，
还是很快去睡觉。

我见她甩动没有影子的头发，
在寒冷中绞着双手。

我竭力想听懂她的话，
她竭力让我听懂她，
但我伸长的耳朵，
从未听到一句话。

从半夜到鸡叫，

我痛苦地守望，
缥缈的魂灵变得更加缥缈，
远去的身影使暗夜更忧伤。

从午夜到鸡叫，
我望着直到一切都去了，
有些人长眠在汹涌的大海里，
有些人在长眠草皮和石头下。
活着的失败，死了的也失败，
我仍是孤独一人，多么无奈。

女诗人在这首诗中，以第一人称内聚焦叙事视角，讲述叙事者"我"午夜起床寻找母亲的灵魂，倾诉衷肠，而母亲几乎处于失语状态，虽然张嘴，但根本听不见她的"声音"。"我"夜深人静时默默起床，月光幽灵般倾泻在地上，"独自走向格栅窗，寻找母亲的魂灵"，最后"终于看见了魂灵，我瞅啊瞅，星星点点分布在平原和山丘。他们立在皎洁的月光之下，但地上却没有他们的影子，他们说话但没有一点声音，他们跳跃但没有一点声响"。"我"哭喊着"亲爱的妈妈"，请为我做一张不受风吹雨打的孤独的床，而"妈妈抬起她的眼睛，眼神空洞，什么也看不清，而目光却紧盯着我，似乎注视着我。她张开嘴说话，我一个字也听不见"。"母亲"作为女性叙事人物意象，其实就是一个"没有影子"的"影子"，和《王子的历程》中的女性叙事人物"新娘"一样，不仅无法发出自己的"叙事声音"，失去话语权，甚至失去了自己的生命权，变成了没有影子的魂灵，揭示早期维多利亚时代女性的生存状况，表征拉斐尔前派女性叙事诗歌中的女性人文关怀。

第二，"身体"关系不平等和身份意识模糊。在拉斐尔前派诗歌的女性叙事中，男女"身体"关系的不平等，以及女性对身份的模糊认知，也是其诗歌常见的叙事核心。一方面，女性的"身体"受到来自男性世界的暴虐，如《小妖集市》中小妖们"将她推搡，将她踩踏，将她肘击，将她拽拉，他们用指甲挠抓……撕碎她的衣服，弄脏她的长裤，连根扯断她的头发，在她柔嫩的双脚上踩踏"，捉住她的手并将他们的"禁果式"水果硬塞到她的嘴里让她吞下，而女性则毫无还手之力。另一方面，对于女性身体的写作和阅读，即使是女性诗人，其所使用的语言本质上也是男性语言，是男权意识的载体，承载着男权价值观。在男性语言里，女性无法发出自己的"声音"，缺乏身份意识，没有自己的价值立场及其具体的传达形式，揭示女性的生存困境。例如，克里斯蒂娜的宗教寓言儿童诗歌《小妖集市》就体现出女性主义特征：

> ……
> 劳拉身体冰凉像石头
> 当得知只有她姐姐能听到叫卖声，
> 那小妖的叫卖声，
> "来买我们的水果吧，来买吧。"
> 难道她再也买不到如此可口的水果吗？
> 再也找不到如此肥美的牧场
> 而变聋变瞎？
> 她的生命之树自根部枯死，
> 内心的剧痛使她憋不出一个字，
> 唯有凝望着黑暗，两眼一抹瞎。
> ……
> 直到劳拉日渐消瘦，
> 一脚就要踏进鬼门关的时候，
> 莉齐不再考虑后果
> 是好还是孬，

而将一便士银币装入钱包，
吻过劳拉，穿过荆豆丛生的石楠树林，
黄昏时分，她停留在小溪旁，
于是第一次在她人生中
开始了倾听和观望。
当小妖们侦查到她在偷看，
他们个个都在窃笑，
朝她走来，或步履蹒跚，
或轻飞，或急奔或欢跳，
或吁吁气喘，
或轻笑，或拍掌，或欢叫，
或咯咯地笑，或嘎嘎地叫，
或蓄乱发，或扮鬼脸，
作势装腔，
或把脸抻得歪歪斜斜，
或一本正经板着苦脸。
……
他们开始挠头，
不再喋喋不休，不复叽里咕噜，
很显然表示了不满，
时而嘟哝，时而咆哮。
一个说她傲慢，
乖戾，没礼貌。
他们的音调越来越高，
他们的模样非常凶暴。
他们甩着自己的尾巴，
将她推搡，将她踩踏，
将她肘击，将她拽拉，

他们用指甲挠抓，

在吠叫，在喵叫，在嘶鸣，在嘲笑，

撕碎她的衣服，弄脏她的长袜，

连根扯断她的头发，

在她柔嫩的双脚上踩踏，

捉住她的手并将他们的水果

硬塞到她的嘴里让她吞下。

……

劝诱她，挑逗她，

威逼她，哀求她，

抓挠她，掐捏得她浑身发紫如墨水，

踢打她，敲打她，

暴虐她，嘲弄她，

但莉齐一个字也没吐露，

也绝不会将朱唇微启，

以免他们给她塞入满嘴水果，

但内心窃喜因为她感觉到滴滴

果汁涂满了她整个面颊，

她酒窝里还存有残留物，

脖子上流下的条纹抖得像凝乳。①

　　这是一首儿童叙事诗，也是一篇神话寓言故事。第一小节中，姐姐莉齐警告妹妹劳拉不许买小妖的"禁果"，另外一个女孩珍妮就因为吃了小妖的"禁果"而香消玉殒，她的生命也就此画上了句号；第二小节中，警告为时已晚，妹妹劳拉已经身体冰凉像石头，生命之树自根部枯死，一脚就要踏进鬼门关；第三小节中，

---

① 朱立华译自 *GOBLIN MARKET AND OTHER POEMS*. New York: DOVER PUBLI-CATIONS, INC., 1994: 1.

为了拯救妹妹，姐姐决定冒险去找小妖；第四小节中，姐姐遭到小妖的虐打。诗人通过女性叙事意象的构建，揭示了男女身体的不平等关系：女性时常面临来自男性世界的诱惑，象征着男性世界的小妖，"每个黄昏和清晨，两少女总能听到小妖的叫卖声"："来买吧，来买吧"，这种"禁果"式的意象叙事，讲述了面对诱惑，姐姐坚守情操、妹妹不幸堕落的故事；揭示了小姐妹和小妖的身份地位与权力关系的不对等，以及女孩缺乏"第二性"的"他者"身份的认知和自我身份的构建。当然，诗歌的最后姐姐的反抗挫败了小妖，这种女性自我意识的觉醒另有详述。

第三，经济地位的不平等。克里斯蒂娜的诗歌同样体现出女性不平等的经济地位，例如《小不点老公》，采用戏谑化叙事，讲述了一个女人，向老公要钱，却遭到了拒绝。虽然话题并不严肃，但也可以看出维多利亚女性被禁锢在家庭之中，生儿育女，经济地位无法独立，这也算是一个"女性问题"。

> 小不点老公，
> 给我一点钱，
> 我没有糖果，
> 我没有蜂蜜。
> 小不点老婆，
> 我可没有钱，
> 吃不起牛奶、肉、面包，
> 买不起糖果、蜂蜜。①

---

① 朱立华译自 https://www.poemhunter.com/poem/wee-wee-husband/

第二节 拉斐尔前派诗歌的"自我身份"叙事

维多利亚时代社会经济的发展进一步促进了女权运动的发展。女性地位经历了从"他者"到"自我"、从"第二性"到主体性、从"集体失语"到"叙事声音"的转变。女性社会地位的变化也体现在拉斐尔前派诗歌的"女性叙事"变异艺术之中。如前所述,斐尔前派诗歌的"女性叙事"变异受到了当时社会、文化和宗教等现代性生成语境的影响,其诗歌的女性叙事模式发生了从"集体失语"转向"自我意识觉醒"的叙事变异。拉斐尔前派诗歌的女性叙事变异艺术的核心聚焦:其一是"他者"到"自我"的转化;其二是"集体失语"到发出"叙事声音"的转化。"女性叙事"变异的动因:女权运动的影响、女性教育权和就业机会改善的影响,以及法国大革命中"自由、平等、博爱"思想的影响;女性双重道德标准的反驳,女性反抗意识与自我意识的觉醒(主要是中产阶级女性的觉醒),以及"弥尔顿时代"之后女性受教育意识的觉醒等。

一、自我意识觉醒的"身份建构"

维多利亚时代中后期,英国女性的自我意识开始觉醒,希望改变其"他者"身份,构建主体性的身份地位,赢得男女平等的话语权,发出自己的"叙事声音"。随着维多利亚时代社会急速发展,人们自由思想的发展以及少数知识女性的觉醒,越来越多的女性意识到自己的社会价值。社会的发展也使得女性接受教育和进入公共社会空间机会增加,使其敢于反叛传统道德、追求爱情和性自主权,自我意识不断觉醒,也体现出女性从"第二性"到主体性的身份转化。

首先，在女性主义理论构建方面，波伏娃在《第二性》提出的女性研究理论，推动了女性主义第二次浪潮的发展。根据刘岩（2016）的研究，第二次浪潮期间的女性主义理论家广泛接受了波伏娃的女性"他者"地位相关论述。其一，在对父权文化的集体批判基础上，她们继续梳理与解读男作家所构建的女性叙事意象，分析女性对于"家庭天使"这一典型的他者社会身份的认知困惑；提出两性关系本质上是政治，具有权力结构关系，即一群人通过这些关系被另一群人所控制（男性群体对女性群体的控制）；揭示男作家如何把女性人物客体化，女性对自身存在价值的认知，以及传统性别角色和社会分工给女性生存带来的局限和桎梏。其二，"性别"认知。波伏娃对于性别的生理属性和社会、文化属性的区分导致"gender"（"性属"或"社会性别"）这一概念的出现，从而把原有的"sex"（"性别"或"生理性别"）一词限定在生理意义层面，将性别从生理属性扩展到社会、文化属性，推进了人类对于性别的认识，呈现了性别的多重维度，揭示了性别权力关系的社会文化根源，改变了女性对自己家庭角色的认知，反驳了对女性固有的传统性别认知与性别偏见。其三，波伏娃认为，在男权社会中，被边缘化的女性作为一个特殊社会阶层无法分享共同历史文化传统，这些观点在后来的女性主义理论家那里发展而成对于姐妹情谊和母女关系的格外关注，以期增强女性间的血缘和文化纽带，加强对抗父权文化的集体力量。其四，波伏娃分析了女性性心理和性经验，为后来的女性主义理论家建构女性主体理论提供了生物学基础，她们一方面对以弗洛伊德为代表的精神分析学派针对女性性心理所做的定义进行了群体式抨击，另一方面也试图基于女性独特的生理特征来建构"女性书写"和"女性批评学"等学说，全方位确立女性的主体地位。其五，波伏娃在《第二性》结语中描绘出两性平等的理想关系，对女权运动第二次浪潮具有一定的推动作用，寻求"差异中的平等"成为后来女性主义理论的主旋律。由此，世界范围的女权主义在整体诉求上进入了一个崭新的阶段。尊重两性差异是波伏娃在著作结语中描绘的理想，也是激发后续女性主义理论展开深入论述的基点，它显示出女性主义的发展更加趋于尊重人的权利，更加细腻地勾勒自由的边界，从而使性别主体落实到人的本质，实现终极的人文关怀；对于女性第二性到主体性的身份建构、女性争取话语权、女性的自我意识觉醒，以及社会地位的提高起到了很大的促进作用（刘岩，2016：88-99）。

其次，在女性社会变革方面，法国资产阶级提出的"自由、平等、博爱"思想的影响，英国女性解放运动、女性平等教育权、政治改革的影响等都推动了英国女性主义运动，促进了女性自我意识的觉醒和自我身份的建构。

法国著名思想家伏尔泰、孟德斯鸠、卢梭、狄德罗等开启了法国启蒙运动，争取人权、追求自由、弘扬理性和发展科学。思想启蒙导致民众的普遍觉醒并诉诸行动，引发了轰轰烈烈的法国大革命。在这场革命中，新生的中产阶级提出了"自由、平等、博爱"的口号。此时，女权运动也在欧洲兴起了第二次高潮，而新兴的中产阶级妇女是该运动的主要力量，她们利用这一口号，作为争取男女平等的理由，提出妇女生来就是自由人、和男人有着平等的权利的宣言。之后，维多利亚时代英国中产阶级女性解放运动也悄然兴起。早期女权运动者玛丽·沃斯通克拉夫特所著的《女权辩护》（*A Vindication Of The Rights Of Woman*），针对妇女的平等受教育和受平等的教育等问题展开了辩护，极力争取女性在教育及其他方面的平等权利。中产阶级妇女逐渐争取到受教育的机会，自我意识开始觉醒，开始关注自身的"身份建构"。一些先知先觉的知识妇女纷纷拿起从前只属于男性世界的笔杆，首次在人类历史上以全新的意识和话语构建全新的女性叙事意象。同时，社会的变革也促进了女性自我意识觉醒后的"身份建构"，例如，三次议会改革，儿童监护法、婚姻和离婚法的颁布，以及一系列的工厂法、济贫法和公共卫生法的实施等。

在此社会语境之下，拉斐尔前派诗人也开始通过女性叙事，重构自我意识不断觉醒的现代新型女性叙事意象，实现现代女性的"身份建构"，争夺话语权，力争发出自己的"叙事声音"，表达对女性新形象的赞美、崇拜和对女性的人文关怀。这些新型女性叙事意象主要包括姐妹意象，如《小妖集市》中反抗小妖的姐妹莉齐和劳拉、《少女之歌》中勇敢追求爱情的快乐三姐妹；新娘意象，如《莫德·克莱尔》中的新娘、《忆沃尔特·兰道》中的新娘；圣母意象，如《圣诞颂歌》中亲吻耶稣的圣母、安居在"那片小树林里"的圣母；天使意象，如《基督徒和犹太人》和《圣诞颂歌》中的大天使、小天使与六翼天使；平民女性意象，如《王子的历程》中的挤奶女工、侍女，以及《两次》中皈依上帝的虔诚女孩等。这些女性叙事意象，改变了维多利亚时代父权制下，女性作为男性社会旁观者的形象定位和男性话语权下的女性意象边缘化的状态，女性从第二性的"他者"身份到自我意识觉醒的身份构建，从集体失语到女性话语权的争取，重构了全新的、敢于追求爱情且自我意识不断觉醒的具有现代女性意识的新形象，显示了拉斐尔前派诗歌的女性叙事从"集体失语"到"自我意识觉醒"的叙事变异艺术。当然其诗歌与双性同体、话语、性欲、空间等女性主义研究也需关注。

二、女性叙事诗歌的"叙事声音"

拉斐尔前派的两位主要女性诗人为克里斯蒂娜和西黛尔。但同时期英国维多利亚诗坛上还出现了十多位女性诗人，如勃朗宁夫人，以及艾米莉·勃朗蒂、乔治·艾略特（真名 Mary Ann Evans）、迈克尔·菲尔德（真名 Katharine Harris Bradley）、菲莉西亚·赫曼斯、阿德莱德·普罗克特、罗莎蒙德·华生、弗吉尼亚·缪等，她们创作了数千首诗歌，在英国诗坛上，她们确实发出了自己的"声音"，也确立了维多利亚女性诗歌在英国诗坛的地位，当然她们有人为何不用女性真名也值得思考。

波伏娃在《第二性》中提出，女性为了要做一个和男性一样平等独立的人，她就一定要走进男人的世界，正如男人也要走进女人的世界一样。一切应该是完全对等的交流。维多利亚中后期，受到波伏娃女性主义思想和女权运动的影响，也受到法国大革命的"自由、平等、博爱"纲领的影响，维多利亚女性，尤其是中产阶级的女性，自我意识开始觉醒，逐渐开始从之前的"第二性"的"他者"身份，转向"自我"（或译"我者"）身份的构建，从"集体失语"到"叙事声音"的发出，最终在教育、就业、婚姻，乃至选举等诸多方面，逐渐走向男性主宰的世界，并赢得了一定的平等自主权利，争取到了一定的话语权，发出了自己的"叙事声音"。拉斐尔前派的中后期诗歌的"女性叙事意象"改变了维多利亚时代父权制下女性的传统角色定位和男性话语权下的女性边缘化的状态，女性不再是第二性的"他者"，不再处于"失语"状态，而是重构的、敢于追求爱情且自我意识不断觉醒的具有现代女性意识的全新叙事意象。这些女性叙事意象，在爱情、婚姻、身体以及"性自主权"等叙事主题下，发出女性应有的"叙事声音"，自我意识不断觉醒，不断争取话语权，并最终实现男性与女性在社会各个领域的平等。

第一，"姐妹"女性意象的"叙事声音"。拉斐尔前派诗歌所构建的女性叙事意象，多数以"我"作为叙事者，代表女性，讲述爱情婚恋等方面追求自由平等的故事，同时也有部分女性叙事人物对象，即叙事意象是明确具体的，其中"姐妹"就是一种明确的女性叙事意象，参与了社会活动。当时，维多利亚时代中期的女性解放运动如火如荼，"英国女性索要正当的权利，走出家门，服务于更广阔的社会领域，主要动力之一即是女性在精神上的自立"，精神自立，标志着自我意识的觉醒和自我身份的建构（傅燕晖，2018：32-42）。拉斐尔前派女诗人克里斯蒂娜作为"拉斐尔前派姐妹会"的一员，在其女性叙事诗歌之中，成功地构建了一些"姐妹"女性叙事意象，在追求爱情婚姻中，发出了自己的"叙事声音"。例如，克里斯蒂娜的《少女之歌》的第一部分。

> 久远的年代之前，
> 更久远年代之前，
> 三位快乐的少女，
> 住在远处的山上。
> 个头高挑的梅根，
> 精致、优雅的梅，
> 美丽的玛格丽特，
> 美啊，妙不可言，
> 久远的年代之前。
>
> 梅根摘了刺玫瑰，
> 梅揪了野蔷薇，
> 多半的飞鸟飞来打量，
> 多半的走兽前来端详，
> 多半的溪中鱼儿，
> 飞快地游来大加赞赏。
> 玛格丽特摘了朵儿旗花，
> 摘了朵红似火的罂粟花，
> 那些走兽和飞鸟，
> 那些游鱼儿，
> 来到她柔软似雪的手中。

草莓嫩叶与五月露珠，
沐浴在空气清新的早晨，
草莓嫩叶与五月露珠，
让少女更加动人楚楚。
一天，梅根说道：
"我去把草莓叶采摘，
美丽的玛格丽特在家等待，
但是，梅，你跟我来；
上山，下山，
沿着蜿蜒曲折的山路，
你我早已驾轻就熟。"
这两姐妹，白皙漂亮，
怀揣朴实纯真的愿望，
绕着这世代居住的小山，
上山，下山，往来复返。
此刻，玛格丽特，美貌无双，
独坐家中，宛若女王，
如羞涩的玫瑰，似皎洁的月亮，
洋溢着神圣的光芒，
散发出牛奶般的馨香，
或田野中豆花的芳香，
她生来小鸟依人，
优雅犹若常春藤，
坐在那，哼着歌儿，补补缝缝。

她的明眸向上看看，
一只小动物在门口窥探，
她的明眸向下瞅瞅，

一条小鱼儿在地上喘气，
她的明眸向外瞧瞧，
窗台上落一只小鸟，
鸣出爱的心声，
鸣啭啁啾，
低沉的祈求。

梅、梅根，步态轻盈，
寻找最合适的地方，
长满一片片的百里香。
此刻，天气愈加闷热，
她们坐下小憩，怡然自乐，
文静典雅，温婉大方。
可爱的少女或远去，或来到近旁，
而玛格丽特没在这个地方，
她正独坐家中缝衣、吟唱。

夕阳映红了她们秀丽的面颊，
清风抚弄着她们飘逸的秀发，
草丛里爬行的小动物，
对她俩这儿挠挠，那儿摸摸。
梅根吹奏欢快的小曲，
随性吹奏，时断时续。
鸟儿在树梢上啁啾，
梅也在欢快地吹奏，
甜蜜优雅宛如清流。①

---

① 朱立华译自 https://www.poemhunter.com/poem/maiden-song/

全诗共 20 节，230 行，包含 4 部分，克里斯蒂娜描述了三位美丽的女孩梅根、梅和玛格丽特在山上采花，而某一天梅根让玛格丽特看家，她和梅去采摘草莓叶。山上，梅根勇敢地和牧牛人恋爱，山下，梅大胆地和牧羊人牵手，家中玛格丽特答应了国王的求婚。三个女性摒弃了维多利亚的"假正经"的忸怩之态，勇敢大胆地争取自己的婚姻自主权，"性自主权"，发出了自己的"声音"。身份角色从男性世界的旁观者、"他者"转换到参与者、"自我"，实现了自我意识的觉醒和自我身份的构建。在第一部分，克里斯蒂娜以第三人称外聚焦叙事视角，对梅根、梅和玛格丽特三个美丽的女孩进行女性叙事。叙事时间为久远年代的一个早晨，叙事空间为山上、山下，叙事主题为爱情。女诗人成功构建了气质"高贵典雅""温婉大方""甜美清纯""宛若女王""像太阳一样明亮"的女性叙事意象，表达对女性的赞美：高挑的个头、高雅的仪态、闪动的眼波、秀丽的面颊、激情的香唇、飘逸的金发、扬起的圆颈、轻盈的步态，神态逼真、形象鲜明。对女性身体的阅读与写作、对女性意象的赞美是女性主义的重要特征之一，女诗人正是通过女性叙事意象的构建、女性意象之美的书写、劳动女性的赞美，体现出诗人的女性主义思想和对女性的人文关怀。

在该诗的第二部分：

> 山谷中，牧牛人匆匆而上，
> 势如烈焰，锐不可当，
> 卷发飞飘，
> 如火光闪耀。
> 没向北看，不向南瞧，
> 没向东瞅，不向西瞄，
> 他只坐在梅根的脚下，
> 如相思鸟栖息在鸟巢，

无声敬畏中，追求她，
无言惆怅中，追求她。
她的歌，湿润了他的眼睛，
唱出了他的心声，
他爱上了她，温情地倾听。

她唱出了他的心声，
敲开了他的心扉，
他似乎手脚不动，脉搏不起，
直到她的歌声停息。
他立起身来，
用简朴诚挚的话语表白：
"我没有什么礼物给你，
不会花言巧语追你，
但我有拼搏的毅力，
有颗赤诚的心给你，
我去或留取决于你。"

梅根暗自思量：
"跟着他，我就是老大，像女王，
胜过玛格丽特待的地方，
她的光芒使我黯淡无光，
不管我多么漂亮，
我只能是老二，只要有她的地方。
我将是他挚爱的女人，
我是他宠爱着的女人，
我是他牧群的女主人，
我在家和他夫唱妇随，

将小孩养大牛儿喂肥。"

　　第二部分主要讲述梅根与牧牛人的爱情故事。牧牛人从山下"匆匆而上，势如烈焰，锐不可当，卷发飞飘，如火光闪耀"，如此威猛的男性却静静地坐在梅根的脚下，"如相思鸟栖息在鸟巢"，"没向北看，不向南瞧，没向东瞅，不向西瞄"，只是在"无声敬畏中，追求她，无言惆怅中，追求她"，"他爱上了她，温情地倾听"，因为"她的歌，湿润了他的眼睛，唱出了他的心声"，"她唱出了他的心声，敲开了他的心扉"。牧牛人"用简朴诚挚的话语表白"，向梅根表达了爱慕之情："我没有什么礼物给你，不会花言巧语追你，但我有拼搏的毅力，有颗赤诚的心给你，我去或留取决于你。"此刻，梅根和男性牧牛人处于平等的地位，有自己选择的权利，可以发出自己的"叙述声音"：妹妹玛格丽特比她更漂亮，总是使她黯淡无光，她总是老二，要是她跟了牧牛人，那么"我就是老大，像女王"，"我将是他挚爱的女人，我是他宠爱着的女人，我是他牧群的女主人，我在家和他夫唱妇随，将小孩养大牛儿喂肥"。

　　在第三部分：

　　　　牧羊人匆匆而下，高坡上，
　　　　向下俯瞰，
　　　　（后面紧跟白色的小羊，
　　　　驱赶它们的是爱情和牧羊杖）。
　　　　没有朝东，没有向西，
　　　　没有朝北，没有向南，
　　　　他跪在梅面前，
　　　　爱上他吟唱甜曲的小嘴儿，
　　　　忘了他气喘吁吁的羊群儿，

在久旱、干裂的山坡上，
忘了自己的幸福或忧伤。
她的歌儿时而温婉时而悠扬，
她的性格时而扭捏时而开朗，
声音颤动迷惘，
顿挫抑扬。

似清澈溪水潺潺，
如嘤咛蜜蜂温婉，
像狂野寒风惊颤，
孤独地穿越林间。
似林鸽情意绵绵，
将爱情深藏心田，
然而你的秘密并不安全，
咕咕声暴露了藏身地点，
音符流淌或高亢或低缓。

他吻住了她，上气不接下气，
虽口不能言，但听得很清晰，
不言，不思，不想，
时空陷入一片沉寂。
终于他伸出双手，开始说话，
这儿指指，那儿画画：
"瞧瞧我的绵羊，还有小羊，
它们生了双胞胎小羊。
我的爱，我的羊，
我的一切都给你，
你甜美的歌打动了我。"

> 青春的梅芳心萌动，
>
> 迟疑了一会儿，暗自思忖：
>
> "如果他像说的那样爱我"，
>
> 嘴角上泛起了一抹笑，
>
> "玛格丽特像耀眼的太阳，
>
> 而我就像黯淡朦胧的月亮。
>
> 如果梅根姐姐做出选择，
>
> 我也马上做出选择。
>
> 鸡叫时我们还是未婚姑娘，
>
> 中午时我们成了别人新娘。"
>
> 梅根说"是"，梅也没说"不是"。

在这部分，克里斯蒂娜主要讲述梅与牧羊人之间的爱情"故事"。牧羊人从高坡上"匆匆而下"，他"没有朝东，没有向西，他径直跪在梅面前，爱上他吟唱甜曲的小嘴儿"。女诗人对梅的身体书写，体现了其对女性的赞美，体现了其女性主义思想："她的歌儿时而温婉时而悠扬，她的性格时而扭捏时而开朗，声音颤动迷惘，顿挫抑扬。似清澈溪水潺潺，如嘤咛蜜蜂温婉，像狂野狂野寒风惊颤，孤独地穿越林间"。牧羊人没能将情意绵绵的爱情深藏心田，而是"吻住了她，上气不接下气"，允诺"我的爱，我的羊，我的一切都给你，你甜美的歌打动了我"。而面对爱情，"青春的梅芳心萌动"，做出了自主选择，发出了自己的"叙事声音"："如果梅根姐姐做出选择，我也马上做出选择。鸡叫时我们还是未婚姑娘，中午时我们成了别人新娘。"

《少女之歌》的最后部分：

> 漂亮的玛格丽特独自在家，
>
> 一会儿吟唱，

一会儿静坐，暗自思量：
"姐妹们闲逛了太久。"
闷热的正午过了日头，
地上的影子变淡变长，
"当然，"她心里想，
"姐妹们闲逛的时间太长。"
她立起身，向门外张望，
耐着性子坚持在等，
远处飘来夜莺的幽叹，
那是在抱怨它的侣伴。
她沿着斜坡走下花园，
来到花园的小门，
斜倚着栏杆继续等。

她的双眸将那个斜坡点亮，
恰似夏日闪电的光亮，
像冉冉升起带光环的月亮，
将她闪光的头发照亮，
而她的脸像太阳一样明亮，
黎明闪现白玫瑰般的光亮。
她犹如加冕了权威的王冠，
凝视着夜色阑珊，
上下扫视着那座小山，
向左瞧瞧，向右看看，
好似荧光忽闪忽闪。

她疲惫地等待，
聆听那夜莺的倾诉，

如果有人留意，
这是个古老的幽怨故事。
她提高调门开始吟唱，
和鸟儿唱和。
她提高调门开始吟唱，
春天的鸟哪能够唱出，
像她如此美妙的音符。

那个国家的国王，
骑着他的带着琥珀嚼子的骏马，
时而跑到跟前时而奔向远方，
只听得马蹄飞扬阵阵声响。
后面紧跟着王室成员，
侍卫、骑士和贵族。
他头戴王冠，
手执权杖，
拜倒在玛格丽特膝下，
尊贵的国王，
躬身向她表达仰慕之情。

小动物、鸟儿、鱼儿，
聚拢过来，听到声响，
小伙儿，大姑娘，
来自周边十里八乡。
梅根挽着牧牛人的臂膀，
沿着小山的一旁，
梅和牧羊人相依相伴，
后面追着一群牛和羊。

爬坡时，没有谁脚步发软
没有谁脑袋晕眩，
脚步迅捷，毫无迟缓。

玛格丽特在家唱着歌，为她的姐妹，
为她们的美满姻缘，
为空中自由的小鸟，
为地上的小动物，
为浮游的小鱼儿，
为自由呼吸的生灵，
为远方的和近处的，
为她心爱的恋人，
为朋友也为敌人而唱歌。

为金色胡须的国王歌唱，
就在她的脚下，
为默默跪在那儿的他歌唱，
无论多么甜蜜，多么忧伤。
当清澈的歌声停息，
当绵延的回响停息，
他立起身，露出皇家的威严，
要求娶她为妻。
于是，在久远的年代之前，
在一个草率的五月中，
三位少女被求婚成功。①

---

① 朱立华译自 https://www.poemhunter.com/poem/maiden-song/

克里斯蒂娜在最后部分，主要讲述玛格丽特与国王之间的爱情"故事"。诗人同样对这一女性进行了赞美："她的双眸将那个斜坡点亮，恰似夏日闪电的光亮，像冉冉升起带光环的月亮，将她闪光的头发照亮，而她的脸像太阳一样明亮，黎明闪现出白玫瑰般的光亮。她犹如加冕了权威的王冠，凝视着夜色阑珊"。诗中的第三个男性"国王""骑着他的带着琥珀嚼子的骏马，时而跑到跟前时而奔向远方，只听得马蹄飞扬阵阵声响。后面紧跟着王室成员，侍卫、骑士和贵族"。第三个女性"玛格丽特"的身份地位很高，和男性处于平等地位，和其他两个姐姐一样，在爱情与婚恋方面赢得了自己的话语权，构建了自己的身份，发出了主体自我的声音，即便是尊贵威严、"头戴王冠，手执权杖"的国王，也"拜倒在玛格丽特膝下"，"躬身向她表达仰慕之情"。克里斯蒂娜通过构建三位女性叙事意象，表达赞美女性、崇拜女性的女性主义思想，体现了维多利亚中后期女性的社会地位的提高，体现了女性从"他者"到"自我"身份的建构、从"集体失语"到拥有话语权并发出"叙事声音"的转化，体现了拉斐尔前派诗歌的叙事变异艺术。

第二，"平民"女性意象的"叙事声音"。虽然克里斯蒂娜因宗教失去爱情，精神上受到打击，疾病使肉体受到折磨，诗歌中总幻想死亡以及天堂生活，但她并未悲戚、绝望，相反，其死亡书写持有明亮乐观的态度，生活的态度也是积极的，其诗歌之中也构建了一些生活中的平民女性叙事意象，赞美女性的勤劳与质朴，显示出她的平民情怀。例如，在《王子的历程》中，王子在迎娶新娘的历程中，由于不断受到各种诱惑和艰难险阻，耽误了日期，导致了新娘郁郁而终。其中挤奶女工和侍女的叙事中，诗人构建了一个可爱、俏皮而又大胆表白爱情的平民女性意象：她很直爽地提供了奶茶，但又索要报酬，不要黄金珠宝，不要丝绒外套，只要普通的白围巾，同时大胆地要求王子陪伴她一天。王子迈着"轻盈的步伐"，带着"欢快的笑容"，"行走了没多时刻，看到挤奶女工就感到了饥渴",“捧起奶桶，痛饮鲜奶”之后，本可以走，但看到美女眼睛里波光闪闪，和眼中的渴求，他选择了留。他给女孩黄金珠宝她都不要，只要求他在苹果树下，“整整一天陪我身旁”。有学者提出，苹果树这一“禁果式”宗教意象，很容易让人想到性爱和偷食禁果等。女孩敢于追求自己的爱情，有自己的话语权，成功留住了王子，他们在“苹果树荫下”，欢声笑语、互诉衷肠。这一女性意象不慕虚荣、不贪图钱财，勇敢大胆地表达自己的爱情，能把控身体与性自主权，拥有话语权，发出了自己的“叙事声音”。

> 他轻盈的步伐，欢快的笑容，
> 只见阶梯旁徘徊着一位挤奶女工，
> 她放下木桶，
> 片刻小憩，波浪般卷发的挤奶女工，白里透红。
> 王子行走了没多时刻，
> 看到挤奶女工就感到了饥渴。
> “可以给我来杯早茶？”
> “行啊”，她笑着回答。
> 他捧起奶桶，痛饮鲜奶，
> 把绸缎般的黑色虬髯擦了擦。
> “这头母牛最洁白，
> 你肯定喝了它的奶。”
> 是牛奶，还是奶油？
> 是美女，还是梦魇？
> 她的眼睛里波光闪闪。
> 他本可以去，但选择了留，
> 他看到了她眼中的渴求。
> 她说道“给我报酬”。

"我将给你黄金珠宝"。

"不，黄金又沉又冷，我不要"。

"我会给你一件丝绒外套，

来妆饰你的美貌。"

"我更喜欢我那轻柔的白围巾，

在我的香颈缠绕。"

"不，"他喊道，"你该得到报酬。"

她笑道："除非你九天揽月给我，

不然就在苹果树下停留，

整整一天陪我身旁。

然后我就让你走，

外面的世界多宽广。"

不愿留，趁她不备就要溜，

刚要走，忽而掉转头，

不愿失礼，不能溜走，

只为那高贵的信誉不可丢。

天空风卷黑云漫漫，

天际如焰红云，迸裂灿烂。

苹果树荫下，他四肢伸展，

躺着和那个女孩笑谈，

女孩的秀发编成精巧的花篮，

飘飘然，亮闪闪，如蛇尾回环。

从白天到夜晚，

他陷入她的圈套，无法摆脱缠绵。①

在《爱情花环》中，克里斯蒂娜同样构建了三位平民女性意

---

① 朱立华译自 https://www.poemhunter.com/poem/maiden-song/

象，叙事者"我"发出了"叙事声音"，其他两位叙事人物吉斯和吉尔只是作为参照。虽然"吉斯和吉尔两姑娘真耐看，举止得体，身材丰满，乌云般的卷发随风飘散"，但是"我心中当然有数，他爱我胜过卷发与珍珠"，"我一点都算不上漂亮"，"可爱情之神眷顾于我"；虽然"吉斯和吉尔能歌善舞，伴着清亮的歌声，像鸟儿一样翩翩起舞，发出欢快的笑声"，"可戴着花环的却是我"。在维多利亚"假正经"的时代，叙事者敢于大胆说爱，争取"性自主权"，敢于发声女性的声音，这也是拉斐尔前派诗歌从失语到发声的叙事变异艺术的表征。

> 吉斯和吉尔两姑娘真耐看，
> 举止得体，身材丰满，
> 乌云般的卷发随风飘散；
> 可是我心中当然有数，
> 他爱我胜过卷发与珍珠。
> 我一点都算不上漂亮，
> 身材瘦小，面色蜡黄；
> 当吃力地行走在街上，
> 我不需要面纱去遮挡，
> 可爱情之神眷顾于我。
> 吉斯和吉尔能歌善舞，
> 伴着清亮的歌声，
> 像鸟儿一样翩翩起舞，
> 发出欢快的笑声，
> 可戴着花环的却是我。
> 吉斯和吉尔终将婚配，
> 一定会，一定会，
> 过五月奔六月爱已成熟，

正该趁热打铁利用机会，
却假装正经放慢了脚步，
爱情之旅终究由我领路。①

　　第三，基督徒女性意象的"叙事声音"。克里斯蒂娜受家庭的影响而皈依上帝，成为虔诚的基督教徒，将自己的理想、信仰，寄托在自己构建的皈依上帝的虔诚女性叙事意象身上。例如，在其宗教叙事诗《两次》中，两次将自己的心捧在手里，想要奉献给上帝，第一次，不管叫我倒地或站立，还是让我活着或死去，不管遭遇多少艰难，都要把心奉献出去，而第一次心还没熟，却已破碎，但一心向主，从不退缩。第二次将心捧在手里，恳求上帝的评判，来"里里外外仔细察看：淬炼它的成色，涤除它的浮渣，将它置于你的掌控之下，以免别人摘走它"。女诗人以第一人称内聚焦的叙事视角，发出叙事者的声音：将自己的心捧在手里，将自己的全部奉献给上帝。通过皈依上帝的虔诚女性意象叙事，揭示女性在主的面前敢于发出女性声音，赢得了话语权，赞美诚心向主的基督教徒。

　　　　我把我的心捧在手里，
　　　　（哦，我的宝贝；哦，我的宝贝），
　　　　我说：不管叫我倒地或站立，
　　　　还是让我活着或死去；
　　　　这次一定听我讲，
　　　　（哦，我的宝贝；哦，我的宝贝）
　　　　可毕竟女人的话没分量；
　　　　你应该倾诉，而不是我。

---

① 朱立华译自 https://www.poemhunter.com/poem/a-ring-posy/

你把我的心捧在手里
带着友爱的微笑，
用苛刻的目光审视着，
然后把它放下说道：
"还没熟，
还得等等；
伴着云雀的鸣叫，
直等到谷物变黄。"
你放下它时，它已破碎，
它虽破碎，但我并未退缩；
我对你的言辞
你的决断一笑置之：
而自那以后，我难得一笑，
不再追问什么，
不再把野生的矢车菊放在心上，
不再陪着鸣啭的鸟儿欢唱。
我把我的心捧在手里，
哦，上帝；哦，上帝，
我手捧着破碎的心：
你已看见，你来评判。
我把希望写在流沙上，
哦，上帝；哦，上帝：
现在让你的判断生效，
对，把我评判。

这个受侮辱的人，
这个受伤害的人，不经意间，
把这颗心捧给你

来里里外外仔细察看：
淬炼它的成色，
涤除它的浮渣，
将它置于你的掌控之下，
以免别人摘走它。

我把我的心捧在手里，
我不愿死，我要活着，
我就站在你面前；
我就遂了你心愿：
我带来了我的一切，
我献给你我的一切，
你浅笑，我低吟，
谁也不去问究竟。①

此外，在《莫德·克莱尔》中克里斯蒂娜还构建了一个美丽的莫德·克莱尔与一个"邻家妹妹"的意象。

她跟着他们走出教堂，
步履盈盈，仪态大方，
他的新娘像乡村姑娘，
莫德·克莱尔则像女王。
……
"拿去我那份薄情的心，
拿去我那份吝啬的爱，
接受它或放弃在于你，
从此我将放手不再理。"

---

① 朱立华译自 https://www.poemhunter.com/poem/twice/

耐儿说："你不要的，我要，
你扔掉不穿的，我穿；
好歹他是我的一家之主，
我爱他，莫德·克莱尔。

莫德，虽然你个头比我高，
人又聪明，长得又好，
但我将爱他直至他最爱我，
所有人中最爱我，莫德·克莱尔。"[1]

小结

以上主要对拉斐尔前派诗歌的女性叙事变异艺术进行了实证分析。变异的关键词有二：其一为"声音"变异，即从"集体失语"到"叙事声音"的转化；其二为"身份"变异，即从"第二性"的"他者"身份到"自我"身份建构的转化。研究发现尚有几个问题需关注。第一，早期英国女诗人使用男性名字的思考。考察英语诗歌史发现，英国早期女性作家（更不用说诗人）人数很少，主要包括英国第一位以写作为生的职业女作家阿芙拉·贝恩，[2] 以及 18 世纪的亨利·菲尔丁的妹妹"蓝袜子"女作家萨拉·菲尔丁。原因在于维多利亚之前的父权社会文化语境中，文学创作被视为男性的特权，文学文本基本上都是男性文本，女性没有话语权，没有接受教育和进入公共社会空间的机会，只能生活在家庭的狭小空间之内。维多利亚时代，随着英国社会的发展，

---

① 朱立华译自 https://www.poemhunter.com/poem/maude-clare/
② 侯霞，2010. 欧美女性诗歌发展特色. 牡丹江大学学报，19（7）：16-18.

英国文坛上虽然出现了十多位女性诗人,但有些却用男性的名字,如乔治·艾略特,其真名为 Mary Ann Evans,迈克尔·菲尔德,其真名为 Katharine Harris Bradley,根源还是"女性问题"。

第二,叙事声音的发出者。叙事声音包括作者的声音、叙事者的声音,以及叙事人物(对象)的声音。在"集体失语"一节,主要针对叙事人物"对象"的集体失语状态,而在"叙事声音"一节的"声音"既有叙事者"我"的发声,也有叙事人物的声音,重在强调话语权。

第三,本章的研究重点:其一,女性主义叙事学的缘起与结构主义经典叙事学和女性主义文学批评的融合与互构,使单一的平面结构主义叙事学变成了立体的女性主义叙事学。其二,拉斐尔前派诗歌女性叙事变异艺术体现在"他者"到"自我"身份的转化、"失语"与"叙事声音"的转化、从"第二性"到"主体性"的转化。其三,女性的自我意识觉醒:女性"性自主权"意识与女性话语权与"身体"意识(如"腿"是不雅的,所以"桌腿"也被包住,女性长裙要盖过脚面等)。研究难点在于拉斐尔前派诗歌与双性同体、话语、性欲、空间等女性主义研究的契合问题。

第七章　拉斐尔前派诗歌在中国的译介与影响

> 拉斐尔前派艺术家在现代思想、文学、艺术和社会机体上留下来一些永久的痕迹。
>
> ——[英]威廉·冈特

> 拉斐尔前派文学本身就是一个值得专门研究的课题。
>
> ——[英]威廉·冈特

20 世纪 20 年代，西方唯美主义思潮对中国文学产生了冲击和影响，同时由于中国新文学自身发展的内在需要，一批青年学者，包括鲁迅和其弟周作人、郭沫若、郁达夫、田汉等从海外留学归来，将唯美主义传播到中国，也将拉斐尔前派诗歌译介到中国新文学之中，并对中国新文学运动产生了一定影响。通过梳理唯美主义的理论缘起、剖析唯美主义的诗学特征、实证研究拉斐尔前派诗歌、探微其诗学张力、管窥其发展流变发现，前派诗歌的唯美主义特征主要表现为艺术形式绝对化［如"诗画一律（诗画偏离）""形式至上""唯美偏至"等］与个人精神绝对化［如"灵肉合致（灵肉分离）""肉的灵化"等］，接受了拉斐尔前派与英国唯美主义文学艺术运动的渊源关系：共时性、同源性、同质性的影响。

唯美主义的诗学主题，即文学艺术自律、个人主体地位的确立、先验领域的销蚀以及现世人生的救赎主题，是对唯美主义纲领"为艺术而艺术"的承继、拓展与升华，概括为艺术形式绝对化、个人精神绝对化。前者指艺术的独立性，即文学艺术存在的目的就是为了"美"——形式至上的纯美，艺术存在的目的就是艺术本身。例如，前派诗人罗塞蒂兄妹、斯温伯恩的诗歌注重形式，注重用语言再现感官的印象，以此来实现其艺术价值，具有明显的追求艺术纯美甚至是耽美的特征；后者指把精神看作是脱离客观物质世界的唯一存在，客观事物是个人心灵的产物，将个人心灵绝对化。例如，拉斐尔前派主张艺术创作必须远离于社会实践，其所遵循的自身道德发源于对美，也即对于艺术本身的挚爱；主张艺术的超功利性、超现实性，强调个人的主体地位；主张个人精神绝对化，表现出"唯我"的倾向，这种倾向体现在文学艺术作品中就是现世的苦痛在虚幻的来世复活或在天堂里得以解脱，超脱生死（现世与来世的轮回）、"灵肉合致"（精神与肉体、爱与性的交融），追求纯美爱情、追求个性解放，反抗宗教禁锢与传统道德。

第一节　拉斐尔前派诗歌在中国的译介

拉斐尔前派诗歌在中国的翻译与研究兴起于20世纪20年代，主要体现在以下几方面。

第一，拉斐尔前派的翻译。1926年1月《现代评论第一周年增刊》刊载了但丁·罗塞蒂的诗《图下的老江》，这是最早进入中国新文学的拉斐尔前派诗歌。该诗由徐志摩所译，他还翻译了克里斯蒂娜的《新婚与旧鬼》。1930年10月出版的《真美善》第6卷第6号载有王家槐翻译的罗塞蒂的诗《当我死了》。前派诗人斯温伯恩的诗作也被徐志摩和梅川等人译介到中国新文学之中。这些拉斐尔前派的翻译对中国新文学产生了一定的影响。

第二，拉斐尔前派的介绍。1928 年恰逢罗塞蒂的百年诞辰纪念，拉斐尔前派及其作品在中国得到广泛的译介和传播。1928 年 5 月出版的《小说月报》刊登了罗塞蒂的自画像、诗作及赵景深的纪念文章《诗人罗赛蒂百年纪念》。1928 年 6 月出版的《新月》第 1 卷第 4 号上刊印了闻一多的文章《先拉飞主义》（1985 年武汉大学出版社专门出版了闻一多的《先拉飞主义，闻一多论新诗》）。闻一多在文章中对以但丁·罗塞蒂为核心的拉斐尔前派做了较为详细的介绍和评论。同年 5 月间，吴宓主持的《大公报》"文学副刊"也发表了一系列纪念和介绍文章。其中，《英国大诗人兼画家罗塞蒂诞生百年纪念》一文，较详细地介绍了罗塞蒂及拉斐尔前派；素痴翻译的 24 首《幸福女郎诗》是对罗塞蒂诗作的最集中的介绍，不足之处在于译者用的是七古体，未能再现原作精神。1928 年 7 月邵洵美主持的《狮吼》半月刊复活号第 2 期为"罗塞蒂专号"，其中有邵洵美的《D. G. Rossetti（1828—1882）》、朱维基翻译的罗塞蒂的小说《手与灵魂》、张嘉铸翻译的《〈胚胎〉与罗塞蒂》等。此外，1931 年 1 月出版的《学衡》第 73 期上还介绍过罗塞蒂的绘画。1927 年 5 月出版的《狮吼》月刊第 1 卷第 1 期上发表了邵洵美的《史文朋》（现在多译为斯温伯恩），1931 年 9 月出版的《新月》第 3 卷第 7 期发表了周骄子翻译的《奇人史文朋》。朱维基和芳信在他们合作的一部唯美主义译文集《水仙》中介绍了斯温伯恩的诗作。此外，1927 年 7 月光华书局出版了滕固所著的《唯美派的文学》，在第二部分"先拉斐尔派"（即拉斐尔前派）中，作者从"先拉斐尔派的由来""罗塞蒂的诗与画"和"牛津的先拉斐尔派"三方面比较系统地介绍了拉斐尔前派及其作品。正是通过这些学者的努力，拉斐尔前派诗歌才能在中国文坛得到越来越多的关注，并最终进入中国新文学。

　　然而，由于历史和政治原因（国内学界长期对拉斐尔前派的主张和纲领存在偏见，如从 1949 年一直到 20 世纪 80 年代之前，中国文学把追求美当作"臭美"，对美的态度比较含蓄），拉斐尔前派诗歌研究停滞不前，直到 20 世纪 80 年代才得以"复兴"。"复兴"后的拉斐尔前派诗歌研究在国内尚属起步阶段，研究多集中于文学实践和批评实践，理论建构明显不足。目前，国内对拉斐尔前派诗歌进行系统性、理论性研究的专著并不多，零散的论文大都研究诸如拉斐尔前派的历史渊源、拉斐尔前派诗歌与绘画的美学特质和艺术风格、拉斐尔前派的开拓与创新、影响与不足及其在文学史、绘画史、美学史上的地位等问题。

第二节　拉斐尔前派诗歌对中国文学的影响

　　诚然，英国唯美主义文学到 20 世纪初已盛极而衰，但影响力犹在，"现代中国作家中留学英美者最多，他们较为熟悉的也大多是刚刚过去的维多利亚时期的文学，而唯美主义又恰是这一时期英国文学的主潮，所以在现代中国文坛上，对英国唯美主义文学的介绍也就颇为全面，其影响也相当明显"。①作为唯美主义的发端与开拓，拉斐尔前派诗歌被译介到中国并迅速传播，引起了中国文坛异乎寻常的热情，产生了一定的影响力。主要体现在以下几个方面。

　　第一，中国新文学思想观念的革新。拉斐尔前派诞生于英国维多利亚时代，一个过分标榜道德的"假正经"时代，一个主张禁欲的时代，那一时代对于女性采用双重道德标准，女性缺乏性自主权，缺乏爱情婚姻自主权。前派诗人已经开始关注"女性问

---

① 解志熙，1998. 英国唯美主义文学在现代中国的传播. 外国文学评论，(1)：121.

题"，在其文学作品中，尤其在克里斯蒂娜的诗歌中，发出了女性主义的声音，她的诗歌中流露出对宗教禁锢女性的叹息，"禁欲主义"下女性缺乏性自主权的凄婉的哀怨。拉斐尔前派经过徐志摩等诗人的译介进入中国新文学，将女性主义思想、女权意识引入了中国，引起了中国文坛的反响；经过与中国文学理论相互碰撞、相互消解、相互吸收，最终从多视角、多层面促进了中国新文学思想的革新。然而，由于社会历史原因和文以载道、高台教化等民族文化心理积淀的因素，中国诗人并没有根据自己对这个时代的体验和理解去探寻与时代主题相适应的表达方式，中国唯美主义在五四时期是对半殖民地半封建的社会制度和封建的传统道德观念与文学观念的反抗，可以说中国现代文学史上并未出现唯美主义流派和纯一的唯美派作家。值得一提的是，拉斐尔前派对中国现代新诗形式的创立也产生过一定的影响。

第二，艺术与人生价值观之辩。唯美主义传播到中国之后，对中国新文学的影响主要体现在"艺术派"与"人生派"的争辩方面。唯美主义在中国，不同时期呈现不同的模式，但生活和审美始终相互纠缠，争论不断。艺术派以创造社为代表，吸收了西方唯美主义诗学观，主张"为艺术而艺术"；人生派以文学研究会为主，主张"为人生而艺术"，具有现实主义特征，和艺术派形成鲜明的对照。两派之间在艺术思想、艺术方法等方面进行了长时间的争辩，通过争论相互影响、相互靠拢，最后殊途同归，汇入五四新文学的大潮。

第三，"恶"与"丑"的艺术思想输入中国新文学。从拉斐尔前派与颓废主义的渊源分析发现，前派诗人斯温伯恩等受到了波德莱尔《恶之花》的影响。波德莱尔被冠以"恶魔诗人""尸体诗人""坟墓诗人"，与"恶"与"丑"结下了不解之缘，正如韦勒克所论：波德莱尔的学说是一种"丑"的美学，相信能够克服任何的和一切的障碍，从恶中开出"花"来的艺术家的力量。①波德莱尔的诗歌主题多与死亡、恐怖有关，多描写"骷髅""腐尸""魔鬼"等意象，体现出其"恶中求美"与"丑中求美"的诗学特征。斯温伯恩接受了波德莱尔的影响，其诗歌中同样体现出"恶中求美"与"丑中求美"等思想，形成了拉斐尔前派与颓废主义的关联。

当唯美主义译介到中国时，波德莱尔与斯温伯恩的"恶"与"丑"的艺术思想进入了中国新文学，并产生了很大影响。首先，中国新文学涌现出一批"恶中求美"与"丑中求美"的作家，揭露旧中国的社会问题，探索人的内心困惑与人的生存状态，包括徐志摩、邵洵美、田汉、郁达夫、胡也频、陈楚淮、苏雪林、高长虹和白薇等；其次，这些作家把"恶"与"丑"直接"拿来"用于文学创作实践，许多"恶"与"丑"的作品相继问世，包括《情死》《毒药》《蛇》《名优之死》《银灰色的死》《僵尸》《骷髅的迷恋者》《鸠那罗的眼睛》《死的跳舞》和《打出幽灵塔》等；最后，"恶"与"丑"的艺术思想拓宽了国内作家的文学实践视野，提供了怪诞和黑色幽默等艺术手法，丰富了中国新文学主题，"促进了艺术表现效果和使现实的丑恶转化为警醒世人的文学作品"。②

综上，拉斐尔前派诗歌译介到中国之后，对中国的新文学运动产生了一定影响。拉斐尔前派诗歌的多维系统研究，包括叙事艺术与叙事变异艺术研究，得到了学界的应有关注。拉斐尔前派诗歌的研究，有助于考察鸦片战争期间"日不落帝国"臣民的"现代性焦虑"与"伦理困境"；有助于总体把握其诗歌的美学思想与艺术风格，对于书写 19 世纪英国诗歌史，推动 20 世纪英国诗歌

---

① [美]雷纳·韦勒克，1989. 20 世纪西方文学批评. 刘让言，译. 广州：花城出版社.
② 朱立华、武之敬，2017. 拉斐尔前派诗歌在中国的译介与影响. 安阳师范学院学报，110（6）：104.

理论研究，具有一定的理论开拓价值；对于中国学者研究英国诗歌，以及中西文化交流与文明互鉴，具有一定的借鉴意义。

总之，"拉斐尔前派文学本身就是一个值得专门研究的课题"。①

---

① ［英］威廉·冈特，2005. 拉斐尔前派的梦. 肖聿，译. 南京：江苏教育出版社，第7页.

后　记

　　我与拉斐尔前派诗人"相识"，弹指间已十数载。十几年前我对于拉斐尔前派及其诗歌的了解还比较笼统，只是对其诗歌的美学思想与艺术风格进行了总体研究，出版了相关专著，并和这些诗人结下了"不解之缘"。之后，我选译了其诗歌三百余首，发表了数十篇相关研究论文，加深了对诗人个体的了解，与他们的关系也从"相识"发展到"相知"，并对拉斐尔前派成员进行了个体研究，出版了相关专著。再后来，对其诗歌的叙事艺术研究发现，叙事艺术在"死亡叙事""宗教叙事""唯美叙事""诗画互文叙事"与"女性叙事"等文本叙述层发生了叙事变异。叙事变异动因与历史在场、宗教影响、伦理介入等现代性生成语境存在关联。发现叙事变异研究在叙事主题的升华、叙事意义的增值、叙事路径的拓展、叙事时空的失序与重构，以及叙事策略的革新等方面，具有一定的实用价值。数年的研究成果最终形成了《拉斐尔前派诗歌的叙事变异艺术研究》一书。

　　诗歌研究本就是个苦中行乐的"差事"。诗歌研究需要选取足够的诗歌语料来支撑文本，需要作者完成足量的翻译工作。然而诗歌翻译本就是"戴着镣铐在刀尖上舞蹈"，译文难免存在误译、漏译之处，对诗歌的文本分析会产生一定影响。再加其诗歌翻译的难译性、不可译性，译文难免存在误译、漏译之处，对诗歌的文本分析会产生一定影响。及至克服种种困难，最终完成书稿的时候，心里还是产生些许小幸福感，觉得再苦再累也是值得的。

　　在本书即将付梓之际，首先感谢教育部和天津市社科项目的资助，感谢天津商业大学外国语学院重点学科的出版资助。同时特别要致谢的是南开大学出版社张彤主任、宋立君等编辑老师，以极其认真的学术态度、宏阔的学术视野和独到的学术见解，对《拉斐尔前派诗歌的叙事变异艺术研究》一书提出了很多建设性的宝贵意见，对于他们在此书编辑出版中付出的辛勤劳动，在此深表感谢。

朱立华

2022 年 11 月 28 日

于天津水木天成依湖园